U0085168

世界文學
經典名作

祕密花園

THE SECRET GARDEN
FRANCES HODGSON BURNETT

法蘭西絲・霍森・柏納特 著
楊玉娘 譯

一本神奇的、充滿糖果香味的書。

——《紐約書評》

這是一個關於大自然的魔法和人類美好心靈的故事。

——《時代週刊》

《祕密花園》包含了二十世紀西方文學從傳統向現代轉型的幾個重要主題：一是對內心世界的關注；二是提倡回到自然；三是神祕主義。

——美國作家 安麗森．盧瑞

關於·本書

在《祕密花園》這部小說裡，作者以祕密花園的「復活」為襯托，細膩地刻畫了瑪麗、柯林、柯瑞文先生幾位主要人物性格從孤僻痛苦到健康快樂所發生的巨大轉變，她在告訴我們在人生之路上，當面對挫折和痛苦時，要學會開啟心靈的祕密花園，敞開心扉，微笑面對人生，戰勝自己，戰勝磨難。每個人都應該有樂觀的生活態度，不要永遠放棄自己。

《祕密花園》的情節富有傳奇性和奇特性，小說裡描繪的是超現實的、主觀化的世界，在約克夏的某一片荒原上，動物和以廸肯為代表的人類和諧共居，親密無間。主人公瑪麗和柯林從因遠離自然而體弱多病、性格怪異，又因為回歸自然而變得美麗、健康，這是對天人合一思想的最好闡釋，其天人合一主題強調人與自然的融合，表達了作者對人與自然關係的一種希望和理想。

《祕密花園》象徵著現代社會人們的精神旅程。在現代主義作品中，精神旅程通常是毫無目的和希望的，然而柏內特在這部小說裡用一篇兒童故事對現代主義主題給出了另外一種闡釋。通過對瑪麗、柯林和柯瑞文的刻畫，描述了現代社會的荒謬：它來源於生活的不和諧，以疏離，體弱無力和幻滅的方式體現出來。

小說使用了象徵手法來寫。最突出的，在故事裡花園是瑪麗的象徵，花園實際上是另一個瑪麗，是自然化的瑪麗。瑪麗自生下來起就從來沒有享受到父母的愛和教導，內心世界逐漸被封鎖起來，拒絕別人的善意。那些想要對瑪麗表達同情的人們也都不僅因為瑪麗的麻木不仁而沒有成功，更因為他們並沒有找到打開瑪麗心房的那把鑰匙。這和那些想要進到祕密花園卻沒有找到鑰匙的人一樣。可以說，作者在小說的創作中脫離了家庭小說的框架，突出了瑪麗克服困難、解決問題、實現願望的過程，使《祕密花園》變成了一本女孩子的「歷險」故事。

《祕密花園》是柏內特的代表作，該書於一九一一年首次出版並很快暢銷於美國和英國。此後不斷被改編成戲劇、電影、幼兒讀物等等。一百多年來，被翻譯成五十多種語言。曾經先後十幾次被改編成電影、電視、卡通片、話劇、舞臺劇。在英語的兒童文學作品裡，該書被公認為是一部無年齡界限的佳作。它作為嚴肅的文學作品被收入牛津《世界經典叢書》，並影響了兩位諾貝爾文學獎得主T・S・艾略特和D・H・勞倫斯的寫作。

《祕密花園》在美國經常被學校老師當做英語教材，因成它的語言平易而又極為傳神，同時思想豐富，情節精彩曲折，容易吸引小孩子。有許多讀者小時候讀《祕密花園》，長大之後仍然讀，又買給自己的孩子讀，隱然形成一個世代的讀者群。

二〇〇三年，英國BBC廣播公司「大閱讀」民意調查活動『英國民眾最喜愛的小說』中名列第五十一位。二〇〇七年三月，在英國《衛報》評選的「生命中不可缺少的一百本書」中名列第七十三位。

關於・作者

法蘭西絲・霍森・柏納特，西元一八四九年生於英格蘭北部，三歲喪父，母親經營家族式鑄鐵工廠，直至美國南北戰爭期間，因受景氣影響，經營不善而倒閉。貧苦潦倒的霍森一家只得於一八五六年間搬遷至田納西州投靠親戚，兩家共住在一間小木屋裡度日。法蘭西絲本人也一直寄居此處，直到一八七三年嫁給日後仳離的丈夫史旺・柏納特醫師才遷離。

少女時期，為了協助家中維持生計，法蘭西絲已開始從事寫作工作。這些寫給成人閱讀的小說、故事推出之後都廣受歡迎，也因此，日後她本人曾經宣稱，自己從未寫過一篇未被出版的手稿。就在聲譽日隆的同時，柏納特夫人開始著手她的兒童文學創作。

一八八六年推出首部《小公子》（原書名：方特洛小公爵），旋即在英、美兩地颳起一陣熱賣狂潮，更使得作者本身名利雙收。兩年後，典型的烏鴉變鳳凰式的故事《莎拉・克魯》出版，更是造成極大的轟動。這個故事後來被擴充內容，在一九〇五年以《小公主》為名重新出版，成為柏納特夫人最著名的代表作之一。

一九一一年，不朽的兒童文學經典名作《祕密花園》（The Secret Garden）》問世。

故事中作為主要場景的花園，其實便是以作者在一八九八至一九〇七年間居住於肯特郡梅森大廈（Maytham Hall）時，府第裡的一片玫瑰花園作為構想的根據。那裡原是一片長年荒廢、任由植物胡亂生長的老果園，經過柏納特夫人命人大肆清理之後，才改變為栽植玫瑰的園地。就像故事中的花園一樣，柏納特夫人這座位於肯特郡花園入口處也有一道有著木製門板的矮拱門。

法蘭西絲．霍森．柏納特這位創作不懈的天才小說家之一生，總共勤耕不輟地推出了四十餘部作品，以及不計其數的短篇故事。一九二四年，法蘭西絲．霍森．柏納特溘然長逝於紐約州的長島，享年七十五歲。

目錄

第一章　人海遺孤

當瑪麗．雷諾斯剛被送進大鶇莊投靠她的姑父時，人人都說她是全世界長得最不得人緣的小孩。這話說得一點也沒錯！她長著一張瘦瘦削削的小臉，一副單單薄薄的身材，一頭稀稀疏疏的頭髮，另外還板著一張尖酸善怒的臭臉；頭髮黃黃的，加上生在印度，又一年到頭生病，所以臉色也是黃黃的。她的父親在英國政府機構任職，每天忙來忙去，把自己的身體都給拖垮啦；母親則是一位成天只知和一票浮華朋友泡在一起，熱中於參加宴會，尋歡作樂的大美人，壓根兒也沒想過要生個小女兒。

瑪麗才剛呱呱墮地，她的母親便把她交給一名印度奶媽去帶，並且交代，假使她想討得夫人的歡心，就把那孩子抱得遠遠的，儘量讓她眼不見，心不煩。

因此，打從瑪麗還是個體弱多病、性情急躁的小小嬰兒時，就始終沒有多少機會和自己的父母相處。等她長成一個體弱多病、性情急躁，蹣跚學步的小嬰孩之後，照舊還是成天不見父母的影蹤。

在她的印象中，除了奶媽那張黑黝黝的臉龐外，就只看見過一些其他當地土生土長的僕傭們同樣黝黑的面孔。而那些僕傭凡事都順著她的意思，唯唯諾諾，不敢稍有一點拂逆。只因一旦讓她哭鬧起來，吵到了夫人，大家可就全都吃不完兜著走嘍！

六歲不滿，這個小女娃兒已經成為全世界最自私自利、蠻橫霸道的小鬼。頭一位應聘到家，教讀書、識字的英文家教待不到三個月，就因為實在太看不慣這個小丫頭片子而辭職。以後陸續再來填補此一職缺的女家教更是動不動做個十天、半個月就請辭，沒有一個肯待在這兒超過三個月。所以，要不是瑪麗真的很想學會怎樣唸書，恐怕就一輩子都得當個目不識丁的人了。

在一個酷熱難當的早晨，瑪麗心浮氣躁地醒了過來。當時她大約九歲大。等她看見站在床頭服侍她起床的僕人竟不是她的奶媽時，脾氣就更暴躁啦！

「妳跑來幹什麼？」她告訴那陌生的婦人：「我不要妳留在這兒！去叫我的奶媽來！」

那婦人神色驚惶，但嘴裡只是結結巴巴地回說奶媽不能來。於是瑪麗大發脾氣，對她又打又踢。結果只是使得那名婦人的神情更為駭畏，不斷重複唸著：奶媽沒辦法來照顧小小姐。

那天早晨，空氣中瀰漫著一股神祕的氣氛，樣樣事情都脫離常軌；同時，有些僕人好像不見了，出現在瑪麗視線中的每個僕人又全是慘白著一張張驚嚇的面孔，不是偷偷摸摸地開溜，便是慌慌張張，不知在忙亂些什麼。偏偏又沒有人肯對她說明半點原因。她的奶媽一直沒來。整個早上就在這樣神神祕祕又混亂的情況下一分一秒流逝，孤單寂寞的瑪麗既沒人陪伴，也沒人管，最後終於獨自逛進花園，在靠近遊廊的一棵樹下自導自演地扮起獨角戲。她假裝是在整理一片花床，把一簇簇開得火紅照眼的扶桑插進一朵朵小土堆裡。她越插越火，每插一簇，嘴裡就嘀嘀咕咕地罵幾聲等奶媽回來後要狠狠數落、詬罵她的話。

「豬！豬！死豬仔！」她喃喃詛咒著，因為罵當地人「豬」是最嚴重的侮辱。

正當她一遍又一遍，咬牙切齒地重複著這咒罵的詞兒時，忽然聽見她的母親正和一名金頭髮、白皮膚的英俊青年走到屋外的走廊上來，用一種奇怪的音調低低地講著話。瑪麗認得那名看起來像個大孩子似的青年，也聽說過他是一名剛從英國調來此地的軍官，而且年紀還很輕，於是目光遙遙打量了他幾眼；不過，主要還是停留在母親身上。每次只要一有機會見到她，瑪麗總會目不轉睛地盯著她細瞧。

因為夫人——這是瑪麗對她最常使用的稱呼——身材修長窈窕，長得恰似弱柳扶風的天仙美女，而且又總是穿著非常非常迷人的衣服。她的髮絲像一捲一捲的絲緞；鼻子小巧玲瓏，常常流露一股輕慢的神氣；同時，那對明亮的大眼睛也隨時漾滿了笑意。她的每件衣服全都薄得輕飄飄，而且「到處是蕾絲」——瑪麗說的。今天早上，她身上那套衣服的蕾絲看起來比平常綴得更密，可是兩隻眼睛裡卻不帶半點笑意，反而流露出哀懇的表情，仰起頭，瞪著一對驚慌的大眼，凝視那美少年軍官的臉龐。

「情況真有那麼糟嗎？噢！這是真的嗎？」

瑪麗聽見她詢問道。

「糟透了！」對方帶著戰慄的聲音回答：「糟糕透了，雷諾斯太太！你們兩個星期前就該避到山上去的。」

夫人擰著雙手，哭嚷著道：「噢！我知道我該走！要不是為了參加那場無聊的宴會，我就不會留下來。我真是好蠢好蠢啊！」

話音剛落，傭人宿舍那邊突然爆出一聲驚天動地的哀號，慌得她緊緊抓住年少軍官的胳膊。站在花園裡的瑪麗只覺得一股寒意從頭頂貫穿腳底。那驚人的號聲越哭越淒厲。

「怎麼回事？那是怎麼回事？」雷諾斯太太心慌意亂地詰問。

「有人死掉了！」大孩子軍官回答說：「妳沒說你們僕人間那兒也有人發病。」

「我不曉得啊！」夫人哭哭啼啼地說：「跟我來！快跟我來吧！」說著，扭頭奔進屋裡。

緊接而來的是一連串令人驚慌喪膽的事件，而瑪麗也終於明白，為何打從一早醒來，家裡就始終籠罩著一股既神祕又詭異的氣息。

原來此地爆發了一場災情極為慘重的大霍亂，無數人命都像螻蟻般輕輕易易地就被奪走了。

奶媽昨夜發病，剛剛死了，所以宿舍區裡才會傳出方才那陣呼天搶地的哭號。經過不到一天一夜的工夫，屋裡又有另外三名僕人死掉，其他人也都驚惶地逃命去也。城裡城外到處陷入恐慌不安中，無論哪幢大宅、哪間小屋，都有人斷氣。

混亂、驚慌的情勢持續到了第二天，瑪麗躲在兒童房內，所有的人全都忘了她的存在。沒有人想到她；沒有人需要她；對於屋裡屋外發生的那一樁樁怪事，她也同樣一無所知。總之，她整天哭完了睡，睡醒了又哭，小腦袋裡只知道好多好多人都生病了，同時耳朵裡又聽到好些奇奇怪怪、讓人害怕的聲音。

這之間，她曾經一度悄悄地摸進餐廳，發現裡頭沒有半個人影，只有桌上、椅子上、餐盤裡頭留著好些吃到一半的菜餚，看起來就像是那些用餐的人不知為了什麼，突然急匆匆地站起，倉促間，胡亂把它們往桌、椅上一推。這孩子吃了點兒水果和圓麵包，渴得口乾舌燥，於是又喝掉一杯幾乎裝得滿滿的酒。那酒味喝來甜甜的，瑪麗根本不曉得它有多烈，不一會兒便呵欠連天，走回她的兒童房，再一次把自己關在房裡，聽著僕人宿舍那頭傳來的哭聲和陣陣急促的腳步聲，心底不由得暗暗感到又驚又怕。濃濃的烈酒讓她再也撐不住睏倦的眼皮，走到床邊，倒頭便昏昏沈沈大睡，就連滿屋子悲傷驚惶的號啕，屋裡屋外有人抬著東西進出的聲音都沒能驚動到她。

也不知究竟沈睡了多久，瑪麗終於醒了過來。睜開眼睛，她躺在那兒呆呆地盯著牆壁。整座宅子裡聽不到半點兒聲響。這是她有生以來第一次體驗到如此寂靜的滋味。所有的人聲、腳步聲全都消失了，一時間，瑪麗不禁懷疑是不是人人都已經戰勝霍亂的威脅，所有麻煩、困厄也都結束了。另外，她更好奇，如今既然她的奶媽已經過世，以後將會由誰負責照顧她？總之，家裡一定會再替她找個奶媽，說不定她還能因此聽到一些新鮮故事呢！以前那些老掉牙的故事，瑪麗早就聽膩啦！奶媽死掉的事更沒讓她傷心得哇哇大哭！

事實上，她並不是一個很重感情的小孩，而且打從小時候開始就不怎麼關心別人。雖然由於霍亂造成的匆忙、嘈雜、哀哀哭號之聲著實把她嚇壞了，可她更生氣的是大家好像都忘了還有個活蹦亂跳的她。家裡人人都給這場災疫嚇得六神無主，根本無暇去想到她這個沒人喜歡、少人疼愛的女孩。可是，就算霍亂來襲期間他們都只能顧得到自己，現在大家都已經安然無恙了，自然也該有人記起她，過來找找她才對啊！偏偏她躺在房裡乾等了半天，還是沒有人過來，整幢屋子也好像愈來愈暗了。

這時，她聽到草席上面窸窸窣窣，探頭一看，原來是一條正用兩隻亮晶晶、寶石般的眼睛盯著她的小蛇，一路順著草蓆往前滑。那是一條不會傷人的小東西，瑪麗絲毫不害怕，何況它似乎正急著想趕快鑽出這個房間呢！就在她的注視下，小蛇滑不溜丟地遊出了門縫。

「真靜！」瑪麗自言自語：「真古怪！感覺上好像整個房子裡頭都沒有半個人，只剩下我和那條小蛇在屋裡。」

片刻之後，屋外的圍牆內響起了腳步聲，旋即來到大門口的走廊。從步伐聲，聽得出那是幾個男人。他們走進屋裡，低聲交談，既沒有人走上前去迎接他們，也沒人對他們詢問、說話。來人似乎正逐一打開各個房間仔細查看。

「好可憐啊！」她聽到其中有個人感嘆：「那天仙般的大美人死得真慘！我想小孩大概也死了吧！聽說這屋子裡有個小孩，只是從來沒有人見過她。」

幾分鐘後，當他們推開房門時，瑪麗正站在兒童房中央，看起來像個兇巴巴、又長得很醜的小傢伙，而且為了沒人理睬、肚子又漸漸餓起來，把她的一對眉頭皺到半天高。首先走進房內的是一位身材高大的軍官，過去瑪麗曾看見他和她的父親交談過。他看起來滿面倦容，一臉苦惱。猛一見到瑪麗，他大吃一驚，只差點兒沒跳起來。

「邦尼！」他高聲大叫：「這裡有個小孩！一個孤單的小孩！在像這樣一個地方！天可憐見，她是誰呀！」

「我叫瑪麗．雷諾斯。」小女孩邊說邊昂頭挺胸。她覺得這人無禮透頂，竟然直呼她父親的宅子叫「這樣一個地方」——「我在大家都染上霍亂的時候睡著了，現在才剛剛醒來。為什麼都沒有人過來？」

「這就是那個沒人見過的小孩！」對方大驚小怪地扭頭衝著他的同伴嚷嚷：「她完全給忘得一乾二淨了！」

「我為什麼給忘啦？」瑪麗跺著腳，質問道：「為什麼沒有半個人進來？」

那名叫邦尼的年輕人帶著一臉悲哀莫名的神情注視著她；瑪麗甚至覺得彷彿看見他一副要把眼淚眨掉的樣子，拼命用力眨眼睛。

「可憐的小娃兒！」年輕人說道：「這裡已經沒剩半個人可以過來了。」

就這樣，瑪麗在突如其來又莫名奇妙的情況下，驀然發覺自己已經無父無母；他們都已失去生命，被人連夜抬走了。少數幾個僥倖存活下來的本地僕傭也都拼了命盡快逃離這幢房子，壓根兒沒想到還有她這個小小姐在。所以，這個地方才會如此闃靜無聲。

沒錯，這片偌大的房舍中就只剩下她和那條窸窸窣窣的小蛇了。

第二章　反常的瑪麗小姐

瑪麗向來喜歡隔著遠遠的距離對她的母親行注目禮，覺得她的長相真是美呆了。不過，她對母親實在非常生疏，因而根本不太可能深愛著她，或者因為她的去世而太過傷心或悼念。坦白說，她一點也不思念她。再加上她本來就是個只顧自己，完全不在乎他人的小孩，所以依舊一如往常，只顧把整副心思放在自己身上。如果她的年紀再大點兒，這個時節鐵定會憂心忡忡，為了從今以後在茫茫世間舉目無親而焦慮不已。可是，正因為她年紀實在太小，又從剛生下來就一直有人跟在身邊照顧，所以還以為往後也會永遠一樣呢！她腦袋瓜子裡頭所想到的只是不曉得以後負責照顧她的是不是親切的大好人？他們會不會像她以前的奶媽和其他僕人一般，對她必恭必敬，唯命是從？

她知道自己不會長期住在最初收容她的那個英國牧師家裡。再說，她也不想留下來。那位牧師窮得要命，本身又有五個年紀都很接近的小孩，個個服裝破舊，整天只會互相吵架，或是搶玩具。瑪麗討厭他們又髒又亂的宅子，也看不順眼住在這個家庭裡的五個小孩，因此才來不到兩天就沒有人肯陪她一起玩了。

甚至剛住進來的第二天，他們就替她取了一個把她氣得七竅生煙的綽號。首先想到這個綽號的是個名叫貝佐的男孩。他天生一副朝天鼻，外加一對莽撞無禮的藍眼珠，瑪麗一見到他就討厭極了。那天，她正像霍亂爆發當天一樣，獨自一個人在一棵樹下堆小土堆、築小路玩，假裝是在建造小花園。這時貝佐走了過來，站在附近觀看她的小把戲，很快就感到興致勃勃，突然提出一個建議。

「妳何不在那邊弄個石頭堆，假裝它是一座假山庭園呢？」他說著，湊近她的身邊，比手畫腳告訴她：「就在正中央。」

「滾開！」瑪麗大叫：「我不要男生。快滾開！」

貝佐頓時滿面怒色，不一會兒便開始奚落起她來。他平常就愛取笑她的姊妹們，這會兒更是繞著她又唱又跳，手舞足蹈，一下子扮個鬼臉，一下又哈哈大笑。

瑪麗小姐眞反常，
妳的花園長得怎麼樣？
銀鈴花，海扇殼，

他一直唱，一直唱，唱到別的小孩都聽見了，全都跟著他大笑。他們每次唱「瑪麗小姐真反常」，瑪麗就發火。從此以後，一直到離開他們家以前，每次那群小鬼一提到她，都會稱呼她「反常的瑪麗小姐」，而且三天兩頭當著她的面這樣叫她。

「妳這個週末就要被送回家了。」貝佐對她說：「我們都很高興！」

「我也很高興！」瑪麗回答：「家在哪裡？」

「她不知道家在哪裡呢！」貝佐滿口輕蔑的口氣，「當然是英國囉！我們奶奶住在那兒，去年我們的姊姊梅波才被送到她那兒一塊兒住咧！妳不是回去找妳奶奶的。妳沒有奶奶。妳要去投奔妳姑丈，他叫亞契伯．柯瑞文先生。」

「我根本不曉得有他這個人。」瑪麗乾脆俐落地說。

「我知道妳不曉得。」貝佐回答：「妳什麼也不曉得。妳們女孩子什麼也不知道。我聽見爸媽在談論他的事。他住在一幢鄉下的老房子裡，那房子又舊又荒涼，平日根本沒有人接近他。他那種乖戾性子，一點也不容許人家多親近。就算他肯，別人也不願意。他是個駝子，而且很可怕。」

「我才不相信呢！」瑪麗轉身摀住耳朵，因為她不想再聽下去了。

然而，往後她的腦海裡卻不斷惦記著他的那番話語。當天晚上，克勞福太太告訴她，再過幾天就要送她搭船回英國，讓她到大鵪莊去投奔住在莊園裡的姑丈亞契伯．柯瑞文先生。瑪麗聽了，面無表情，態度冷淡，一副事不關己的樣子，害得人家簡直不知道該拿她怎麼辦才好。他們試圖對她表現得親切一點。可是，克勞福太太才做出想親吻她的動作，她馬上把臉別向一旁。而當克勞福先生輕拍她的肩膀時，她的身體也挺得跟塊硬木板似的。

「這孩子長得真是其貌不揚！」事後，克勞福太太憐憫地說：「她的母親卻是個十足的美人胎，就連舉止風度都叫人萬分著迷。反觀她；在這世上，我還沒見過像瑪麗這麼不得人緣的小孩子哩──孩子們叫她『反常的瑪麗小姐』，頑皮固然頑皮些，倒也算形容得很貼切。」

「若是這孩子的母親肯三不五時進進兒童房，讓孩子多看幾次她那美麗的容顏，見識見識她那迷人的儀態，瑪麗也許多少能學到幾分美好的風範吧！如今那可憐的美人兒都已過世了，知道她有個孩子的人卻還寥寥可數，想想還真是可悲哪！」

「依我看，她肯定沒正眼瞧過這孩子幾回。」克勞福太太嘆了口氣，「奶媽死掉的時候，滿屋子裡壓根兒沒有人想到這小東西一下。想想，所有的僕人都逃命去了，把這孩子單獨一個丟在那片偌大的廢墟裡。唉！馬克格魯上校描述說，當他打開房門，看見她獨自一個站在房間中央時，簡直驚詫得差點沒跳起來！」

終於，隔了三、五天之後，牧師夫婦便把瑪麗託給一名正要送子女返國念寄宿學校的軍官太太，請她帶這小女孩一塊兒搭船回英格蘭。幸好，船剛抵英倫，柯瑞文先生就已派好一名婦人到倫敦來把瑪麗接走了，否則那太太單顧忙她一雙子女的事都忙不過來了，哪還顧得了這孩子。

來接瑪麗的婦人名喚梅德洛太太，是柯瑞文先生在大鶇莊裡的女管家，身材高大肥壯，臉色紅潤異常，黑色眼珠子裡頭射出兩道淩厲的精光。她身穿一套純紫色衣服，外披黑色絲質帶墜子大衣，頭上戴著裝點紫羅蘭花飾的黑軟帽，每當頭動一動，花枝便跟著昂然輕顫幾下。瑪麗一點也不喜歡這個女人。不過，反正她也很難得對誰有好感，因此這事兒也就不足為奇了。況且，很顯然，梅德洛太太對她的印象也不怎麼樣。

「哎呀！這小姑娘長得可真不起眼啊！」她表示：「我們聽說她的母親是位大美人。看來她沒遺傳到多少美貌。對不對啊，夫人？」

「也許等她再長大些，會變漂亮點吧！」軍官太太好心腸地說：「要不是她皮膚太黃，又老是板著一張臭臭的臉，其實她的五官倒是長得滿好的。別忘啦，女大十八變哩！」

「那她可得要一百八十變才夠哩。」梅德洛太太下了斷語，「何況，坦白說，大鶇莊絕對不是個能夠培養孩子性情，改善他們的儀表與風度的地方。」

這時，她們人在一家旅館，瑪麗正臨窗眺望街上來往的公車、出租汽車和行人，離開兩名婦人有一小段距離，因此她們以為她沒在聽她們的交談。不料，她非但聽得一字不漏，甚至對她的姑丈和他居住的地方產生無限的好奇心。那究竟是怎樣的一個地方？他又是怎樣的人？駝子到底是什麼？她見都沒見過。也許整個印度都沒半個駝背的人呢！

由於這段日子以來一直住在別人家中，身邊又沒有奶媽陪伴，瑪麗漸漸覺得寂寞起來，也開始想到一些她以前從未想過的古怪念頭。她不禁懷疑，為什麼甚至就連在她的父母還活著時，她便好像始終不曾屬於任何人。別的孩子似乎都屬於他們自己的父母，唯有她，彷彿從來就沒有真正當過誰的小女兒。不錯，她有吃有穿，有僕人伺候；卻沒有一個人真正對她付出半點關懷。她並不曉得，這全都由於她是個不討人喜愛的小孩。當然啦，話說回來，她也不曉得她很不討人喜歡。她常覺得這人討厭，那人討厭的，卻不知道自己也是個很惹人嫌的小孩。

她覺得，一張臉紅得像猴兒屁股、戴的帽子華麗得俗氣的梅德洛太太是她從小到大所見過的人當中最討人嫌的了。第二天，在她們進站出站、走到月臺、進入火車廂，以便動身返回約克夏的這段過程間，瑪麗始終把頭抬得高高的，儘量和女管家保持老遠的距離，因為她可不想讓人誤以為她是屬於梅德洛太太的。

不過，梅德洛太太一點也不受她這想法的困擾。她是那種「絕不容許後生晚輩胡來」的女人。至少，若是有人當面問起的話，她鐵定會這麼回答。

她原本不願在姊姊瑪莉亞的女兒將要結婚的節骨眼跑倫敦一趟，問題是，她在大鶇莊裡有個既稱心如意，薪水又高的職位。想保住這個地位，唯一的方法就是：只要主人一個吩咐，她就馬上做一個動作。她連問都不敢多問一聲。

「雷諾斯上校和他的太太雙雙死於霍亂。」柯瑞文先生簡短又冷漠地交代，「他是我的妻舅，我是他們女兒的監護人。那個小孩子即將被帶回國來，妳必須親自到倫敦去把她接回來。」

於是，她收拾行囊，拎著一隻小小的旅行箱，展開了這趟旅程。

瑪麗心浮氣躁，百無聊賴地坐在車廂角落，身邊既無書可看，也沒有東西可觀察，只是交疊著兩隻戴了黑手套的細瘦小手，放在大腿上。一身黑色服裝把她的膚色襯托得益發病黃，服喪時期所戴的黑紗帽下散落著幾綹稀疏暗淡的黃色髮絲。

「我這輩子頭一次看到神情這麼驕縱刁蠻的小孩。」梅德洛太太默默地評斷。她從未見過有哪個孩子會像瑪麗這樣悶不吭聲地坐在哪兒，啥也不做，連動都不動一下。總算，她也打量得膩了，終於開口，用一副精明幹練的口氣，嚴峻地告訴瑪麗：

「我看我最好約略向妳介紹一下妳要去的那個地方。對妳姑丈，妳有任何印象嗎？」

「沒有。」瑪麗回答。

「從沒聽妳的父母談過他？」

「沒聽過。」瑪麗鎖住眉頭。因為她回想起，從小到大，父母從來不曾跟她特別提起過什麼。更明確點兒說，他們根本什麼話也不對她說。

「唔——」梅德洛太太咕噥一聲，盯著她那冷冷淡淡、讓人估不透心思的小臉蛋，沈默半晌，然後又重拾話題：

「我看我最好先告訴妳一點事情——讓妳有個心理準備。妳要去的是個古怪的地方。」

瑪麗一聲不吭，冷漠的態度把梅德洛太太弄得十分尷尬。不過，很快地，她便又吸了口氣，繼續往下講。

「那是一座陰陰鬱鬱，占地廣潤的大府邸。柯瑞文先生本身非常以它為傲——只是他用來表現驕傲的方式真夠低調的。除此之外，那棟屋子坐落在荒原邊緣，已經差不多有六百餘年的屋齡。府裡總計將近上百個房間。只是，其中絕大多數都是終年關閉，並且上了鎖。陳列在屋內的畫作、擺設以及高級古董傢俱也都頗有年代了。屋子四周還有一座大遊苑，幾片小花園，以及許許多多大樹——其中有些甚至已經長到長條垂地了。」她頓了頓，再吸了口長氣，說了句：「不過，其他也就沒什麼了。」然後便突然打住話題。

這時，瑪麗早已忍不住凝神傾聽起來。

對方口中敘述的一切，感覺上都和印度大不相同；而凡是新奇的事物，對她來說，都具有莫大的吸引力。不過，她並不願意表現出聽得津津有味的樣子。這股倔強勁兒也是造成她與人格格不入、不討人喜歡的原因之一。她依舊文風不動地坐著。

「唔！」梅德洛太太探詢地問道：「妳聽完之後，有什麼感想嗎？」

「沒什麼。」她答道：「我對那個地方完全不了解。」

這話逗得梅德洛太太忍俊不住，大笑了兩聲。

「嗯，確實！」她評論道：「不過，妳的反應真像是個老太婆。難道妳一點都不在乎？」

「不管我在不在乎，」瑪麗回答：「那都無關緊要。」

「沒錯！」梅德洛太太說：「完全無關緊要。我相信妳之所以會被帶到大鶇莊，原因只有一個——因為那是最簡單的解決辦法。而他是鐵定不會為妳多傷一絲一毫腦筋、費一點事的。他從不為任何人自找麻煩。」

她彷彿及時想起什麼似的，猛然煞住口。

「他的背部患有佝僂，」她說：「造成他的舉止行為，樣樣和人不同。一直到他結婚以前，始終是個性情乖戾的年輕人，龐大的家產和土地、住宅對他來說，都沒半點用。」

決心不表現出在意的樣子，瑪麗卻又一時不由自主地把視線轉到管家臉上。她從沒想到駝子也會結婚，不免有些驚訝。梅德洛太太捕捉到這抹訊息，加上本身又是一名長舌婦，索性興致大發地繼續往下談。無論如何，這倒不失為是一個打發時間的好辦法。

「她是位非常美麗、非常溫柔親切的可人兒，就算要他走遍天涯海角，替她尋找一葉小草，他都會毫不猶豫，立即成行。她肯嫁給他，那是人人都沒想到的事。可是她卻嫁給他了。好事的人都說那是為了他的錢。事實上她才不是——她不是！」她斬釘截鐵地說：「在她死後——」

瑪麗情不自禁地跳了起來，失聲地尖叫道：「噢！噢！她也死啦——」

她剛剛想起自己曾經唸過的一則法國童話，內容是描寫一個可憐的駝子和美麗公主之間的故事。突然間，她不禁替亞契伯．柯瑞文先生感到難過了起來。

「是的，她死啦！」梅德洛太太回答：「她的死讓他變得比以往都更加古怪。他不再關心別人，也不肯再見任何人。絕大部分時間，他都離鄉背井；就算回到大鶇莊，也只是把自己關在西廂房裡。唯有皮契爾能夠見著他。老皮的歲數已經一大把了，打從柯先生小時候開始，就一路照顧著他長大，非常了解主人的性子。」

這聽起來就像一則書上的故事，一點也不能逗瑪麗開心。一座擁有上百個房間的大屋，其中幾乎全數都終年關閉，甚至上了鎖——一座坐落在荒原邊緣的房子——不管那是怎樣的一片荒原——感覺真夠淒涼的。還有一位駝了背，整天把自己關在房間裡的男主人！她緊抿著唇，凝望窗外。陰沈沈的天空開始潑下大雨傾盆，對照著剛剛那則故事，彷彿再自然也不過了。雨水濺著窗櫺，又順著車窗串串流下。

瑪麗心想，要是那位美麗的妻子還活在世上，一定也會像她自己的母親一樣，穿起全身「綴滿蕾絲」的華麗服裝，每天忙進忙出，找些活動，營造歡樂的氣氛吧！可惜，兩個美人兒都已不在人世啦！

「妳用不著期待會見到他，因為那十之八九是不可能的。」梅德洛太太表示，「同時，妳也別指望會有人來和妳交談。妳必須自己玩自己的，自己照料自己。屋裡的人會告訴妳哪些房間妳可以進去，哪些房間絕不能亂闖。反正府邸四周的園子夠多了。不過，當妳人在屋內時，可千萬不要到處亂逛，滿屋子東刺探西刺探的。這一點，柯瑞文先生是絕對不會允許的。」

「我才不會想要到處刺探呢！」尖酸又壞脾氣的小瑪麗說。就在剛剛突然替柯瑞文先生感到十分難過的同一瞬間，她已經開始停止難過，並認為活該他個性那麼討人厭，難怪會遭遇到那些事情。

於是，她扭過頭去，透過雨水一道道流下的車窗，凝視著那陰陰沈沈，好像永遠也下不完的暴雨。看著看著，也不知究竟過了多久，終於眼前灰沈沈的天色愈來愈沈重，壓迫得她的眼皮再也張不開了。

第三章　穿越荒原

她睡了好久好久，醒過來時，梅德洛太太早已在某個車站買好一份午餐盒，兩人合著吃了些雞肉、麵包、奶油和冷凍牛肉，並啜飲幾口熱騰騰的茶飲。車窗上的雨溝似乎愈流愈急，站裡的每個人身穿閃著水光的雨衣，滿頭滿臉依舊濕得像隻落湯雞。列車長打開車廂裡的燈光，牛肉、雞肉、熱茶映入梅德洛太太眼裡，頓時令她精神百倍，在飽餐一頓之後，不久就睡著了。瑪麗坐在對面凝視著，看著她頭上華麗的圓帽滑落到一側，不知不覺又在雨水輕敲窗板，滴滴答答催眠的節奏中入睡了。等她再度迷迷糊糊地醒轉時，車廂內已是昏暗一片，列車也停靠在某個車站，而梅德洛太太正在搖撼著她。

「妳睡得可真久哩！」她說：「這會兒也該睜開眼睛啦！這裡是施威特車站，下了車，我們還得再搭好長一段路的馬車呢！」

這是個小站，整班列車似乎只有她們兩人下來。豪爽的站長操著一口濃濃的怪腔調向梅德洛太太打招呼。日後瑪麗才曉得，那是約克夏（約克郡）地方特有的鄉音。

「『儂』回來啦！」他和善地問候：「還帶著位小囡一塊兒回來了哩！」

「就是她囉！」梅德洛太太扭過頭望著瑪麗，同樣用約克夏腔回答：「儂家夫人好嗎？」

「好，好極啦！馬車在外頭等著儂哪——」

站外小月臺前的馬路上停著一輛四輪馬車。在瑪麗眼中，不但馬車本身外型漂亮，就連扶她上車的車僮都穿戴得格外整齊。他那一身長雨衣，連同覆蓋住帽子的防雨布，都像包括站長在內的所有景物一般，滴滴瀝瀝地閃著雨光。關緊車門之後，他便和車夫一塊兒坐到車廂外的駕駛座上，駕車上路。小瑪麗發現自己坐的角落鋪著非常舒適的坐墊。不過，她並不打算再睡一場，反而好奇地望向窗外，希望看看這條即將載她到梅德洛太太口中那古怪地方的馬路上，有些什麼特別的東西。她並不是個膽小的孩子，剛剛那番描述也沒把她給嚇著。可是她覺得，在一幢擁有近百個房間，卻幾乎每個房間都房門深鎖的大屋裡——幢坐落在荒原邊緣的大屋——未來會發生什麼事都無從得知。

「荒原是什麼？」她突然請教梅德洛太太。

「妳繼續望著窗外，大約不到十分鐘自然就會明白。」婦人答道：「抵達莊園以前，我們的馬車先得在大鶇荒原裡橫越五哩路途。由於夜色昏暗，妳能看到的東西並不多。不過，多少還是可以隱約地見到一點點。」

瑪麗不再多問，只是兩眼望向窗外，坐在她那陰暗的角落裡等待。車燈的光束投射在前方一小段路遠的地方，讓她可以依稀瞥見沿途交錯的景物。離開車站之後，他們已經路過一座小村莊，瑪麗見到幾間漆著白牆的小屋和一家小客棧的燈光。之後，馬車繼續行經一座教堂、一間牧師宿舍、一處像是小商店櫥窗之類的地方。那櫥窗立在一間小屋內，裡頭擺著糖果、玩具，和其他一些零星待售的東西。隨即，他們的車子上了大道，瑪麗看見路的兩旁都是大樹和樹籬。接下來好長好長一段時間——或者說，至少瑪麗覺得過了很久——路旁的景觀都沒什麼變化。

終於，拉車的馬匹放慢了步伐，彷彿是在爬坡的樣子。不一會兒，兩旁就再也見不到大樹或樹籬子了。事實上，除了一片無窮無盡的漆黑，瑪麗眼前根本看不到東西。她湊過身去，把臉貼在窗口。突然，馬車猛然劇烈地顛簸了一下。

「噢！我們現在絕對就是在所謂的荒原裡啦！」梅德洛太太告訴她。

昏黃的車燈照亮了坎坷崎嶇的路面，眼前、四周淨是一片茫茫無際的矮樹或野草，這條馬路看來便像是硬生生被從野樹、雜草當中劈荊斬棘，開鑿出來的。一陣風兒揚起，帶動單單獨獨一陣陣微弱、荒涼的蕭索。

「那——那不是海吧！是嗎？」瑪麗轉頭望著她的同伴問道。

「不，不是。」梅德洛太太回答：「也不是田園或山嶺，而是綿亙不知多少哩遠，上面除了石楠、金雀花屬等植物，什麼也看不出來，除了野馬、羊群，什麼也不能賴以生存的野地。」

「要不是這上面沒有水，我真會以為它就是一片大海。」瑪麗說：「聽！這聲音就彷佛是海洋哪——」

「那是風吹過矮樹叢的聲音。」梅德洛太太表示，「在我心目中，這地方實在夠可怕、夠荒涼的了！不過，也有很多人喜歡它——尤其是在遍地石楠花開的季節。」

馬車一路在黑暗中不斷前進。儘管窗外的雨已經停了，呼呼掠過的野風依舊帶動起各種奇怪的聲響。道路起起伏伏。偶爾，馬車會通過一段小橋，橋下湍湍奔流的流水同樣製造出冷冷的喧嘩。瑪麗隱約感覺這馬車彷佛永遠趕不到盡頭似的，周遭遼闊無際的荒原更似一片漆黑如墨的汪洋，而自己就只靠著一條細細長長的乾土地，要橫渡到對岸。

「我不喜歡！」她喃喃自語：「我不喜歡！」兩片嘴唇咬得更緊了。

趕了老半天路，正當馬匹爬上一段坡道時，瑪麗驀然瞥見久違的燈光。就在幾乎同一瞬間，梅德洛太太也瞧見了，並且如釋重負地長長舒了一口氣。

「唔！太好了！還有一點燈光在閃爍。」她嚷著，「那是從門房窗口投射出來的燈光。勞累了這一整天，待會兒我們總算可以喝一杯熱茶了。」

正如她所說的，她們還得「待會兒」。因為在馬車進了遊苑大門之後，她們還得再穿過足足兩哩路長的林蔭通道才能下馬車。夾道兩旁幾乎在半空中枝葉交會的樹木，更讓馬車看起來像是通過一道黝黑的長拱廊。

馬車出了拱廊之後，停在一片空地上，眼前出現的是一座形勢低矮，感覺像是圍繞著石頭庭院，無限延伸的長山大屋。起初瑪麗以為整幢房子裡全熄了燈啦！等她下車一看，才發現樓上的某個角落還有一個房間的窗口正流瀉出昏昏暗暗的微光。

房屋入口是一道又高又寬的大門，兩扇精雕細琢的大橡木門板上分別釘了無數大鋼釘，以及用來扣住大門的鋼門閂。開門後，一間大得出乎意料的玄關出現在瑪麗面前，兩邊牆上懸掛的那些肖像畫裡的面孔，以及一個個身披全副甲冑的人像，全沐浴在陰暗朦朧的光線中，讓瑪麗失去了仔細端詳的意願。她站在石子地板上，目光偶然投向一尊造形古怪、尺寸特別小的黑色小人像上頭；看著看著，心中油然升起一股同樣渺小、古怪又迷茫的感受。

一名穿著高雅整齊的清瘦老者站在替她們開門的男僕身旁，拉開沙啞的嗓門交代：

「妳把她帶到她的房間去吧！他不想見她。明天一早他就要去倫敦啦！」

「是的，皮契爾先生，」梅德洛太太回答：「這我早就預料到啦！放心地交給我吧！」

「妳得注意，」對方吩咐：「絕對不能打擾到他。還有，別讓他見到他不想見的東西。」

緊接著，瑪麗就在女管家帶領下，走上一座寬敞的樓梯，穿過一道長長的走廊，再踏上幾格臺階，隨即又是另一道走廊，再轉一道走廊，終於來到一扇敞開的房門前。走進房間，瑪麗發現房裡已經生好了一爐火，餐桌上並擺好了一份晚餐。

梅德洛太太隨隨便便撂下一句：

「喏，到啦！妳往後就住在這個和隔壁那個房間——就這樣。記住！」

瑪麗小姐就這樣住進了大鶇莊。

在這一生當中，她恐怕再沒有遇過比這更令人感到反常的事啦！

第四章　瑪莎

翌日早晨，一名年輕女傭進入瑪麗的房間幫她生火，並蹲跪在壁爐氈上戚戚嗾嗾地清除爐火，這才把她吵醒了。她張開眼睛，躺在床頭，盯著女傭看了一會兒，然後開始東張西望，只見四壁張掛著一幅繡著森林風光的帷幕，那股精緻又幽暗的感覺，是她從來不曾在別的房間體驗過的。繡帷上，三三兩兩穿著華麗的人群散佈樹下，遠方依稀可見一座城堡的尖塔。畫面中有獵人，有馬匹，有狗兒，有仕女，瑪麗覺得自己彷彿也和他們一起置身於森林中似的。透過一扇縱深的窗口，瑪麗望見窗外有一片地勢不斷綿延上升的土地，土地上似乎連座小樹林都沒有，感覺倒像一片水色混沌，暗得幾近藍中帶紫的無邊汪洋。

「那是什麼？」瑪麗指著窗外問道。

剛剛才站立起來的瑪莎——也就是那名年輕女僕——看看她手比的方向，也伸出手來指著問道：「儂說那裡嗎？」

「嗯！」

「那是荒原。」她和顏悅色地抿嘴一笑，「喜歡嗎？」

「不！」瑪麗回答：「我討厭它！」

「那是因為儂對它還不習慣。」瑪莎走回壁爐前，「現在儂會覺得它太大太寬，又光禿禿的一片。不過，以後儂一定會喜歡它的。」

「妳喜歡它嗎？」

「唔！我喜歡。」瑪莎開開心心地把爐柵清得光亮。「我愛那荒原。它一點也不禿！那上面覆蓋著好多好多生物，而且瀰漫著芬芳。當春天和夏天，石楠花和金雀花開的時候，整片荒原真是迷人極了，聞起來又香又甜，還有好多好多新鮮的空氣——而且，天空看起來好高好高，蜜蜂和雲雀也都忙著用婉轉悅耳的聲音唱出優美的曲調。唉！打死我都不要離開這片荒原，搬到別的地方。」

瑪麗帶著一臉嚴肅又困惑的表情靜靜地聽她說完。這女僕和她以前在印度差使過的那些當地僕人完全不一樣。那些印度女僕態度總是卑躬屈膝，唯唯諾諾，從來不敢擺出一副好像和主人平等的姿態跟他們說話，一見他們便額首鞠躬（譯注：通用於印度地區，以右手掌按在額頭上行深鞠躬禮的禮節），並以「窮人的保護者」之類的詞句稱呼他們。印度僕人向來有話聽話，有事做事，絕不發問。像是「請」或「謝謝」之類的客氣話，做主人的根本不會用它；瑪麗本身也是從小一不高興就摑她奶媽一巴掌。她有點好奇，要是有人當面打眼前這位姑娘一巴掌，她會有什麼反應。她是一個長得圓圓胖胖、臉色紅潤，看起來很好脾氣的姑娘，可是眉宇之間卻又透露出一股頑強的味道，讓瑪麗懷疑，假使打她的人才不過只是個小女孩，那她是不是會反過頭來回打對方一巴掌。

「妳真是個奇怪的傭人！」她頭倚枕頭，傲慢地說道。

瑪莎手持刷爐灶用的黑蠟刷，坐挺身子，似乎一點也不光火，笑呵呵地說：

「噢！我知道。要是大鶇莊裡有個堂堂的女主人在的話，我一定連個小下女都當不成。也許她會准許我留在廚房裡做些刷刷洗洗的粗活。不過，絕不會允許我上樓來。我的舉止太過粗魯，又常常會冒出約克夏的方言。不過，這幢房屋雖然又大又氣派，卻有很多別人想都想不到的地方。這裡除了皮契爾先生和梅德洛太太以外，好像就沒有男女主人了。柯瑞文先生幾乎一年到頭都不在府裡；就算在，也懶得管任何事情。梅德洛太太是出於好心才賞我這個工作做。她告訴我，如果大鶇莊像別的大戶人家，她就絕不可能做這麼隨便的安排了。」

「往後妳就是我的下人嗎？」瑪麗依舊帶著在印度養成的那股高高在上的姿態。

「我是梅德洛太太的下人。」她強硬地宣告：「而她又是柯瑞文先生的下人——不過，我會幫妳整理房間，也會多少服侍妳一點。但是，我想妳也沒有多少地方是需要人家服侍的。」

「那誰來幫我穿衣服呢？」瑪麗詰問。

「儂竟不會自個兒穿啊！」

「妳說什麼？我聽不懂妳說的話。」

「噢！我忘了。」瑪莎回答：「梅德洛太太提醒過我要謹慎一點，不然妳會聽不懂我在說什麼。我的意思是：難道妳不會自己穿衣服？」

「不會！」瑪麗憤憤不平地回答：「我這輩子從來沒有自己穿過衣服。都是我奶媽幫我穿的——當然！」

「哦！」瑪莎顯然一點兒也不曉得自己的回話十分莽撞。「那儂現在也該學學了；愈早開始愈好。學會稍微打理自己的事，對儂會有好處的。家母常說，那些富貴人家的小孩老是像小狗一樣，在家有奶媽幫忙洗澡、穿衣服，出門散步又有奶媽帶，長大以後變成笨瓜一個，也就理所當然啦！」

「在印度不一樣。」瑪麗小姐不以為然地反駁；她受不了這種唐突無禮的說法。

可是，瑪莎毫不讓步，帶著幾近憐憫的口氣回答：

「嗯！看得出來的確不一樣。我敢說，那是因為在那裡可敬的白人很少，卻有一大堆黑人的緣故。當我聽說妳是從印度回來的時候，我還以為妳也是個黑小孩呢！」

瑪麗怒氣沖沖地翻身坐了起來。

「什麼！」她嚷著：「什麼！妳竟然以為我是個土著。妳——妳這隻豬玀！」瑪莎面紅耳赤地瞪著她。

「妳在罵誰呀！」她說：「妳用不著這麼火大。做為一個小淑女，不應該那樣子說話。我對黑人沒有惡感。當人們在宗教手冊裡讀到有關他們的事蹟時，會發現他們往往都非常虔誠。手冊裡也總是告訴我們，黑人也是堂堂正正的人，是教友兄弟。我從小到大都還沒看過一個黑人，想到馬上就能親眼見到一個，真是高興極了。今天早上我一進房間幫妳生火時，就悄悄爬上妳的床頭，小心翼翼地掀開被子，想仔細看看妳的模樣。沒想到，」她一副失望的語氣，「妳一點也不比我黑——只是黃巴巴的罷了。」

瑪麗想都不想控制她的火氣和屈辱感了。

「妳以為我是個土著！妳好大膽！妳對土著根本什麼也不懂！他們不是一般人——他們是只能伺候人的僕役。妳對印度一點兒也不了解！妳什麼都不知道！」

她氣得火冒三丈，面對眼前這個女傭目瞪口呆的注視又不曉得該怎麼辦才好，驀然一陣極端孤獨無依的感受湧上心頭，而所有她所熟知及熟悉她的一切又都隔得那麼遠，令她禁不住撲倒在床，把臉埋在枕頭裡面，傷心得嚶嚶啜泣，哭得一發不可收拾，害得那性情溫厚的約克夏女孩瑪莎一方面慌得不知該如何是好，一方面也暗暗替她感到難過。

瑪莎走到床前，彎下腰央求她：

「欸！妳別一直哭嘛！拜託不要再哭了！我不曉得我那些話會把妳氣成這樣子。我什麼也不知道——啊！就像妳說的。對不起啦，小姐！拜託妳別哭了！」

她那奇特的約克夏腔裡透著一股安慰人的力量，以及發自內心的友善感覺，還有一種對瑪麗來說非常有效的強硬味道。眼看這小女孩漸漸停止哭泣，安靜下來，瑪莎終於露出如釋重負的表情。

「現在儂該起床啦！」她說：「梅德洛太太吩咐我，得把儂的早餐、茶和正餐送到隔壁房間。那裡現在已經改裝成儂的兒童房啦！如果儂馬上下床，我就幫儂穿衣裳。萬一遇到釦子縫在背後的衣服，儂自己想扣也扣不到哇！」

好不容易，瑪麗終於決定起床了。瑪莎從衣櫥裡頭幫她拿來的服裝卻不是她昨晚和梅德洛太太回來時穿的那一套。

「這不是我的衣服！」她說：「我的衣服是黑色的。」

她打量著那厚厚的白羊毛外套和洋裝，然後冷冷淡淡地誇讚地說：「這些比我的衣服好多了。」

「儂必須穿上它們。」瑪莎回答：「這全是柯瑞文先生吩咐梅德洛太太在倫敦採購回來的。他說：『我不願看到有個孩子像個遊魂似的，穿著全身黑衣服到處遊蕩。』他說：『那會使得這地方的氣氛顯得更哀傷。替她找點有顏色的東西裝扮裝扮吧！』──我媽媽說，她了解他的意思。媽媽一向都很了解別人的意思；她自己也很不贊成把小孩子打扮得黑鴉鴉的。」

「我討厭黑色的東西！」瑪麗說。

接下來的穿衣過程讓她們兩人各自領教到一點新經驗。瑪莎過去也曾替家裡的弟弟、妹妹「扣鈕子」，卻從沒見過有哪個小孩會像沒手沒腳似的，站得直挺挺，一動也不動地等著別人替她做事情。

「儂為什麼不自己把鞋子穿上？」看見瑪麗一聲不吭地伸長了腳，瑪莎忍不住問道。

「以前都是奶媽幫我穿的。」瑪麗瞪大了眼睛回答說：「這是習俗啊。」

她動不動就把那句話掛在嘴上──「這是習俗啊。」家裡的印度僕人無論遇上什麼事，都會把它搬出來。要是有人吩咐他們去做一件他們祖先上千年來都沒做過的事，他們就會溫馴地張大眼睛瞪著你說：「這不合習俗。」聽到的人便知道結果將會如何了。

按照習俗，瑪麗小姐除了站在那兒，任由人像替洋娃娃穿衣服一樣把自己打扮好以外，什麼事都不應該動手。可是，還沒等到穿好衣服，梳洗完畢，準備吃早餐，她已經開始懷疑自己住在大鶇莊的日子勢必要被迫去學一大堆聽都沒聽過的事——比方說，自己穿鞋穿襪，收拾自己弄亂的東西。要不是瑪莎從不曾接受過完善的訓練，學習如何伺候上流人家的千金小姐，她一定會表現得更恭敬、更謙卑，也一定會明瞭舉凡梳頭髮、繫鞋帶，收拾東西，把它們放回原位，都是她分內的工作。但畢竟她只是個未受過任何訓練的約克夏村姑，生長在一間荒原上的小屋裡，家裡有一大票除了好好管好自己，以及照顧那些剛剛學會爬、學會蹣跚舉步，還有襁褓中的孩子之外，什麼都不敢夢想的弟弟妹妹們，當然就不會懂得那些了。

假使瑪麗．雷諾斯是個天生喜歡湊熱鬧的活潑小孩，恐怕早就被瑪莎那番心直口快的表現給逗得哈哈大笑了。但她卻只是無動於衷，冷冷地聽著，同時暗暗納悶，這下人的態度怎麼會那樣沒規沒矩。剛開始，她根本沒興趣去細聽她在聒噪些什麼，但隨著瑪莎那副怡然自在的語調，居家閒聊般溫和親切的口氣娓娓敘述著，瑪麗不知不覺也開始注意起她談話的內容了。

「唉！妳真該看看他們大家才對。」瑪莎說：「我們一家共有十二個兄弟姊妹，而我爸爸一星期才賺十六先令。告訴妳喔！我媽媽把那些錢全用來替他們買麥片煮粥吃了。他們整天就在大荒原裡遊戲、翻筋斗。媽媽常說，是荒原上的空氣把他們給養壯、養胖的。她說，她相信他們像野馬一樣吃青草。我們家那個十二歲大的廸肯就擁有一匹他聲稱是他自己的小野馬呢！」

「他去哪裡弄來的？」瑪麗問道。

「他在它還很小的時候就在大荒原上發現了它；它和它的媽媽在一起。廸肯開始和它交朋友，還時常餵它一些麵包、拔點嫩嫩的青草給它吃。於是它漸漸變得好喜歡他，整天追隨在他身邊，還讓他坐到它的背上去。廸肯是位心地善良的少年，一般動物都很喜歡他。」

瑪麗從來不曾擁有過任何可以當作寵物的動物，而且一直都很想要一隻。因而，從小至今除了關心自己之外從沒在乎過別人的她，這會兒終於開始對那少年產生一絲絲興趣。這等於是替她打開第一扇健全情操的門縫！

當她走進那間被指定用來當作她的兒童房的房間時，瑪麗發現裡面的風味和當作睡房用的那間相當類似，都是大人的房間，根本不是小孩的。這房間裡的四面牆上掛著幾幅陰陰鬱鬱的古畫，地上擺著幾張厚沈沈的古老橡木椅，正中央擺著一張桌子，已經備好一頓豐富可口的早餐。可惜她從小胃口就小得像隻貓似的，見到瑪莎幫她盛的第一道食物，立刻露出一臉敬謝不敏的表情。「我不要吃這個。」

「儂不吃儂的麥片粥！」瑪麗不敢置信地嚷嚷起來。

「不吃！」

「儂不知道這東西有多好哩！加點兒糖漿——不然，加糖也可以。」

「我不吃！」瑪麗再次強調。

「唉！」瑪莎嘆了口氣：「我一看見有人白白浪費好食物就受不了！這要換作是我們家的孩子看到這一桌東西，五分鐘不到，就吃得盤底朝天嘍！」

「為什麼？」瑪麗面無表情地問道。

「為什麼！」瑪莎回叫：「為什麼？因為他們這一輩子難得一次吃到飽，每天都餓得像小鷹、小狐狸一樣。」

「我不知道挨餓是什麼滋味。」正因為無知，瑪麗的口氣也一副事不干己的樣子。

瑪莎滿臉憤憤不平地脫口說道：「唔！看得出來，如果讓儂餓上一次，對儂絕對有好處。我可沒耐心去伺候那些光會坐在桌邊盯著上好的麵包和肉卻不動口的人。聽著！我盼都盼不到我們家廸肯、菲爾、珍和其他弟妹們能有口福吃到這種東西呢！」

「那妳為什麼不乾脆把這些都帶回去給他們吃？」

「這不是我的。」瑪莎毅然決然地表示，「況且今天也不是我的休假日。我每個月可以放假出去一天。遇到那一天，我就會跑回家去替我媽媽打掃家裡，好讓她能夠好好的休息休息。」

瑪麗喝了幾口茶，吃了幾口土司夾果醬。

「妳把衣服穿暖和點，到外頭去玩耍吧！」瑪莎說：「那會對妳的健康有益處，也可以讓妳有點兒胃口吃午餐。」

瑪麗走到窗口，往外一瞧，外面有花園、有小徑，也有大樹。可是，不管是花、是路、是樹木，看起來都陰陰沈沈的，暗淡無光。

「出去？我為什麼要在這種天氣出去？」

「唔！要是儂不出去，就得待在房間裡。可是待在房裡，儂有什麼事情可做呢？」

瑪麗四下張望。確實是沒有什麼事情可做的。當初梅德洛太太佈置這間兒童房時，並沒有把娛樂功能也考慮進去。也許出去外面看看花園長什麼樣子還是比較好的吧！

「那誰陪我出去呢？」她詢問。

瑪莎愣了一愣，盯著她說：「妳自己出去。妳必須學會像其他沒有兄弟姊妹的孩子一樣自個兒玩耍。我們家廸肯就常一個人跑到荒原上去，一玩就是大半天。所以他才能跟小馬交朋友呀！荒原上有好多羊兒認識他，小鳥也飛到他的手上吃東西呢！不管他自己能吃的東西有多麼少，他總會留下一點兒來餵他的寵物們。」

瑪麗並不知道，正是因為聽到這番有關廸肯的敘述，她才突然決定出去。外面雖然沒有小馬或綿羊，可是一定會有些小鳥，而且這裡的鳥兒也一定和印度不一樣。觀賞它們，說不定會很有趣呢！

瑪莎替她找好了帽子、外套和一雙小靴子，然後帶她下樓，指點她該往哪兒走。

「從那邊繞過去，就可以走進花園區。」瑪莎遙遙指著灌木籬間的一道柵門，說：「夏天那裡花開處處。不過，現在卻連半朵也見不到了。」她沈吟了一下，又補充道：「其中有一座花園被鎖起來了，已經有十年都沒有人進去過。」

「為什麼？」瑪麗情不自禁要問。

這棟奇怪的大屋裡已經有上百扇上鎖的門，現在又多了一扇。

「柯瑞文太太突然去世後，主人就封閉了那座花園，再也不許任何人進去了。那是她的花園。他鎖上花園的門，又挖了個洞，把鑰匙給埋起來了。哎呀！是梅德洛太太在拉鈴——我得趕快過去看看。」

等她跑開後，瑪麗馬上轉身朝通往灌木籬間的那扇柵門的步道走。她忍不住要去想那座十年沒有人進去的花園，懷疑裡面究竟是怎樣的一幅景象，究竟還有沒有任何花卉存活著。走進柵門之後，她發現自己置身在廣大的花園區，四周是一片片遼闊的草坪，以及一條條夾在花圃、草坪之間蜿蜒曲折的步道。花床、樹木，一棵棵被修剪成奇形怪狀的冬青樹錯落其間，還有一汪中央凸起一座古老噴泉的池塘。只是花床之中蕭蕭瑟瑟，一朵花兒也沒有，噴水池的噴口也沒有冒出水柱來。這並不是那座被封閉的花園。一座花園要怎樣才能完全封閉呢？任誰都可以隨時走入一片花園呀！

她想著想著，猛然發現腳下所踏的這條小徑盡頭彷彿是一堵爬滿了常春藤的長圍牆。對她來說，英國還是個滿陌生的地方，她並不曉得自己即將闖入的是專門栽種自家所需蔬果的果菜園。她朝著那堵圍牆走去，這才慢慢看出，在常春藤覆蓋的綠簾之間還有一扇敞開的綠門。很顯然，這也不是那座關閉的花園，她大可大大方方地走進去。

走進那扇綠門，瑪麗發現這是一座四周都有圍牆環繞的園子，而且只不過是幾座似乎都有門可以相通的花園當中的一座。她從另一扇敞開的綠門，遠遠望見幾叢植物，以及夾在一床冬季菜圃之間的小路。果菜園裡的果樹齊齊整整地沿著牆邊排列，部分菜圃上面還罩著玻璃框哩！

瑪麗站在園子當中，四下打量一番，心想：這個地方真是夠醜、夠凋敝的了。也許到了夏天，園裡轉為一片碧綠時會漂亮些吧？不過，現在可真醜得要命呢！

不一會兒，一名肩上荷著鋤頭的男子穿過通往下面那座園子的門走了過來，乍見瑪麗，猛吃了一驚，隨即輕觸帽子行禮。他的一張老臉陰沈沈的，似乎看見她，讓他心裡老大不高興——不過，話說回來，她也很不滿意他的園子，還露出那一臉「反常」的表情，而且顯然非常非常非常不高興看到他。

「這是什麼地方呢？」她問道。

「幾座家庭蔬果園中的一座。」他回答。

「那個呢？」瑪麗指著越過另一扇綠門的那頭。

「另一座。」他答得簡單俐落，「另外那面牆的那頭又是另一座。至於那面牆的那一頭，則是一座果園。」

「我可以進去那些園子嗎？」瑪麗問道。

「妳愛去就去。不過，現在沒有什麼可看的。」

瑪麗不置可否，默默地沿著小徑，穿過第二道綠門，放眼看去，同樣又是圍牆、冬令蔬菜和玻璃框。下一道牆上又有一扇綠門，而這扇門是關著的。或許它是通往那座十年沒有人進去的花園入口吧？瑪麗一向膽子不小，又習慣於想做什麼就做什麼，便毫不猶豫地直走到那扇門前，轉動把手。她真希望能確定自己發現了瑪莎口中那座神祕的花園，所以心中暗暗盼望門會打不開——可惜，她卻不費吹灰之力，就把它給推開了。過了門，發現自己置身在一座果園裡。這座園子同樣四面是牆，一株株樹木倚著牆邊整整齊齊排列著，過冬即枯的草地間長著枝頭上一片光禿禿的果樹——不同的是，這座園子四周都看不到一扇綠門。瑪麗尋尋覓覓，在走到地勢較高的那頭時，終於察覺到那道牆似乎不是只到果園盡頭就斷了，而是繼續延伸，彷彿在牆的另一頭還有一片被它圍起來的園地，而瑪麗也可以在牆的上方望見隔牆的樹梢。正當她靜靜地駐足在那堵牆前面，赫然看見其中一株樹木最頂端的枝幹上棲息著一隻胸前羽色鮮紅的鳥兒。猝然間，它引吭唱起冬季的旋律來——就像它已瞥見她的身影，正在招呼她一樣。

她停止了一切行動，靜靜地聆賞它的歌喉。那清脆友善的啼聲，帶給她一股愉悅的感受——畢竟，縱然是個不討人緣的小女孩也會感到寂寞，再加上那偌大一幢密閉的房子，一大片衰敗凋零的荒原，一座座光禿禿、花果不生的大花園，都讓她感覺到這世上彷彿只剩她孤單一人。幸虧她不是個一向飽受人疼、受人愛，感情豐富的小孩，否則，這時候必定已經傷心欲絕了。但儘管她是「反常的瑪麗小姐」，還是會感到淒涼。而牆頭上那隻啼唱的紅襟小鳥兒幾乎令她愁苦的小臉蛋上綻開一抹微笑。她一直靜靜聆聽它的鳴囀，直到它展翅飛離樹梢。瑪麗喜歡這隻和印度鳥兒很不一樣的小鳥，卻不知是否還可能看到它。也許它就住在那座神祕花園裡吧。

也許她是因為完全無事可做，心思才會老圍繞著那座被荒廢的花園打轉。她對它充滿了好奇，滿腦子想看看它究竟什麼樣。亞契伯．柯瑞文先生為何埋了鑰匙？倘若他當真那麼喜歡她的太太，為什麼又討厭她的花園？她雖然不知道自己是不是有和他見面的機會，但卻很清楚；就算見到了，她也一定不會喜歡他，而他更同樣不會喜歡自己。她知道自己一定會悶不吭聲，站在那裡乾瞪著他，內心卻萬分渴望問一問他為何會做出那麼古怪的一件事來。

「從來沒有人喜歡過我，我也一向不喜歡人家。」她暗暗想著：「同時我絕不可能像克勞福家的小孩那樣會和人家講話。他們隨時都在談談笑笑，隨時都在製造一大堆的噪音。」

她想到剛剛那隻知更鳥，還有它那彷彿專門銜著她歌唱的樣子。就在回憶起它方才站立的那株大樹樹梢的一瞬間，走在小徑上的她猛然煞住腳步。

「我相信那棵樹是長在祕密花園裡——絕對是的，我有很強烈的感覺。」她自言自語：「那地方有牆圍著，卻一扇門也沒有。」

她轉身走回第一座果菜園，看見剛剛那個老人正在挖土，於是走到他的背後，帶著一貫冷冷的態度觀察了他一會兒，發現他始終沒有注意到自己，最後只得自己先開口。

「我已經到過另外幾片園子啦！」她說。

「反正也沒有東西攔著儂。」他口氣粗野地回答。

「我進過果園。」

「那裡並沒有狗在門口咬儂。」

「可是，那裡沒有園門，好進另一座花園。」瑪麗說。

「什麼花園？」他暫停手邊的工作，粗聲粗氣地問道。

「圍牆那頭的花園。」瑪麗小姐回答：「那兒有樹——我看見樹梢了。有隻紅襟鳥停在其中一棵樹的樹梢上。」

說完這話，她意外地看見對方那陰沈沈的風霜老臉完全變了表情，一抹微笑慢慢浮上了面頰。這園丁看起來就像換成另一個人似的。瑪麗不禁覺得，當一個人露出笑容時，整個人真是變得好看多了——這是她以前從來不曾想過的。

他扭頭望向菜圃靠近果園的圍牆，開始吹起口哨——一種輕輕柔柔的口哨聲。她無法理解，為何這樣一個老垮著臉的人，竟能吹出如此溫柔迷人的聲音。

旋即，一樁奇妙的事情發生了。瑪麗聽到一陣低微的撲撲振翅聲劃過半空——是那隻紅襟鳥兒正朝著他們倆飛來，然後停在距離園丁腳跟很近的大片濕冷土地上。

「它來啦！」老人家笑呵呵地說，然後彷彿跟小孩談天似的，低頭對它說起話來。

「儂跑哪兒去啦，厚臉皮的小乞丐？俺今天大半天都沒看到你。莫非儂這麼早就開始展開求愛活動啦？太急嘍！」

紅襟鳥偏著小腦袋瓜子，用它那對晶瑩得像兩滴黑露珠般的眼睛仰頭看著老人，好像已經和他很熟稔，一點兒也不害怕。它輕快地在泥地上跳跳躍躍，尋找種子和昆蟲啄食。那美麗愉悅的身影，神似人類般的舉動，惹得瑪麗心中興起一股奇妙的感覺。看著它圓滾滾的小身軀，小巧細緻的嘴喙，一雙纖纖細細的瘦腿，瑪麗情不自禁壓低了嗓門，輕輕問道：「每次你一叫它，它都會來嗎？」

「嗯！都會。俺從它剛學會飛時就認識它了。它的巢在另一座花園裡。第一次飛過牆，因為體力太差，經過好幾天它才有辦法飛回去，咱們就在那幾天裡混熟了。等它飛回牆的那一頭時，同窩的雛鳥早就紛紛離巢而去。它很寂寞，所以就又回來找俺了。」

「它是哪一種鳥？」瑪麗問道。

「儂不知道嗎？它是紅襟知更鳥。在全世界，它們是最友善、最好奇的一種鳥兒啦！只要你懂得怎樣和它相處，它們簡直就像狗兒一樣友好呢！瞧它，一面在地上到處啄食，一面不時左顧右盼地瞧瞧咱們。它曉得咱們是在談它。」

世上再也碰不著比見到這個老頭子更稀奇古怪的事了。他帶著一副既得意又疼愛的表情，注視著那披著艷紅色短羽毛上衣的圓滾滾的小鳥兒，笑呵呵地說：

「它是個自大的傢伙，最喜歡聽人談論它呢！而且很好奇——天啊！全天下再沒有一隻像它那樣好奇又愛管閒事的鳥類了，動不動就飛過來瞧瞧你在做些什麼。它明白所有柯瑞文先生懶得傷腦筋去發覺的真相。它是首席園丁——沒錯，它絕對是個首席園丁！」

那隻知更鳥一面忙忙碌碌地東跳西跳，啄食土壤裡的食物，一面不時停下來打量他們倆一眼。瑪麗覺得那對盯著瞧她的黑不溜丟的圓眼睛充滿了無限的好奇心，真的就好像在探查有關她的一切資料似的。醞釀在她心底的那股奇異的感覺迅速滋長了。

「其他那些同窩出生的小鳥都飛往哪裡去了？」

「天曉得？老鳥把它們趕離了鳥巢，要它們飛走。於是在神不知、鬼不覺的當兒，整窩小鳥便分飛四散了。這隻鳥兒心中知情，而它也明白自己孤孤單單。」

瑪麗小姐朝那鳥兒走近一步，仔仔細細打量著它，傾訴著：「我也好孤單！」過去她從不曉得這正是形成她脾氣乖戾、暴躁的原因之一。如今當她注視著知更鳥，而知更鳥也舉目和她對望時，她似乎瞬間恍然大悟了。

老園丁把他的帽子往後一推，露出光禿禿的頭皮，盯著她細看了一會兒。

「儂就是那個打從印度來的小姑娘？」

瑪麗點點頭。

「難怪儂會孤單嘍！儂往後還會比起從前更孤單。」

他說著，又重新揮動鋤頭，深深掘進肥沃的黑色土壤，將它翻鬆。而那隻跟在他腳邊打轉的知更鳥也就跳得更急，更起勁了。

「你叫什麼名字？」瑪麗問他。

他挺直腰桿，回答：「班・韋勒斯泰。」

隨即又呵呵乾笑著補充一句：「除了它飛到俺的身邊時，俺也是孤孤單單一個人。」他豎起大拇指，比著知更鳥，「它是俺唯一的朋友。」

「我一個朋友也沒有。」瑪麗說：「從來沒有。我的奶媽不喜歡我，而我也從來不和別人一起玩。」

有話就說，直來直往是約克夏人的習慣，而老班正是道道地地的約克夏荒原男子。

「儂和俺很相像。」他說：「咱們都是同一個模子印出來的。俺們兩個長得都不好看，脾氣也和表情一樣臭。俺敢打賭，儂和俺，咱們倆都是同樣的暴躁性子。」

這話說得可真夠直的了。瑪麗這輩子還從未聽過有人老老實實地形容過自己。那些印度僕人不管是在誰面前，不管你做了什麼，總是卑躬屈膝，唯唯諾諾。過去她從不曾仔細想過有關自己長相的問題，不過她很懷疑自己是否真的和班．韋勒斯泰一樣不具吸引力？又是否和他在知更鳥沒來之前一樣，老垮著一張臭臉。此外，她真的開始懷疑起自己是不是「個性暴躁」了。這讓她覺得好彆扭，好彆扭。

忽然，一陣清晰的窸窣聲在附近響起。瑪麗扭頭一看，只見距離她僅僅幾呎遠的地方長著一棵小蘋果樹，那隻知更鳥已經飛到它的枝幹上，突如其來地唱起一小段短短的歌。班．韋勒斯泰當場哈哈大笑起來。

「它為什麼那麼做？」瑪麗問道。

「它決定和儂交朋友了。」老班回答：「俺敢說，它包準是想討儂喜歡。」

「討我喜歡？」瑪麗輕輕地走近那棵小樹，仰起頭來對知更鳥說：

「你肯和我交朋友嗎？」

那口氣就彷彿是在和「人」說話似的。

「願不願意？」這時的她既不是用她那冷冰冰的小嗓門，也不是帶著蠻橫霸道的印度腔說話，而是用一種好輕好柔、熱情誠懇，像在哄人般的語氣，以致老班也像她聽到他吹口哨時那樣，露出一臉驚訝的表情了。

「哇！」他大叫：「儂這口氣真像是個親切可愛的小娃兒，而不是一個冷峻嚴厲的老太婆。儂說這話的樣子簡直和廸肯在對他那些荒原上的野生動植物說話時一模一樣呢！」

「你認識廸肯？」瑪麗急急地掉過頭來。

「人人都認識他。廸肯經常到處漫遊，就連黑莓和石楠花也都認識他。狐狸見了他，鐵定肯帶他去見見自己的幼狐養在哪裡；雲雀也不怕讓他看見它們的巢窠。」

瑪麗真想再多問問有關廸肯的一些問題，因為現在她對他的好奇心幾乎要跟對那座荒廢的花園一樣強烈了。可是就在這個時候，那一曲終了的知更鳥突然輕輕地抖動翅膀，張開雙翼飛走了。它已經完成了這趟拜訪，現在還有別的事情要做哩！

「它飛過牆去了！」瑪麗目送著他的身影大叫：「它飛進了果園——它飛過另外那面牆——

飛進那座沒有門的園子裡去啦！」

「它住在那兒。」老班說：「它就是在那兒孵化出來的，如果它要求偶，就會去對某隻住在那座園子的玫瑰樹叢間的小母知更鳥獻殷勤。」

「玫瑰樹叢！」瑪麗問道：「那邊有玫瑰樹叢嗎？」

老班再次舉起鋤頭，開始翻土。「十年前有。」他喃喃答覆。

「我真想看看。」瑪麗說：「綠門到底在哪裡呢？一定有一扇門存在的。」

老班把鋤頭掘得老深，露出剛剛和瑪麗初見面時那副孤僻的表情。

「十年前有，不過現在沒有了。」

「沒有門！」瑪麗高聲嚷嚷：「一定有的啦！」

「沒有人找得到，也沒有誰管得著。別當個好管閒事的小娃兒，也不要沒門沒路到處亂打探。喏！現在俺非得繼續幹俺的活兒不可了，妳快快出去外頭玩吧！俺可沒空再跟妳聊嘍！」

他果真停止翻土，荷起鋤頭，徑自走了，瞄也沒瞄她一眼，更沒和她說再見。

第五章　迴廊間的哭聲

剛開始，日復一日，瑪麗．雷諾斯天天過著同樣的日子。每天早上她都在那個掛著繡巾的房間醒來，看見瑪莎正蹲在壁爐前替她生火；每天早上，她都在那間枯燥無味的兒童房裡吃早餐；吃完早餐之後，她便凝視窗外，眺望那彷彿向四面八方延伸、鋪展，步步攀升入天的大荒原；片刻之後，她又會領悟到，假使自己不到外面，就得整天無事可做地待在房間裡了——於是，她只好出去。

她並不曉得，對她來說，這是最好的活動；更不曉得，當她沿著小徑，順著通路快步疾走，甚至跑步的同時，也等於在藉著抵抗從荒原強勁吹來的野風，活絡她遲滯的血流，使她的身體變得更強壯。她之所以跑步，純粹只是為了讓自己覺得暖和些。她討厭那迎面撲打在臉上、呼吼狂嘯，彷彿是個看不見的巨人拼命將她往後推的勁風。但大口大口呼吸這吹過石楠原野的新鮮空氣，卻讓她的肺部不知不覺中裝滿了某些有益於她整個瘦小身軀的東西，令她的面頰為之光澤、紅潤，昏鈍的眼眸也明亮了起來。

然而，經過幾個幾乎整天在戶外遊蕩的日子之後，有一天早上，她終於在領教了什麼叫做肚子餓的滋味中醒了過來。當她坐在早餐桌旁邊時，她不再帶著滿臉不屑，隨便瞄她的燕麥粥一眼之後，立刻就將它推開，反倒拿起湯匙，一口一口地送進嘴裡，直到吃得碗都見了底。

「儂今天早上很喜歡吃粥嘛！不是嗎？」瑪莎說。

「今天嘗起來特別可口！」瑪麗自己也感到很意外。

「是荒原上的空氣讓妳有吃東西的好胃口。」瑪莎回答：「儂該慶幸自己既有胃口，又有食物吃，不像俺們一家十四個人光有胃口，卻沒有東西可以填飽它。儂再繼續每天到戶外玩耍，自然會讓身上長出一點肉，皮膚也不會再黃酸酸的了。」

「我不玩耍；」瑪麗說：「我沒有東西可玩。」

「沒東西可玩！」瑪莎尖叫：「俺們家的小孩都是拿根樹枝、撿些石頭就能玩。他們光是到處跑跑跳跳、大吼大叫、觀察東西也能玩得很起勁呢！」

瑪麗雖然不吼不叫，但的確仔細觀察了好多東西。反正除了這個，她再也沒有別的事情可做了。她繞著每座園子散步，踏著公園的小徑到處走，有時也會找尋班．韋勒斯泰。只是她雖然有幾次看見他在工作，他卻忙得正眼瞧她一眼的工夫都沒有，要不就是拉長了臉不理人。甚至有一次，她正朝他走去時，他卻好像故意似的，扛起鋤頭轉身就走了。

在那些四面都是圍牆的花、果、菜園外有一條長長的步道，那是瑪麗最常去的地方。步道兩旁都是光禿禿的花床，圍牆上爬滿了密密的常春藤蔓。其中有一面牆的暗綠色藤葉長得比別處都更茂密，彷彿已經有很久沒有人去照拂、管理。其他地方的長春藤壁外觀都被修剪得整整齊齊，唯有在步道的尾段卻壓根兒沒有人整理過。

和班．韋勒斯泰交談過之後幾天，瑪麗走著走著，突然停了下來，注意到這種現象，不禁暗暗納悶究竟原因何在。正當她暫停腳步，仰頭注視一條拉得長長的，在風中擺盪的長春藤蔓時，猛然聽到一串嘹亮的啁啾聲，瞥見一絲紅光。細看之下，原來是班．韋勒斯泰的紅襟知更鳥兒正立在牆頭，偏著它的小腦袋瓜子，探身注視她。

「噢！」她大叫：「是你——是你嗎？」她的口氣是那般天經地義，就像深信它一定能明白她的問話，並回答她。

它的確回答了，在牆頭上吱吱喳喳，輕啼婉轉，到處跳來跳去，彷彿是在告訴她各式各樣的各種訊息。雖然它所使用的並非人語，瑪麗小姐卻像能夠心領神會般。

它彷彿在對她招呼——

「早安！風吹得真舒服，不是嗎？陽光照得真宜人，不是嗎？萬事萬物都很美好，不是嗎？且讓咱們兩個吱吱喳喳、蹦蹦跳跳，輕快唱歌吧！來呀！來呀！」

瑪麗哈哈大笑，看著它蹦蹦跳跳一陣之後，展開翅膀，沿著圍牆飛行了一小段距離，然後撒開腳步追逐過去。在那一瞬間，這長得面黃肌瘦、弱不禁風、相貌醜陋，可憐的小東西，整個人煥發出一種美麗的光彩。

「我喜歡你——我喜歡你！」她大呼小叫，啪答啪答地奔下步道，噘著嘴，唧唧啾啾，並努力嘗試吹出她一點都不曉得該怎麼吹的口哨。

不過，知更鳥兒似乎已經相當滿意了，一路吱吱喳喳，吹著口哨回應她。最後，它鼓著雙翼，衝上一株大樹梢，停在那裡，拉起嘹亮的歌喉。

這令瑪麗回憶起初次見到它的情形。當時它正鉤著樹枝，停在一棵樹的樹梢上，她則是站在果園裡。現在她人在果園的另一側，站在一道牆外的小徑上。這道圍牆比當初那道矮了許多。不過，牆內還是同樣的那棵樹。

「這樹長在那座沒有人能夠進去的花園裡；」她自言自語：「它是沒有入口的花園。它住在裡面。啊！我真盼望能夠瞧瞧它裡面的樣子！」

她沿著步道飛奔到第一個早上進入的綠門，然後順著小徑衝過下一扇門，跑到果園裡，站在那兒仰頭一看，確實可以望見那棵長在另一道牆邊的大樹。剛剛唱完歌的知更鳥兒這會兒正用它的尖嘴整理身上的羽毛。

「是花園！」她輕呼：「一定是的！」

她繞到那堵牆前面，仔細查看牆面。找到的答案和上回相同——這道圍牆沒有門。她又返身衝過兩座果菜園，出了園子外面，回到爬滿長春藤那堵圍牆外的走道上，走到盡頭，細細查看。還是沒有門。她又走到另一個盡頭查看，依舊找不到門。

「真奇怪！」她喃喃自語：「班．韋勒斯泰說它沒有門，結果真的沒有門。可是，既然柯瑞文先生埋了鑰匙，就表示十年前絕對有一扇門。」

這帶給她無限的想像空間，開始產生強烈的興趣，一點也不遺憾住進大鶇莊來了。在印度時，她老覺得天氣熱得讓人昏沈沈的，根本沒有精神去多管什麼閒事。事實上，是荒原上的勁風帶給她新鮮的空氣，吹得小腦袋瓜漸漸清醒過來。

那天她幾乎一整個白天都逗留在戶外，到了晚上，坐到桌邊準備吃晚餐時，她已經又餓又睏，又覺得舒暢極了，聽到瑪莎在一旁聒聒噪噪，閒扯個不停，也不會耐不住性子，想大發脾氣。她覺得自己似乎很喜歡聽她說話，最後更覺得好想問她一個問題。

吃完了飯，她要求瑪莎留下來，坐在壁爐前的氈子上。

「柯瑞文先生為什麼討厭那座花園？」她問道。

瑪莎非常樂意留在瑪麗小姐的房間裡。她的年紀還很輕，又早就過慣了自己那一大家子兄弟姊妹擠在一間小屋的生活，總覺得待在樓下那一大間僕傭宿舍裡沈悶乏味透了。因為不管是那些地位較高的女傭或僕役，都愛取笑她的約克夏方言和土腔，又瞧不起她只是個庸碌卑微的小角色，總是坐在一起交頭接耳；何況這奇怪的小孩又是曾經住在印度，讓「黑人」伺候過的，對她來說，簡直是新奇有趣極了。

不等瑪麗開口邀請，瑪莎就逕自坐到爐床上，對她說：

「妳還在想那座花園的事嗎？我就知道。我剛聽到那些事時也是這個樣子。」

「他為什麼討厭它？」瑪麗窮追不捨。

瑪莎盤起雙腿，讓自己坐得舒舒服服。

「聽聽房屋四周呼嘯的風聲，今晚妳若是到荒原去的話，肯定連站都站不住。」

瑪麗原本並不知道什麼叫「呼嘯」，不過，等她豎起耳朵仔細一聽，自然而然就明瞭了。那想必是指一陣接著一陣，猛烈掃過房屋四周，令人打從心底不寒而慄的吼聲，其聲勢有如整幢房屋正遭受一個肉眼看不見的巨人攻擊。他掄起拳頭，拼命捶打它的窗戶和牆壁，想要闖入屋裡來。只是，誰都曉得他進不了屋子，因此，能夠待在一個燃著紅紅炭火的房間裡，更讓人分外感到十分安全而溫暖。

「可是，他為什麼那麼討厭它呢？」在聆聽過風的呼嘯後，她又繼續追問，存心想窺探瑪莎是否也討厭它。

這下瑪莎不再保留她所知的訊息了。

「注意聽了！」她說：「梅德洛太太吩咐過不許提這件事。這裡有很多事都不能拿出來討論。那是柯瑞文先生的規矩。他說他的苦惱不須下人們負責排解。可是，說到那花園，他就完全變了個人啦！那是柯瑞文太太的花園，是她在他們倆剛結婚的時候造的。她非常喜歡它，夫妻兩人總是親自照料園裡的花卉，從來不讓別的園丁進去。他們倆習慣一進花園就把門關起來，在裡面閱讀、談天，一待便是好幾個鐘頭。當時她還只是位略帶女孩子氣的少婦，見到園裡有株老樹長了根彎彎的枝條，看起來就像有個坐位一樣，她便讓玫瑰生長到彎枝上，經常坐在那上頭。可是，有一天，正當她坐在那兒的時候，樹枝忽然折斷了，她也跌到地上受了重傷，隔天便不治死亡。當時醫生以為他也會跟著心神錯亂死掉哩！那也就是他為什麼討厭它的原因了。從那以後，再也沒有人進過那座花園，而他也絕不許任何人提起它。」

瑪麗聽完，默不作聲，只顧盯著紅紅的爐火，靜聽屋外風的「呼嘯」。感覺上，那風聲彷彿又比方才更響了。

就在那一瞬間，一件非常好的事情降臨到她的身上。

事實上，自從她來到大鶇莊這段日子以來，已經碰見四樁好事了：她已感覺到自己和某隻知更爲彷彿能心意相通；她在風中奔跑到全身血液溫暖起來；她平生第一次體驗了表示健康的飢餓感；同時，她也體會到替別人感到難過的滋味。

可是，就在默默聆聽風聲的同時，瑪麗卻開始聽出還有別的聲音摻雜其中。她並不知道那是什麼，因為起初她根本分辨不出它和風的聲音來——那感覺幾乎就像有個小孩在某個角落嗚嗚痛哭似的。有時候，風的聲音聽起來的確相當酷似小孩的哭聲。但不一會兒，瑪麗便很篤定地覺得這聲音絕對是在屋子裡，不是從屋外傳來。雖然距離很遠，但絕對是在屋裡。

她扭過頭，盯著瑪莎問道：

「妳有沒有聽見有人在哭？」

瑪莎登時露出一臉狼狽，回答說：

「不！那是風聲。有時候它聽起來就像有人迷失在荒原裡，驚慌得號啕大哭一樣。風的聲音千千萬萬種。」

「可是——注意聽！」瑪麗說：「那是在屋子裡——在其中某一座長長的迴廊上。」

她的話音剛落，樓下某個地方便清清楚楚響起一扇門打開的聲音；因為一陣沿著走廊直灌進來的強烈氣流突然「砰！」的一聲，吹開她們的房門。就在兩人猛然跳起來的同時，房裡的燈也被吹滅了；迴廊裡的哭聲便順風吹送，因此聽在耳中，覺得格外清楚。

「聽！」瑪麗嚷著：「我就告訴妳嘛！真的是有人在哭——而且不是大人哩！」

瑪莎趕緊跑到門口，把門關上並鎖好。但房門還未完全關妥，兩人都已聽到某道遠遠的走廊上傳來一扇門被砰然關閉的聲音。

緊接著，所有聲響全都平息下來，就連風也暫時停止了它的「呼嘯」。

「那是風！」瑪莎堅決不肯改口：「就算不是，也可能是那個女幫傭在哭泣。她已經鬧了一整天的牙疼了。」

只見她彆彆扭扭中透著幾分苦惱的樣子，卻讓瑪麗忍不住盯著她，細細打量她的臉色。她不相信瑪莎說的是實話。

第六章　「明明有人在哭！」

第二天，天空再度下起傾盆大雨。瑪麗待在她的房間，眺望窗外。整片荒原幾乎都被灰濛濛的雲霧遮掩住了。今天她是絕對沒有辦法出去啦！

「當雨下得像這樣大時，你們在妳家的小屋裡都做些什麼呢？」她問瑪莎。

「通常是儘量設法不要互相踩到別人的腳。」瑪莎回答，「唉！每當遇到大雨天，我們家的人口就顯得好多好多啊！媽媽是個好脾氣的女人，可是遇到雨天，還是覺得很頭大。年紀最大的幾個孩子會到牛棚那邊玩耍。廸肯不在乎被雨淋溼，照舊像平常出太陽的時候那樣，到外面去。他說，下雨天裡，他往往可以看到很多晴天裡不會出現的東西。有一次，他在一個狐狸洞裡發現一隻快被淹死的小狐狸崽子，趕緊把它攏在襯衫裡面，湊近胸口保暖，同時把它帶回家裡來。它的母親在那附近被人殺掉了，洞穴也浸泡在水裡，其他的幼狐全都死掉了。現在他把它安置在家裡。還有一次，他發現一隻被淹得半死的小烏鴉，也把它帶回家裡，並且馴服了它。因為它長得全身黑不溜秋的，所以我們都叫它『煤灰』。不管廸肯走到哪裡，它都會跟在他的身邊蹦蹦跳跳或盤旋。」

漸漸地，瑪麗渾然忘了要對瑪莎那些拉拉雜雜、信口閒扯的日常瑣事表示厭惡，甚至開始發現她的談話非常有趣，每當她停止談話或是離開時，都會讓她覺得好遺憾。住在印度時，奶媽對她講的那些故事和瑪莎嘴裡那間十四個人擠在四個小房間生活、每天似乎都沒辦法吃得很飽的小屋軼事完全是不同的風味。他們家的孩子彷彿就像一窩體格粗壯、性情溫馴的小牧羊犬，每天蹦蹦跳跳，奔跑打滾，很能自得其樂。

尤其聽到有關「媽媽」和廸肯的故事時，瑪麗的整顆心都給迷住了。每次瑪莎一提起「媽媽」所說的話或做過的事，都讓人聽得感覺心窩裡暖烘烘的，舒服極了！

「要是我有一隻烏鴉或是一隻小狐狸，我就能夠和它一起玩了。」瑪麗說：「不過，我什麼都沒有。」

瑪莎一臉困惑，「儂會編織嗎？」她問道。

「不會。」瑪麗回答。

「會不會縫紉？」

「不會。」

「那會不會讀書呢？」

「會。」

「那麼儂為什麼不唸點書或學點拼音呢？像儂現在這個年紀，應該可以多讀一點書了。」

「我沒有書。」瑪麗說：「我以前的那些書全都留在印度了。」

「好可惜啊！」瑪莎表示：「要是梅德洛太太肯讓妳進去藏書室，那裡的書倒是多得數不完哩！」

瑪麗並沒有追問藏書室在哪裡，因為她腦中突然浮現一個新的念頭，讓她的精神為之大振。她決心不去煩惱梅德洛太太准或不准的問題，由自己想辦法把它找出來。梅德洛太太好像成天都窩在她樓下那間舒適的管家起居室裡，而在這奇奇怪怪的地方，平常根本誰也看不到誰。老實說，這裡除了僕人之外，誰也看不到的。每當主人不在，他們便在樓下過著奢華的生活。那兒有間到處掛著亮晶晶的白鑞器皿和銅器的大廚房，一片好大的僕人宿舍區，每天吃四到五頓豐盛的正餐；只要梅德洛太太不進去干預，便有一大堆活潑的喧鬧嬉戲。

瑪麗的正餐天天都按正常供應，並且有瑪莎陪在一旁服侍她。可是，誰也不會費一點點心思關切她的事。梅德洛太太每隔一、兩天上來看她一次。不過，誰也不會探問一下她都做了些什麼，或是有什麼事可做。她猜想，這大概就是英國人對待小孩的方式吧！在印度，她隨時都有奶媽負責照料，整天跟在她的身邊，盡心盡力伺候她，讓她常常都給膩煩了。現在她的身邊一個伴隨的人也沒有，而且正在學習自己穿衣服。因為每次她想要瑪莎幫忙把衣物拿來，替她穿上時，對方的表情就好像認定了她是個又傻又笨的孩子。

有一次，當瑪莎看見瑪麗站在那兒等著她幫她把手套戴好時，不禁問道：

「難道儂真的那麼不聰明嗎？我們家蘇珊·安今年才四歲，人家就有儂的兩倍機靈哩！有時候儂看起來還真的是好笨哦！」

瑪麗聽完，整整垮著一小時的臭臉。不過，這也讓她想到很多以前從未想過的事。

今天早上，在瑪莎掃完最後一次爐灰，下樓去了以後，她又跑到窗口佇立了十來分鐘，仔細思考剛剛聽見藏書室的事那一瞬間鑽進腦海的新念頭。由於自己並沒有讀過多少書，她對藏書室本身倒不是很在意；只是，聽到這名詞，又令她想起當初聽說過的那上百個關著房門的房間。她很好奇它們是不是當真全被鎖了起來？要是她能進入其中任何一間，又會發現些什麼？那裡真的剛好是一百間嗎？她何不乾脆到那邊看看，自己究竟能數到多少？既然今兒個出不了門，這倒不失為一件可做的事。過去從來沒有人教過她做什麼事必須先經過人家允許，對於所謂權威的事她也一無所知，所以就算見到梅德洛太太，她也絕不會想到要向她問問看自己可不可以在這整幢屋子裡頭到處閒逛。

她打開房門，走到迴廊，展開今日的漫遊。這是一條長長的走廊，中途又分岔出其他幾道走廊，並引導她登上幾段下面還接著好幾段短臺階的階梯。那裡有好多好多門，牆上掛著好多好多畫，其中有些畫的是陰陰暗暗、籠罩著詭異氣氛的風景。不過，最常見到的還是一些肖象畫，畫中的男女都穿著奇形怪狀的絲緞和天鵝絨華服。

瑪麗發現自己置身在一道牆上掛滿了這類肖像的長畫廊當中。過去她想都沒想到一座屋子裡頭會有這麼多畫像。她緩緩穿過這個地方，凝視那一張張彷彿也在端詳著她的面孔，感覺就好像他們正在納悶，究竟一個來自印度的小女孩跑到他們的屋子裡頭做什麼？這裡面有幾幅畫的是小孩子——身穿長度一直垂到腳邊的長袍、下襬好大好蓬的女孩兒，以及蕾絲衣領、蓬蓬袖、留著長髮，或者脖子上圍著大襞襟的男童。她每次一看到這些兒童畫像就會停下腳步，仔細打量，狐疑著他們都叫些什麼名字，人上哪裡去了，為什麼穿著那麼古怪的服裝。這些畫裡還有個相貌平庸，神情倔強的小女孩，看起來跟她十分神似。那孩子身穿一襲綠色織錦洋裝，食指上站著一隻綠鸚鵡，眼中流露出一股聰明伶俐又十分好奇的神情。

「妳現在住在哪兒？」瑪麗對著她的面孔大聲說：「我真希望妳人在這裡。」

這世上絕不可能有別的小女孩會像她今天早上的經歷這般奇異。感覺上，在這偌大一幢格局凌亂的大宅裡，彷彿就只有這麼小小的一個她存在。穿過那些寬寬窄窄，在她眼中彷彿除了自己就再沒有別人踏過一步的走道，樓上、樓下到處亂走。既然此地蓋了那麼多房間，想必裡面一定曾經住過人；可眼前卻是空空蕩蕩，見不到半條人影，讓她幾乎不敢相信這是真實的。一直等到爬上二樓以後，瑪麗才猛然想起要動手轉轉門把。

正如那天梅德洛太太所說的一樣，所有房門都被關得嚴嚴的。但是，當她最後把手擱到其中一扇門的把手上頭時，卻發覺自己竟輕輕鬆鬆轉動了它，剎那間嚇了一大跳。她隨手一推，那高大沈重的門板便順勢緩緩盪開。門開後，只見裡面是間大臥室，牆上掛著繡帷，裡面的裝潢簡直和她在印度的房間一模一樣。一扇裝著大格子窗板的軒窗對著荒原開著；壁爐上方掛著另一幅那相貌平庸、表情倔強的小女孩畫像。她那雙直勾勾盯著她瞧的眼眸裡，綻放出前所未見的奇異神采。

「也許她曾經在這裡睡過。」瑪麗喃喃自語：「她凝視著我的目光動也不動，盯得我感到渾身都很不對勁。」

出了那個房間，她一扇接著一扇，不知又打開過多少房門，看過好多好多個房間，把自己累得眼酸腿乏，都快撐不住了。她尋思著，雖然自己並沒有一間間去數，不過，在這大屋裡必定有超過一百個房間。而在這上百個房間裡面，又都各自掛著一些奇奇怪怪的老畫，還有繡著奇怪景物的舊繡帷。同時，幾乎所有房間裡都擺設著一些稀奇古怪的傢俱和裝飾品。

在其中一間看似大家閨秀使用的起居室裡面，每一張窗簾布帷全是經過精工刺繡的天鵝絨幔子，另外還有一座陳列了約莫上百隻象牙小象的櫥櫃，隻隻大小尺寸都不同，有的背上跨著象奴，有的馱著轎，有的比同伴大了好多好多，有的又小得好像剛出生不久。瑪麗在印度時就曾看過很多象牙雕刻品，對於有關象的一切也都瞭若指掌。她打開櫥櫃門，站到一張板凳上，拿著那些小象玩了大半天。等她玩膩了，再把它們一一排好，關妥櫥櫃門。

這一整個早上，逛了那麼多條走廊，看過那麼多個房間，瑪麗還沒見到半個生物，卻終於在這個房裡看見了。就在她剛剛關好櫥櫃門後，耳邊突然鑽進一縷非常細微的窸窸窣窣聲，把她嚇得跳了起來，趕緊朝著壁爐旁的沙發東張西望，因為聲音似乎就是從那兒傳出來的。就在那張沙發的角落裡，擱著一塊坐墊，包裹著它的天鵝絨套子破了一個洞，洞裡頭鑽出一顆小腦袋瓜子，兩隻驚恐的眼睛正賊溜溜地瞟向她。

瑪麗躡手躡腳地爬到那邊，看清楚那雙眼睛原來是長在一隻小灰老鼠臉上。它把坐墊啃出一個洞來，把它弄成一個舒舒服服的老鼠窩，窩裡六隻睡得正熟的幼鼠全縮成一團，擠在它身邊。就算這上百個房間都沒有半個人在，起碼還有七隻看起來一點都不孤單的老鼠哩！

「要不是它們嚇成這副德行，我真想把它們全部帶回去。」瑪麗喃喃自語。

她已經逛得夠遠夠久，現在早累得不想再往前多踏一步了，於是轉身往回走。途中她曾轉錯兩、三次轉角，走錯走道，迫使她不得不來回繞進繞出，直到找對了路為止。

不過，最後她總算又回到自己的樓層，只差離她的房間還有一段不短的距離，而她又搞不清楚自己究竟身在何處罷了。

「我一定又轉錯了個轉角。」她靜靜地站在一條短通道的盡頭，望著掛在牆上的繡帷，「現在真不知道該往哪個方向去才對？這裡的一切真是寂靜得可以啊！」

剛說完這句話，驀然一個聲音打破了整片寂靜。那是一縷哀鳴，一聲短促的啜泣，聽來像是個暴躁的小孩正在撒潑，咿咿唔唔，接連穿過幾道牆壁之後，感覺已十分模糊，和昨晚那拖得好長好長的號啕不太一樣。

「這比昨晚近多了；」瑪麗的心怦怦跳得急促，「而且真的是哭聲！」

她的手無意間湊巧碰到那張繡帷，猛吃一驚，急忙往後跳。原來在它背後遮著一道開著的門，經她這麼一碰，才發現原來那頭還有一段走道。這時，梅德洛太太正帶著一臉氣急敗壞的神情，手拿一大串鑰匙，對著她走過來。

「妳跑到這兒來幹什麼？」她抓著瑪麗的手臂將她拖開，「我是怎麼吩咐妳的？」

「我轉錯轉角了。」瑪麗解釋：「我不知道該走哪邊，而且又聽到有人在哭。」

這一剎那間，她真是討厭極了梅德洛太太；緊接著，更恨得咬牙切齒。

「妳什麼哭聲也沒聽到！」女管家說：「現在快回妳的房間，否則我就賞妳幾記耳光。」

梅德洛拽著孩子的手臂，半推半拉，把她帶到一條走廊，再轉另一條，走到她的房門前面，把她推進房間。

「聽著！」她說：「我叫妳留在哪裡，妳就留在哪裡，否則我就把妳鎖起來。我看主人最好照他說的，趕快幫妳找個女家教。妳真該有個人每天牢牢盯著才行。我手頭上要忙的事情已經夠多了！」她走出房間，「砰」一聲帶上房門。

瑪麗氣得臉色鐵青，跑到壁爐氈那邊坐下。她沒有哭，卻咬得兩排牙齒格格作響。

「明明就是有人在哭——明明有——明明有！」她自言自語。

她親耳聽過兩回了，遲早非得把答案找出來不可。今天早上她發現了一大堆事情。她覺得自己彷彿已踏上一條遙遠的旅途。不管怎樣，她畢竟做了一個早上有趣的消遣。她和上百隻象牙小象玩耍，又看到那隻灰老鼠，還在天鵝絨坐墊的老鼠窩裡見到剛剛出生的鼠寶寶。

第七章　花園之鑰

兩天後，瑪麗剛張開眼睛，便連忙翻身坐了起來，叫著瑪莎：「快看荒原！看荒原！」

屋外的豪雨已經停息，滿空灰濛濛的雲霧都被昨夜的風吹散了。狂風本身也歇了，一片湛藍的穹蒼高高籠罩著荒原。瑪麗做夢也沒想到天空可以這麼藍。在印度，天空總是熱辣辣的，總是像火在燒一樣；而這片天空卻有著沁人心湖的深藍，幾乎就像某些迷人的無底湖泊般泛出粼粼的波光。仰起頭，隨處可見一朵朵雲兒像雪白的羊毛似的，在高高、高高的藍色天幕上飄蕩。就連那片遼闊無邊的荒原本身看起來也不再是陰陰鬱鬱的暗紫，或者陰森得嚇人的一片灰，而是輕輕柔柔的藍。

「唉！」瑪莎笑嘻嘻地告訴她：「暴風雨暫時停了。每到這個時節，這裡的氣候總是這樣子。它趁著黑夜悄悄溜走，假裝從沒來過，也不打算再回來。因為春天的腳步已經逐漸接近。雖然路途還很遙遠，但它的確快來了。」

「我還以為，說不定英格蘭一年到頭都下雨，天色永遠是灰沉沉的呢！」

「啊！不！」瑪莎忙放下握在手中的黑刷子，筆直地跪坐在地，回答：「冇那事！」

「妳說什麼？」瑪麗一臉正經地問。在印度，土著們也常使用一些只有少數人聽得懂的方言，因此聽到瑪莎突然爆出幾個莫名其妙的字眼，她並沒有表現得大驚小怪。

瑪莎的反應恰如兩人剛見面時的那天早晨一樣，張著嘴，大笑著說：「噢——噢！我又違背梅德洛太太的告誡，迸出濃濃的約克夏腔來了。『冇那事』的意思就是，沒——有——那——回——事！她一字一頓，謹慎地咬準了音，只不過那唸起來實在太花時間啦。晴天時節，約克夏是全世界陽光最燦爛的地方。我告訴儂說，只要待過一陣子，儂就會喜歡上荒原。妳等著瞧吧，等著金雀花開，野石楠花兒也遍地開放，到處都是一串串紫鈴鐺，數不清的蝴蝶拍著翅膀飛來飛去，蜜蜂嗡嗡做工忙，雲雀淩雲高飛、清脆地歌唱。到時候妳絕對會像廸肯一樣，太陽剛一上山，就馬上往外跑，外頭逗留到天黑了才肯進屋。」

「我能有機會到荒原上去嗎？」瑪麗帶著一臉渴盼，眼巴巴地望著那遙遠的蔚藍。它是那麼大，又那麼清新明亮，那麼奇妙，而且顏色美得教人神往。

「我不知道。」瑪莎回答說：「照我看來，儂一定打從出生就沒運用過儂的雙腿。儂走不上五哩路。這兒離我們家就有五哩路遠哩！」

「我真想去看看妳們家。」

瑪莎好奇地盯著她端詳了一會兒，這才又拿起清潔刷子重新開始刷爐架。她腦子裡頭正在想，此刻這張其貌不揚的小臉蛋上，表情再也不像剛來的第一個早上看到的那樣，老扳著臭臭的臉，而是有一點點兒像她們家的蘇珊．安非常想要什麼東西時的表情。

「我會問問我媽的意見。」她表示：「她是一個幾乎無論碰到什麼事都知道該怎麼做的人。今天是我的休假外出日，我要回家。哇！好高興啊！梅德洛太太非常敬重我母親。或許媽媽可以和她談談。」

「我喜歡妳母親。」瑪麗說。

「那是一定的。」瑪莎一面回答，一面繼續打掃。

「我從來沒有見過她。」

「對，妳沒有。」她再度跪坐在地上，舉起手用手背擦擦鼻子，彷彿一時間感到有些茫然不解似的，不過很快便徹底消除那個疑問。「唔！她是個既明智，又通達事理，做事勤勞，好脾氣，沒有半丁點兒缺點的人，所以不論有沒有和她見過面，每個人都會忍不住喜歡她。每當我休假回家看她的途中，穿越荒原時，我總會開心得蹦蹦跳跳呢！」

「我喜歡廸肯；」瑪麗補充說：「我也沒有見過他。」

「喏！」瑪莎語氣堅定：「我早說過，連天上的鳥兒也喜歡他；兔子、小馬、狐狸、野地裡的綿羊都一樣。我懷疑，」她若有所思地凝視著瑪麗說：『他對妳究竟會有什麼感想？」

「他不會喜歡我的！」瑪麗帶著她一貫的冷硬口吻說話：「從沒有人喜歡我！」

瑪莎又露出那副沈思的表情。

「儂喜歡儂自己嗎？」她彷彿真的非常想知道似的。

瑪麗遲疑了一下，在腦中反省。

「一點也不——坦白說。」她回答：「只是，我以前從來沒有想過這個問題。」

她的言語似乎觸動了瑪莎某個溫馨的記憶，只見她嘴角微微漾起一抹笑容。

「這個問題媽媽也曾經問過我哩！」她說：「那時她正忙著洗衣服，而我卻因為心情不好，只顧嘮嘮叨叨，直說別人的壞話。於是她扭過頭來，對著我說：『儂這小潑婦呀，儂！儂就乾站在那兒說儂不喜歡這個，不喜歡那個的！儂喜歡儂自己嗎？』我一聽，忍不住笑了出來，腦袋裡一下子就清醒啦！」

她把瑪麗的早餐送到餐桌上，然後就喜孜孜地走了。今天她要穿過荒原，走五哩路回到自家的小屋，幫母親打掃、洗衣，烘焙一個星期的點心，痛痛快快開懷個夠。

一旦意會到瑪莎不在屋裡了，瑪麗頓時感到一陣空前未有的寂寞。剛吃完飯，她便趕緊跑到屋外花園去，繞著噴水池，先狠狠奔跑個十圈再說。她一圈一圈，小心計算自己奔跑的圈數。跑完了，心情總算舒暢多啦！燦爛的陽光，讓這一整片地方全改變了風貌。那又高又深的藍天，彎彎地覆蓋在大鶇莊、同時也覆蓋在荒原上。她不斷地抬起頭，仰望著天空，假想若是自己處在其中一朵雪白的浮雲上東飄飄，西蕩蕩，不知道會是什麼樣子呢。她走進第一片果菜園，發現班・韋勒斯泰正率領另外兩名園丁在園子裡工作。天候的變化似乎帶給他一些好影響，他主動對她打了聲招呼。

「春天快來啦！儂聞不出來嗎？」

瑪麗用力嗅了嗅，自認為聞得出來。

「我嗅到一股又新鮮、又潮濕、又很舒服的氣味。」

「那是肥沃的土壤傳出的味道。」老班一面翻土一面說：「這會兒它正興沖沖地準備栽培作物。冬天裡，無事可做的時候，它挺無聊呢！耕種的季節一到，它就開心嘍！外面那些花園的地底下，好多東西都會開始在暗地裡騷動起來。太陽出來曬暖了它們。再過一小陣子，儂就會看到黑色的土地上冒出點點綠穗子。」

「那是些什麼植物？」

「番紅花、水仙花，還有細雪花等等。儂難道從來沒有見過花嗎？」

「沒有。在印度，下完雨後，到處都是又溼又熱，一片綠油油的。」瑪麗說：「我還以為萬物都是在一夜之間長大的呢！」

「這些花不會一個晚上就長大。」老班說：「儂必須耐心等著它們慢慢的長。它們會今天拔高一點點，明天冒出一點嫩芽，後天又有一片葉子舒展。儂等著瞧好啦！」

「我會等著的。」瑪麗回答。

不一會兒，她又聽到輕微的撲撲振翅聲，不消抬頭就知道，準是知更鳥兒又來了。它精神抖擻，俐落活潑，一蹦一跳，緊貼她的腳跟，偏著頭，無限狡黠地直盯著她看。

瑪麗忍不住要請教老班：「你想它還記得我嗎？」

「記得儂？」韋勒斯泰一副忿忿不平的口氣：「它認得這些園子裡每個甘藍菜的特徵，更甭說是人啦！它從沒在這地方見過一個小姑娘，所以打算把有關儂的一切全挖掘個夠。在它面前，儂根本休想要隱瞞得住什麼。」

「在它居住的那片花園裡，也有植物在暗地裡騷動嗎？」瑪麗詢問。

「什麼花園？」老班嘀嘀咕咕，又露出過去那副拒人於千里之外的表情。

「長著老玫瑰樹的那一座。」她忍不住要問，因為她實在太想知道了。「它們是不是全都枯死了？或是夏天一到，還有一些會再開？那裡還有任何玫瑰嗎？」

「問它！」班．韋勒斯泰朝著知更鳥聳聳肩，「它是唯一知道的一個。十年來，根本沒有人見過裡面的情景囉！」

十年可真是一段漫長的時間呢。瑪麗心底暗想：從她出生到現在，也才不過十年呢！

她腦海中的思緒慢慢轉動，腳下信步滑開。這些日子以來，她已經像漸漸喜歡知更鳥、廸肯、瑪莎的母親一樣，開始喜歡起那座花園了。此外，她喜歡上了瑪莎。對於一個從不習慣去喜歡什麼的人來說，這世上似乎有太多太多值得喜歡的人了。在她的心目中，知更鳥也等於是一個人。走著走著，她來到那堵外側垂滿長春藤、牆頂可以望見裡面樹梢的長牆邊。就在她沿著那道牆來回逡巡的當兒，一件最最刺激、最最有趣的事情突然降臨到她的身上，而那全是透過老班・韋勒斯泰的知更鳥帶來的。

一陣吱吱喳喳的鳴囀，吸引她將目光投注在左腳旁邊光禿禿的花床上，發現它正在那兒跳來跳去，假裝啄食地裡的東西，好讓她相信自己沒有跟蹤她。但她當然明白它是一直跟在她的身後飛來的，一時間，胸中充滿無限驚喜，令她幾乎忍不住微微顫抖起來。

「你真的記得我！」她大呼大叫：「你記得！你是全世界上最漂亮的東西！」

她嘰嘰喳喳地又是說，又是捧，它也蹦蹦跳跳地拼命搖動尾巴，輕啼巧囀著，彷彿正在講話的模樣。它那一身鮮紅背心看起來就像綢緞；它鼓脹起小小的胸膛，感覺上既高貴又美麗，更顯得氣派堂皇，真像是在對她展示自己有多麼了不起，告訴她，即使是隻知更，也可以人模人樣。

見它容許自己一步一步接近它的身旁，瑪麗小姐頓時忘了從小到大，始終與人格格不入的個性，彎下腰對它說話，努力學著發出像知更鳥般的啼聲。

噢！你瞧，它竟當真肯讓她靠得那麼近！它知道，她絕不會為了任何事動手抓它，也不會做出一點點可能嚇壞它的舉動，因為它是個真真正正的人——只是比全天下任何其他的人都更逗人愛。她好快樂好快樂，高興得簡直快喘不過氣來了。其實，花床上倒不全然寸草不生，只是缺少花朵罷了。因為一些多年生植物在進入冬季休眠期前，都已經過修剪。不過，花圃後方依然群聚著許多高高矮矮的灌木叢。

正當知更鳥兒在那些小樹下面蹦蹦跳跳時，瑪麗看見它跳上一座剛剛被翻過的小土堆，站在上頭尋找小蟲子。這個土堆是被一條狗翻上去的，因為它想挖出一隻鼴鼠，結果竟刨出一個深極了的洞穴。

瑪麗並不明白為何地上會跑出一個洞來，只是定睛注視它。看著看著，猛然發覺有件東西幾乎完全被掩埋在這堆新翻起的泥土裡。那是一枚不知是生了鏽的銅環或鐵環。瑪麗趁著知更鳥飛上附近一棵樹上的時候，伸手將它拾了起來。但那不單單是一枚圓環；它是一把看似被埋在地下好久好久的鑰匙。瑪麗食指勾著那把鑰匙，帶著一臉幾乎被嚇呆了的表情站起身來，注視著它。

「說不定它已經被埋了十年啦！」她喃喃低語：「說不定它正是通往花園的鑰匙！」

第八章　報路的知更鳥

她對著那把鑰匙注視良久良久，一遍又一遍地翻轉，默默思索有關它的問題。正如我先前介紹過的，從小到大，沒有人教過她，遇到事情應該去找大人商量，或是徵求他們的同意。她只想到：不知道它是不是那座封閉花園的鑰匙？她能不能找到入口？她是否能夠打開那扇門，瞧瞧圍牆裡頭究竟是什麼景象？那些老玫瑰花的植株又怎麼了？她之所以那麼想要一窺其詳，實在是因為它被關閉太久了。感覺上，似乎經歷這麼長的十年時間，裡面的景況必定大大不同於其他園子，而且必然已經產生某些奇怪的變化。除此以外，只要她喜歡那座園子，今後大可以每天都悄悄溜進裡面，然後把門關好，一個人完全不受干擾地在裡頭玩她自個兒的遊戲。因為誰也不會想到她人在哪裡，反而會以為那道門一直鎖得好好的，鑰匙也始終埋在地裡。她一想到這裡，心頭真是快活得像個神仙一樣。

像她這樣獨自一人生活在擁有上百個神祕兮兮、房門緊閉的房間，卻沒有半點娛樂可供消遣的偌大宅第裡，早已讓她散漫的腦筋開始活動起來，並且逐漸喚醒她的想像力。毫無疑問，這一切都和原野吹來的強烈、新鮮、純淨的空氣有莫大的關係。正如它曾經帶給瑪麗好胃口，抵抗強風，更活絡了她全身的血液循環，同樣的因素也刺激了她的心智。在印度，她每天老是太熱、太虛弱、太沒精打采，什麼事也懶得理會。可是，到了這兒之後，她卻開始關心起新的事物，想要做點兒從前沒做過的事了。雖然自己還不明白原因何在，不過，她確實不像從前那樣，到處表現得十分「反常」了。

把鑰匙收進口袋，就在原地來回走著。這地方，看來除了她，不會再有別的人來，所以她大可以一邊慢吞吞地散著步，一邊仔細打量那道圍牆；或者該說——打量那爬滿牆壁的長春藤。那些藤蔓可真教人頭痛啊！不管她再怎麼細心、怎麼明察秋毫地端詳，也只看到一片密密麻麻、深暗的綠葉。瑪麗心底失望極啦！她一面沿著牆邊踱步，仰望隔牆的樹梢，一面又湧起些許那股專愛跟四周的環境、人物唱反調的拗性子。她默默思忖，像她這樣明明只剩一牆之隔，卻進不了園子，感覺真是驢透了。回房時，她把口袋裡的鑰匙一併帶了回去，並暗暗下定決心，以後每次出來都要帶著它，以便隨時只要找到那扇隱藏之門就有可以開門的鑰匙了。

梅德洛太太允許瑪莎好好在家裡過一晚再回來。隔天天才一亮，她已帶著一張比起平常都更紅潤的臉，神采奕奕地在做她的工作了。

「我清早四點就起來了。」她說：「來的時候，大荒原上的小馬剛起床，野兔四處亂跑，太陽緩緩爬上天空。哇！真是好美，好漂亮！我並沒有從家門口一路走到這兒。路上有個駕輕馬車貨運的人讓我搭了一段便車。坐在車上很棒，很舒服呢！」

關於昨天的休假，她有一話匣子的事可說。她的媽媽很高興看到她回家，兩人忙著烘麵包、烤點心，把家裡該刷該洗的事事物物都好好清洗了一番。她甚至幫每個孩子烘了塊摻了黑糖的麵粉糕。

「他們一從荒原上回來，我就給他們每人一塊熱烘烘的糕餅吃。整座小屋裡頭都是又香又濃的熱呼呼的蛋糕味兒，屋裡又燒著熊熊的爐火，大家都高興得大聲歡呼呢！我們家廸肯說，我們那間小屋簡直棒得像個皇宮似的。」

到了晚上，他們全家圍坐在火爐旁，瑪莎一面陪著母親縫家人的長襪，替破了洞的衣服加上補綴，一面告訴大家有關那個從印度來的小女孩的點點滴滴，還說她打從小時候就被一群所謂的「黑人」伺候得到現在都不會自己穿襪子。

「唔！他們好喜歡聽有關妳的事。」瑪莎說：「他們想知道有關黑人，還有妳回英國時所搭的那艘船上的每件事。可我知道得太少了，沒有辦法讓他們聽個過癮。」

瑪麗默默思量了一會兒。

「到妳下次放假回去前，我會再告訴妳一大堆、一大堆的事，這樣妳就有更多話題可談了。」

我敢說，他們一定會喜歡聽有關人家騎大象和駱駝，還有那些軍官們出去打老虎等等的事。」

「噢，老天爺！」瑪莎高興地嚷著：「那準會讓他們聽得迷死了。儂們真的那麼做嗎，小姐？聽說以前約克夏有過野獸表演。那一定也像野獸表演一樣吧！」

「印度和約克夏是兩個完全不同的地方。」瑪麗把整個問題擱在腦海中細細思考一遍，又緩緩說道：「我想，絕對不同。廸肯和妳母親喜歡聽妳談我的事嗎？」

「噢！我們廸肯聽得眼珠子瞪得大大的，都快掉出來了。」瑪莎說：「可是媽媽很擔心妳似乎一直獨來獨往，沒有人陪伴的事。她問道：『柯瑞文先生沒有幫她請家庭教師？也沒有替她找保姆嗎？』我說：『他沒請。不過，梅德洛太太說等他想到的時候就會請了。可是她說，他至少還要再等兩、三年才會想到。』」

「我才不要家庭教師呢！」瑪麗斬釘截鐵地回答。

「可是媽媽說，妳現在應該唸點兒書了，也應該有個女人照顧妳。她還說：『瑪莎，妳自己想想好了，要是妳住在那麼大的一個地方，走到哪裡都只有自己孤伶伶一個，又沒有媽媽陪，那會是什麼滋味。』她說：『妳要儘量想辦法多讓她快活些。』我說：『我會的。』」

瑪麗靜靜地注視著她好一會兒。

「妳的確讓我開心多了。我喜歡聽妳說話。」

瑪莎突然走出房間，回來時兩手藏在圍裙底下，不知拿著什麼東西。「我帶了一份禮物給儂。」她笑吟吟地說道：「怎麼樣？儂高興嗎？」

「禮物！」瑪麗小姐失聲尖叫。在她們那個一家十四口擠在一間小屋生活的家庭裡，連人都快吃不飽了，怎麼還有能力送人禮物！

「昨兒個有人在荒原的那一頭叫賣，」瑪莎解釋：「他把車停在我們家門口。貨車上有鍋子、水壺，還有一些零零星星的雜貨。可是媽媽手邊的錢連一樣也買不起。就在他正要離開時，我們家伊麗莎白．艾倫突然大喊：『媽！他的車上有那種把手是紅色和藍色的跳繩。』媽媽聽了，急忙大叫：『嗨，先生，快請停車！那個賣多少錢？』他說：『兩便士。』媽媽掏著口袋，又跟我說：『瑪莎，儂把儂的薪水全交給我了，真是個好女孩！我也都儘量撙節著花用。可是，現在我想拿兩便士出來，替那孩子買一條跳繩。』說著她便買了一條。偌，在這兒。」

瑪莎從圍裙底下拿出那條跳繩，得意揚揚地展示給瑪麗看。那是一條細細長長的堅固跳繩，兩頭各有一只紅藍條紋的把手。瑪麗以前從來沒有見過跳繩，一臉莫名其妙地盯著它看。

「那是做什麼用的？」她好奇地問道。

「做什麼！」瑪莎驚呼：「儂是說，印度沒有跳繩，只有大象、老虎、駱駝哇！難怪他們大部分都長得黑不溜丟的。看著我，我來表演給儂看這是做啥子用的。」

她跑到房間中央，雙手各拿著一只把手，開始跳、跳、跳。坐在椅子上的瑪麗轉過身注視著她，而牆上那些古畫上的奇怪面孔彷彿也在盯著她看，懷疑這小家小戶出身的小姑娘家怎敢如此斗膽，在他們眼皮子底下做出如此無禮的舉動。可是瑪莎壓根兒沒瞧見他們。瑪麗小姐臉上那好奇、津津有味的神情帶給她莫大的喜悅，於是她繼續不斷地一面數，一面跳到一百下才停。

「我可以跳得更久。」她說：「十二歲時，我可以連跳五百下都不用停。不過，那個時候我並沒有這麼胖，而且我經常練習。」

瑪麗情緒逐漸亢奮，站了起來。

「這看起來好棒！」她說：「妳母親真是位好心腸的婦人。妳想，我有可能跳得像妳剛剛那麼好嗎？」

「跳跳看呀！」瑪莎把跳繩交給她，鼓勵著，「剛開始妳沒法子跳到一百下。可是，只要常常練習就做得到了。這是媽媽說的。她說：『再沒有啥玩具能比跳繩對她更有益處啦！聰明的孩子就該玩這個。要她多到戶外玩跳繩，呼吸新鮮的空氣，能讓她的四肢骨骼發展，也能多培養點力氣。』」

很顯然，瑪麗小姐剛開始跳時手腳都沒有多大的力氣，動作也有些笨手笨腳的。不過，她實在太喜歡這種娛樂了，所以跳得再不靈活也不想停。

「穿上衣服，到外面跑跑跳跳去。」瑪莎說：「媽媽吩咐我轉告妳，儘量待在戶外，只要衣服穿得暖，就算是下點兒小雨也沒關係。」

瑪麗穿上外套，戴好帽子，把跳繩拖在手臂上，開了房門就準備出去。突然又不知想到了什麼，停在門口，慢騰騰地轉過頭來。

「瑪莎，」她說：「這是靠妳的薪水買的；是妳的兩便士薪水。謝謝妳——」她說得彆彆扭扭；因為她既不習慣道謝，也從不注意別人為她做了些什麼。「謝謝妳！」她伸出手來；因為除此以外，她實在不曉得應該怎麼做。

瑪莎似乎也不習慣這種事，手忙腳亂地伸出手來和她輕輕地握了握，隨即忍不住大笑了起來。「喲！儂真是個婆婆媽媽，故作正經的小東西。」她說：「這要換了我們家伊麗莎白．艾倫，早就飛奔過來給我一個吻嘍！」

瑪麗神情更加困窘了。「妳要我吻妳嗎？」

瑪莎不禁又哈哈大笑。「不！我不是這個意思。」她回答：「假使儂是別人，或許會自動過來吻我。不過儂不是。去吧！快帶著儂的繩子到外頭去玩。」

瑪麗小姐帶著幾分尷尬出去了。這些約克夏人怪怪的，瑪莎的言行舉止更是老叫她迷惑不解。剛開始她真的非常非常討厭她，現在卻一點兒也不討厭了。

這條跳繩奇妙極了。她邊數邊跳，邊跳邊數，玩得兩片臉頰紅通通的。從小到大，她還不曾這麼興致高昂過呢。戶外陽光燦爛，微風輕拂——不是飛砂走石的狂風，而是陣陣吹得人們心曠神怡的清新空氣，其中還隱約夾帶著剛被翻過的泥土那股特殊的芬芳。她繞著噴水池花園跳了一圈，又連跑帶跳地通過兩條小徑，最後跳進菜園，看見班．韋勒斯泰一面翻土，一面對著繞在他的腳跟旁蹦蹦跳跳的知更鳥說話。她順著小徑一路跳向老班。他們抬起頭來，帶著一臉好奇的表情盯著她。她很想讓他看看自己跳繩的樣子，卻又一直懷疑，說不定他根本不會注意到自己。

「哇！」他嚷嚷著：「不可思議！或許儂畢竟是個小女娃？或許儂骨子裡頭並不是個又倔又暴躁的討厭鬼，而是一個道道地地的小孩子。瞧儂把一張小臉跳得紅撲撲的，要不是俺親眼看到，說啥俺也不相信。」

「我以前從來沒有跳過繩，」瑪麗說：「這才第一次跳呢！我一次最多只能跳到二十下。」

「繼續跳。」老班說：「就一個長年和異教徒生活在一起的小姑娘來說，儂跳的技巧夠好啦！瞧，它那兩隻眼睛直盯著儂哪！」他扭頭望著知更鳥說：「昨兒個它跟蹤儂啦，今兒個準定還會跟。它準是想瞧瞧跳繩究竟是個啥玩意兒。這還是它頭一次看到哩！唉——」他衝著知更鳥兒搖搖頭，告訴它：「儂要不多機警點兒，遲早有一天會被自己的好奇心害死。」

瑪麗沿著所有花園、果園跳完一圈，每隔幾分鐘便停下來休息一下，最後跳到平常只有她一個人到的那條步道，決心試試看能不能一口氣跳完全程。這條小徑跳起來還滿長的，剛開始時一下一下慢慢跳，不到半路就覺得氣喘吁吁，熱得要命，不得不停下來休息。她心底並不怎麼在意；因為這一次她已經數到三十下了。她開心地笑咯咯停在半路。結果——瞧！那知更鳥兒正抓著一條長春藤蔓掛在牆邊晃晃盪盪哩！

它又跟在她的後面！見她仰起頭來，它便嘰嘰喳喳地向她打招呼。瑪麗轉動繩圈，朝它跳去，每跳一步，便覺得口袋裡頭有樣東西沈甸甸地撞著她。看到那隻知更鳥，瑪麗不禁又笑了。

「昨天你指引我找到埋鑰匙的地方，」她說：「今天你該告訴我們在哪裡才對。不過，我相信你一定也不知道門究竟在哪兒！」

知更鳥撲撲振翅，飛上牆頭，張開尖尖的嘴兒放聲高歌。那美妙動人的顫音不過是在向她誇耀罷了——一般的小鳥，哪一隻不是喜歡炫耀自己的歌喉呢！

瑪麗．雷諾斯曾在她奶媽說的故事裡聽到有關魔法的事，往後她便老是向見到的人宣稱，那一瞬間發生的事就是個魔法。

清風徐徐送爽，轉瞬間，突然颳起一陣特別強勁的風，吹得樹枝跳起波浪舞，吹得懸垂在圍牆邊那些沒人修剪的長春藤蔓亂擺亂搖。這時瑪麗已經走到知更鳥的嘴尖前，突如其來的強風吹開幾條零落的藤蔓，更突如其來的是瑪麗忽然向前一跳，將那把藤蔓緊緊地揪在手掌中。那是因為她已在這一瞬間瞥見藤條底下似乎隱藏著什麼——一只被懸垂的藤蔓遮蓋的圓鈕。

是門鈕！

她雙手伸進枝葉，連扯帶拽，把它們撥向一旁。糾葛不清的藤葉生得密密麻麻，掛在那兒，簡直像是一張乘風擺盪的綠簾，只是有些已經悄悄爬過木頭和鋼條上方，鑽進圍牆。瑪麗心情激動，一顆心怦怦劇跳，雙手也興奮得微微顫抖起來。牆頭的知更鳥偏著小腦袋瓜，不斷地啁啾啼唱，彷彿情緒也跟她一樣激動似的。這個在她雙手底下摸出的鐵製方形物，手指還探到一個孔，它究竟是個什麼東西呢？

那是一道被關閉了十年的門鎖。瑪麗把手伸進口袋，掏出鑰匙，發現它和那個鑰匙孔很密合，於是將它插進孔內扭轉。她使盡了兩隻手的力氣，才把它給轉動了。

她深深吸了口氣，回頭望著長長的步道，看看有沒有人走過來。沒有！這地方看來似乎從沒有人會踏近一步。這時她忍不住又深吸了一口氣，撩開搖曳的綠簾，推動園門，那門便極輕緩、極經緩地開啟了。她快步溜進門內，趕緊把那扇門又關好，然後背靠著門板東張西望，止不住的喜悅、驚奇和激動，讓她的呼吸跟著急促起來。

她終於身處於神祕花園的裡面了！

第九章 最奇怪的房子

這真是全世界最最神祕、最最可愛，讓人連做夢都意想不到的地方。包圍住整座花園的四堵高牆，牆面都被禿光葉子的蔓性玫瑰花梗給覆蓋住了，濃濃密密，全都交織在一起。瑪麗．雷諾斯在印度時就見過好多好多玫瑰，所以她曉得那是玫瑰花枝。地面上鋪著一層枯葉衰草，焦黃的草葉縫裡鑽出一叢叢肯定是玫瑰植株的矮樹叢，只是不曉得它們究竟是不是還活著。放眼望去，這裡有數不清的單莖玫瑰，伸展得又高又長的枝條相互交錯，乍看之下，儼然形成一片小樹林子。花園裡頭除了玫瑰之外，還有其他樹木。而園裡最最奇妙、最最迷人的一種景致便是那些蔓性玫瑰爬上樹身、垂下絲絲縷縷纖細的枝條，形成一面面臨風搖曳的簾幕。偶爾，蔓延在伸得老長的樹枝上互相纏繞，從這棵樹悄悄爬到那棵樹的樹梢，搭成一座座可愛的玫瑰藤橋。不管是蔓性玫瑰或單莖玫瑰，植株上都看不見任何葉子或花朵，瑪麗根本不曉得它們是活著或死了。只不過，它們那灰樸樸的細枝和焦褐的枝幹看起來就像霧濛濛的大斗篷，鋪蓋在牆上、樹上、每樣東西上，甚至從這些攀附的支柱直墜而下，沿著地面伸展，覆蓋在整片褐黃的草地上。也正是一片朦朦朧朧、從一棵樹木勾纏到另一棵樹木的大簾幕，讓這整座花園看起來更富有神祕的氣息。

瑪麗自始至終就認為這座長久沒人看顧的花園一定和別的園子不一樣——的確，它和她這輩子所見過的任何一處地方都大不相同。

「好靜好靜啊！」她喃喃低語：「真是太靜太靜了！」

她默默地佇立片刻，聆聽周遭的一片闃寂。已經飛回他的樹梢的知更鳥也宛如其他所有事物般屏息無聲。它甚至沒有拍動翅膀，只是動也不動地站在枝頭凝視著瑪麗。

「難怪這麼安靜！」她再度喃喃自語：「我是十年以來第一個在這裡頭開口說話的人呢！」

她輕手輕腳，悄悄走離門邊，彷佛深怕會吵醒什麼人似的。幸虧腳下有草，她才能夠走得這樣無聲無息。走過一道樹與樹間、如神話仙境般的灰色拱門時，她仰起頭注視著那纏繞這座圓拱的蔓鬚與細枝。

「不曉得它們是不是全枯死了？」她說：「這是一座徹底死掉的花園嗎？但願不是！」

假使她是班·韋勒斯泰，只要仔細觀看花木植株，就一定能判斷出它們究竟是不是還有生命。她只能夠看出到處都是灰灰褐褐的骨幹、分枝，完全瞧不出絲毫即將有一丁點綠芽要吐露的徵兆。

不過，她畢竟進到花園裡來了。以後只要她隨時喜歡，都可以穿過那掩藏在長春藤蔓底下的園門進來。這讓她覺得彷彿發現了一片只屬於她一個人的天地。

圍牆內，覆蓋大鶇莊裡這一塊特殊區域的高高藍空上，陽光遍灑，感覺似乎比照耀在荒原上的光線更柔和、更璀璨。知更鳥飛下樹梢，緊黏著她的腳跟打轉，或者跟在她的背後，從這叢矮樹飛到那叢矮樹，吱吱喳喳，盡情唱出繁複的曲調，彷彿是在為她講解、指引什麼似的。這裡的一景一物無不透著古怪和沈靜，瑪麗獨自一人，感覺就像是和誰都相隔千里遠。可是，不知為什麼，她一點也不覺得孤單、寂寞。唯一困擾著她的是她一心期盼能知道是不是所有的玫瑰都死了，或者也許還有幾株一直活得好好的，只等天氣一轉暖，就能吐出嫩芽，長出綠葉。她不希望這是一片徹底死掉的花園。倘若它是一座生機盎然的園子，那該是多麼神奇的一件事啊！而若是那成千上萬的玫瑰圍繞著園裡的每個角落綻放，它又將是何等美麗的一片花海！

進入這座花園時，她把跳繩掛在肩膀上。在園子裡稍微逛了一會兒，她開始想到乾脆繞著整座花園跳一圈，遇到想要仔細看看什麼的時候再停下。這園裡似乎處處可見小草鋪成的通徑，在其中一、兩個轉角處還有天然的冬青樹搭成的小涼亭，亭內或陳設石椅，或擺著長滿青苔的高腳大花盆。

接近第二座涼亭時，瑪麗忽然停住跳躍的腳步。這座涼亭裡面曾經有一片花圃，而她自覺好像看見沃腴的黑土面鑽出點點尖尖的嫩綠色小東西。之前，老班說過的那番話重新湧現腦海。瑪麗於是蹲在地上，盯著那些小綠點兒仔細看。

「沒錯，它們的確是正在生長中的小東西；它們很可能是番紅花、細雪花或是水仙花。」她悄悄低語。

她彎著腰，鼻子湊近小綠點兒，用力嗅了嗅潮溼泥土的芬芳。她好喜歡那種味道。

「也許別處也有綠芽在生長呢！」她說：「我要走遍整座花園看一看。」

這回她不再跳繩，只是兩眼始終盯著地面緩緩步行，細心查看每片分隔草地的舊花床，深怕遺漏了任何一個小角落。就這樣，逛完一圈之後，她又發現好多好多嫩綠色尖狀的小圓點，心情也再度激動莫名了起來。

「它不是一座徹底枯死的園子啊！」她柔聲輕呼：「就算玫瑰當真死掉了，也還有別的東西存活著。」

她對園藝之事一竅不通，但見到那些小綠點兒奮力掙出芽尖的地方有幾處的草長得實在太茂密，就覺得小綠芽恐怕沒有足夠的空間生長。於是她滿地找尋，終於發現一塊相當銳利的木片。然後，她蹲下身來，開始刨根除草，直到在那些小綠芽的四周清出一片小小的空地。

「現在它們看起來似乎可以呼吸了。」整理完最初的幾片花床，她自言自語：「接下來，我還得整理更多更多，把眼睛所能看到的地方都弄完。今天時間不夠，明天繼續做。」

她一個定點接一個定點，又挖又刨，劃除雜草，忙得不亦樂乎。不僅花床，連大樹底下的草地也沒漏過。四肢的勞動讓她全身漸漸暖和。她脫掉大衣，接著又把帽子給甩了。不知不覺間，面對著草地與嫩綠色小尖芽，她的臉上始終掛滿盈盈的笑容。

那亦步亦趨跟隨著她的知更鳥可忙碌極啦。它非常高興看到終於有人來他的地盤進行園藝工作。過去這些年來，老班．韋勒斯泰修整花花草草的本事常叫它嘖嘖稱奇。凡是經過整頓的花園，各式各樣美味可口的食物總是會隨著土壤翻起。如今這裡來了一個個頭不到老班一半的小丫頭，而且很有見識地進了它的園子，馬上動手做起來。

瑪麗小姐在花園裡面忙得渾然忘我，直到午餐時間快到了，才猛然想起該回屋裡去了。她穿上外套，戴上帽子，撿起跳繩，簡直不敢相信自己已在這兒工作了兩、三個小時。事實上，這大半個早上，她始終樂在其中；而四周都被清除乾淨的幾十、幾百顆嫩嫩的芽尖，看起來也比原先被荒草雜梗纏得快窒息的時候欣欣向榮了兩倍。

「下午我還會再回來。」她左顧右盼，傲視自己這片新王國，對著滿園樹木、玫瑰樹叢丟下這句話，彷彿它們真能聽得到似的。

然後，她撒開腳步，輕快地奔過草地，推開轉速緩慢的老舊園門，悄悄溜了出來。

回到房裡，她兩頰紅通通的，眼中神采奕奕，胃口大開，吃了一大堆午餐。

「兩片肉，外加兩份米腸！」一旁服侍她的瑪莎看得開心極了，「哇！等我告訴媽媽跳繩帶給妳什麼好處時，她一定覺得好高興！」

在早上挖土除草的過程中，瑪麗小姐現自己曾掘起一種白白的、長得像洋蔥的根。她把它埋回原處，又小心翼翼地掩好了土，輕輕拍實。這會兒，她心想著，不曉得瑪莎是否能夠告訴她那是什麼。

「瑪莎，有一種白白的、長得很像洋蔥的根，那是什麼東西啊？」

「那是球根。」瑪莎回答：「春季裡的花卉有許多都是從球根裡抽芽長成的。像那些很小顆很小顆的是細雪花和番紅花。白水仙、黃水仙、各式各樣水仙的球根比較大。長得最大顆的則是百合花和紫昌蒲。噢！那些花都好漂亮啊！廸肯也找回來一大堆，種在我們家的小園子裡呢！」

「那些廸肯全都認得嗎？」瑪麗嘴裡問著，一股新的靈感盤據在她的腦海裡。

「我們家的廸肯連紅磚道上都能讓它長出花兒來呢。媽媽就曾經說，他只消悄悄低喚幾句，萬物就會自動從地面下跑了出來。」

「球根是不是活得很久呢？如果沒有人幫忙照料，它們能不能夠活上很多年？」瑪麗有些焦急地詢問。

「它們是屬於那種自動自發型的植物，」瑪莎說明：「所以一般貧窮人家才能種得起。就算妳不去理會它們，其中絕大多數也會終身默默地在地下發展，並且結出許多小球根。遊苑那邊的林子裡有一片地方長著成千上萬株細雪花，春天來時，它們是全約克夏最最美麗的風景；沒有人知道最初的那些細雪花球根是什麼時候種下的。」

「我真希望現在就是春天了！」瑪麗說：「我好想看看所有生長在英國的植物都是些什麼樣子呢！」

這時她已吃好午餐，坐在自己平日最喜歡的壁爐氈上。

「我真希望——真希望能有一把小圓鍬。」她說。

「儂要把圓鍬做啥用？」瑪莎笑嘻嘻地問：「莫非儂要拿它去挖土？我一定要把這事也告訴媽媽去。」

瑪麗盯著爐火，默默沈思了一會兒。如果她想保有自己的祕密王國，就非得多加謹慎才行。雖然她不會製造什麼破壞，可是一旦讓柯瑞文先生發現有人打開花園門，他絕對會暴跳如雷，並且換道新鎖，把它永遠鎖住。而她是真的無法忍受那種可能性的。

「這是一個好大又好寂靜的地方，」她一字一字慢慢說著，彷彿正把所有問題擱在腦中好好做個盤算。「屋子裡面寂寂靜靜，遊苑那頭寂寂靜靜，花園區內也寂寂靜靜。很多很多地方似乎都被封閉起來了。我在印度的時候雖然沒有做過多少事，至少有比較多的人可以觀察上有土著，有行車通過那兒的士兵——有的時候可以聽見樂隊演奏，還有我的奶媽會講故事給我聽。在這裡，除了妳和班．韋勒斯泰以外，一個交談的人也沒有。而妳有妳的工作，班．韋勒斯泰又不可能常常跟我說話。所以我想，要是我有一把圓鍬，就可以學他的樣兒，找塊地方鬆鬆土。如果他肯給我一些種子，說不定還能種出一片小花園呢！」

瑪莎一聽，臉上頓時眉飛色舞。

「哇哈！」她嚷嚷著：「這可不正如媽媽說的嗎？她說：『那座大宅院裡有那麼多的空間，何不乾脆撥出一片小小的空地給她。就算她什麼都不種，但種些芫荽、胡蘿蔔之類的東西也可以。她會興興頭頭翻土耙地，做得很快活。』她就是這麼說的。」

「真的嗎？」瑪麗回答說：「她知道的事情可真多呢，不是嗎？」

「嗯！」瑪莎表示：「就像她說的：『一個一手帶大十二個小孩的婦人，當然不會只懂得ABC。孩子就像算術一樣，可以教導妳去發現很多道理。』」

「到底買一把圓鍬要花多少錢呢——小小的一把？」瑪麗問道。

「唔！」瑪莎思索了一下之後答道：「我曾經在大鵜村的一家店鋪裡頭看過一種小的園藝工具組，包括一把圓鍬、一支耙子和一根草叉綁在一起，總共要兩先令。用來工作，那就很夠堅固耐用了。」

「我皮包裡頭不止兩先令。」瑪麗說：「在印度時，摩里森太太曾經給我五先令。梅德洛太太也給過我一些柯瑞文先生交代要送給我的錢。」

「他竟然還記得該給妳一點兒零用錢嗎？」瑪莎尖叫。

「梅德洛太太說我每個星期可以有一先令花用。她在每星期六把錢交給我，而我又不知道該把它用在哪裡。」

「老天！那可是很大筆的零用錢哩！」瑪莎說：「儂想買這世上的什麼東西都沒問題。我們家那間小屋的租金才只不過一先令又三便士，就得大家東儉西省，才能湊得齊。」她手扠著腰說：「現在，我可想到一個主意了。」

「什麼主意？」瑪麗迫不及待地問道。

「大鶇村的那家店鋪有賣每包一便士裝的花種子，我們家廸肯曉得哪些種子的花種起來最漂亮，還曉得應該如何栽培。他每隔一段日子就會散步到村子去，純粹為了消遣、好玩罷了。儂會寫正體字嗎？」她突如其來問了一句。

「我會。」

瑪莎晃晃頭。

「我們家廸肯只看得懂正體字。既然儂會的話，我們就可以寫封信給他，請他到村子裡去買一組園藝工具，同時選購一些種子。」

「噢！妳真是位好姑娘！」瑪麗歡呼：「真的，妳是！我竟不曉得妳這麼可愛。我知道只要我認真，是可以寫出正體字來。我們去找梅德洛太太要一點兒紙、筆和墨水吧！」

「這些東西我自己有。」瑪莎表示：「有一個禮拜天，我為了寫封信給媽媽，所以買了一點兒。我這就去拿。」

她奔出房間，留下高興得眼睛發亮的瑪麗站在爐邊，擰著她細細瘦瘦的小手。

「要是我有一把小圓鍬，」她喃喃自語：「就可以把土翻得又鬆又軟，並且鏟掉雜草；要是我有種子，就可以讓花園開出鮮花，絕對不會荒死掉——一定會再甦醒過來。」

然而，那天下午她卻沒有再出去。因為瑪莎帶著紙、筆、水回來後，照例要收拾餐桌，把所有的碗盤、刀叉端下樓；等她進了廚房，卻又正好撞見梅德洛太太在那兒，被她支使去做某件差事。所以瑪麗只得一個人呆呆地在房裡等了彷彿有一百年那麼久似的，才總算看到她回來。

緊接著，寫信給廸肯又是一件嚴肅的大事。瑪麗因為從小個個家庭教師都很討厭她，沒有一個待得久，所以學到的東西也非常有限，她的拼音並不怎麼好。終於，經過一番努力，她發現自己也能端端正正地寫好一封信。這封信是她按照瑪莎的口述完成的：

親愛的廸肯：

我現在很好，希望你也很好。瑪麗小姐有很多錢，想要請你去大鶇村幫她買些花種子和一組園藝工具。要挑最漂亮又容易生長的，因爲她以前從來沒有種過花。而且又住在像印度那樣一個環境完全不同的地方。代我向媽媽和家裡的每一個人問好。瑪麗小姐還會告訴我更多更多在印度時發生的事，所以等我下次放假回家，你們就可以聽到那些有關大象、駱駝以及紳士們出去獵獅子和老虎的故事了。

愛你的姊姊

瑪莎．菲比．索爾比

「我們把錢裝在信封裡，然後我會請送肉過來的肉鋪小廝把它送過去。他跟廸肯是非常要好的朋友。」瑪莎說。

「那廸肯買到東西後，怎樣交給我呢？」

「他會親自帶過來給妳。這趟路，我想他一定會很樂意走的。」

「噢！」瑪麗尖叫：「那我就可以見到他了。我還以為我永遠都不會見到廸肯呢！」

「妳希望見到他嗎？」瑪莎見到她那一臉喜上眉梢的模樣，忍不住開口問道。

「嗯，我好想！我從來沒見過連狐狸、烏鴉都喜愛他的男生。我非常非常想見他。」

瑪莎彷彿想到什麼似的，突然全身微微一震，大聲叫道：「糟糕！瞧瞧我這要命的記性！早上我還想著頭一件事就要告訴妳這個消息的。我問過媽媽了——她說她會親自去找梅德洛太太商量。」

「妳是說——」

「就是我星期二提過的事啊！問她改天是不是可以讓妳乘馬車到我家，嘗一點我媽烤的熱燕麥糕餅和奶油，順便喝一杯牛奶。」

瑪麗覺得彷彿全世界所有的趣事都集合在今天一起發生。想想看，她就要在陽光普照、高空蔚藍的大白天穿越荒原！想想看，她就要到一個養著十二個小孩的家庭作客啦！

「她認為梅德洛太太會准我去嗎？」她心急如焚地問。

「嗯，我認為她會的，梅德洛太太曉得我媽媽是多麼賢慧的婦人，她每天都會把小屋內內外外整理得乾乾淨淨。」

「要是我過去的話，就能見到廸肯和妳的母親了！」瑪麗邊說邊反覆思考這個念頭，心裡愛極了這個主意。「她和一般的印度媽媽好像不大相同？」

經過一早上的園藝勞動和下午的興奮，此時瑪麗漸漸安靜下來，不時陷入沈思。瑪莎一直陪伴她到下午茶時間。不過，兩人只是安安靜靜、愜意地坐在爐火邊，很少開口交談。但就在瑪莎正要下樓去端茶點上來前，瑪麗突然提出一個問題。「瑪莎，」她說：「廚房裡那個女幫傭今天又鬧牙疼了嗎？」

瑪莎神情微微一變，說：「妳怎麼會這樣問？」

「因為我中午等妳回來等了好久，所以就打開房門，走到迴廊去看看妳要上樓了沒。這時我又像那天晚上我們聽到的一樣，聽到遠處傳來的哭聲。妳瞧！今天並沒有颳風，所以那絕對不可能是風聲。」

「噢！」瑪莎焦躁不安地叮嚀：「儂千萬不可以跑到走廊去逛來逛去，偷聽什麼。否則柯瑞文先生一定會很生氣很生氣！天曉得他會做出啥事來？！」

「我不是偷聽！」瑪麗辯白：「我只是在等妳，結果就聽見了。總共三次。」

「我的天！是梅德洛太太在拉鈴了。」瑪莎慌張地說著，就拔腿匆匆離開了。

「這真是全世界有史以來最奇怪的房子了。」她頭靠著身邊那把附著坐墊的搖椅手臂，漸漸打起盹來。挖土、跳繩，加上清新的空氣，讓她覺得又累又舒服，趴在那兒，不一會兒便沈沈睡熟了。

第十章　迪肯

祕密花園的上空，艷陽已經高照了將近一個星期。「祕密花園」是她心中暗暗替它取好的名字。她喜歡這個名字，更喜歡在神不知鬼不覺的情況下，把自己關在古老的美麗圍牆內的那種感覺。過去，她總共才讀過幾本書，喜歡幾則童話。而在其中某些童話裡，就曾出現過幾座祕密花園。有的時候，故事裡的人會在花園裡整整沈睡一百年。瑪麗始終覺得，那一定會好無聊。她可沒打算在祕密花園中沈睡。事實上，住進大鶇莊後，她的精神可是一天比一天更好了。她開始喜歡待在戶外，也不再討厭風吹，反而喜歡那種沐浴在風中的愉悅感覺。她可以跑得更快、更久，也可以一次連跳一百下跳繩。

埋在祕密花園中的球根想必也很詫異。包圍在它們四周的土地都被整理得又空曠又舒適，讓它們可以充分得到想要的呼吸空間。而且，不管瑪麗知不知道，總之它們已經在陰暗的泥土中奮力抖擻精神，準備掙出地面。陽光的威力可以鑽進土中，帶給它們溫暖；雨水一下子就能立即滲透到它們身上，讓它們漸漸感到蓄滿了活力。

瑪麗小姐是位行為古怪、意志堅決的小女孩。而現在，她正好遇上這麼一件值得她去執著的事。實際上，她可以說是全心全意投入其中！

她每天努力翻土，持續不斷地拔除園中雜草，不但不覺得厭倦，反而把它當成一場迷人的遊戲，越來越樂此不疲。本來以為那些嫩綠色的小尖芽總共也沒有多少，結果卻愈找愈多，似乎處處都可發現正要冒出頭的小嫩芽。每天都有前一天還沒看到的綠點點出現，有的好小好小，小得從地面上幾乎辨認不出來，卻又多得讓她不禁回想起瑪莎形容過的：「成千上萬朵細雪花！」以及球根不斷伸展，結出新球根的事。這些球根已經埋在地下十年都沒有人照顧，說不定早已伸展開來，像細雪花一樣，繁衍出千千萬萬顆了。她好想知道，這些小芽究竟還要經過多久才會開出花來？有時候，她挖著挖著，突然停止手上的動作，望著花園，想像有一天滿園繁花盛開、朵朵爭奇鬥妍的醉人畫面。

在那陽光燦爛的一整個星期間，她和老班的交情變得越來越親密。好幾次，她總是像從土裡冒出來似的突然出現在他身邊，把他嚇一跳。原因是她怕一旦他看見自己來了，準會匆匆收拾工具，掉頭就走，所以每次總是盡可能靜悄悄地走近他。然而，其實他並不像最初那樣對她抱持反感。說不定見到她那麼樣由衷地渴望和自己這個老頭兒在一起，他的心裡還暗暗感到飄飄然呢。再說，她本身也比當初剛來的時候有禮貌多了。他並不曉得，在他們倆第一次見面的時候，她對他的態度和在印度對當地下人們說話時，並沒有什麼不同，也不曉得身為一個脾氣暴躁又頑固的約克夏老人，自己對主人們充其量只是做到上頭交代什麼便做什麼，並不習慣對他們卑躬屈膝、唯唯諾諾。

「儂就像那隻知更鳥！」有天早上，他一抬頭，看見她就站在自己身邊，便如此說道：「俺從來不曉得什麼時候會看到儂，儂會從哪邊過來。」

「它現在變成我的朋友了。」瑪麗說。

「那正是它一貫的作風！」老班．韋勒斯泰嘰哩呱拉地數落：「為了浮華、虛榮，便拼命去諂媚一些女人家。只要能夠抖動尾羽，好好誇耀一下，無論什麼事，它都做得出來。那個傢伙可是自負得很哪！」

老班平日沈默寡言，有時甚至連對瑪麗提出的問題也只咕噥一聲，根本不回答，今天卻特別多話。他站起身來，一腳踏著鋤頭，仔仔細細打量她，突然迸出一句：

「妳來這兒多久啦？」

「大概一個月了吧！」

「在儂身上已經漸漸看得出大鶇莊的成績。」他說：「儂比初來的時候胖了些，臉兒也不再黃酸酸的。當初妳第一次進這個園子來時，看起來可真像是隻被拔了毛的小烏鴉，讓俺心裡頭直想著再沒見過比這長得更醜、臉兒繃得更臭的小丫頭啦！」

瑪麗不是個自負、虛榮的小傻蛋，也從來不去多想想有關她向來認為不值得大驚小怪的容貌問題。

「我知道我長胖了，」她說：「以前穿起來鬆垮垮的長襪也變得越來越緊。噢，班・韋勒斯泰！是知更鳥來了。」

沒錯，正是知更鳥來了。瑪麗覺得它看起來比平常更亮麗。它那身鮮紅的背心如絲緞般光滑；它抖抖尾巴，拍拍翅膀，昂頭挺胸，踩著各式各樣輕盈活潑的步伐跳來跳去，彷彿存心要班・韋勒斯泰羨慕它似的。然而老班卻只是冷嘲熱諷地譏誚它。

「唔！儂來啦！當儂找不到更好的對象作伴時，就可以來找俺湊合湊合。過去這兩個星期，儂把儂的紅背心整理得更紅，把一身羽毛保養得更亮麗啦！俺知道儂的目的是啥。儂想向某隻厚臉皮的小母鳥大獻殷勤，欺騙它說，儂是全大鶇村荒原上最棒的公知更鳥兒，而且隨時準備趕走其他所有的求愛者。」

「噢！你瞧瞧它！」瑪麗嚷著。

這知更鳥的心情顯然正處在如癡如狂，天不怕、地不怕的狀態，一步步跳得愈來愈近，帶著愈來愈有賣弄、討俏味道的眼神注視著班・韋勒斯泰。它飛到最近的一叢紅醋栗果樹上，偏著頭，直衝著他唱起一支小曲兒。

「儂以為這樣就能哄得過俺嗎？」老班皺起眉頭。瑪麗一看就知道，他這副快快不樂的表情是硬裝出來的。「儂以為誰都抗拒不了儂的魅力啊——儂太自以為是啦！」

知更鳥展開雙翼——瑪麗簡直不敢相信自己的眼睛——它筆直地飛向老班的鋤頭，停在鋤頭柄頂端。這時那老人家的臉上慢慢皺成另一副新表情。

老班動也不動地站在那兒，彷彿連呼一口氣也不敢——彷彿就算是天整個塌下來也不願驚擾那鳥兒一下，免得把它給嚇飛了。

「好吧，好吧！俺算是輸給儂啦！」他的口氣又輕又柔，音量低得近乎耳語，就好像在說什麼非常了不起的事似的。「儂的確懂得該怎樣討人喜愛——的確懂。儂非常特別，而且非常非常聰明伶俐。」

他始終動也不動一下——幾乎連大氣都沒喘一聲——直到知更鳥兒再次抖動翅膀，振翅飛離，這才目不轉睛地盯著他的鋤頭柄，彷彿其中擁有什麼魔法似的。然後，他再度默默翻起土來，有好幾分鐘都不講一句話。

不過，因為他的嘴角不時緩緩漾開一絲笑意，所以瑪麗一點也不怕主動和他交談。

「你有你自己的園子嗎？」她問道。

「沒有。俺是個單身漢，和馬汀一塊兒住宿在大門口的門房宿舍裡。」

「要是你有自己的一片園子，你會想在上面種什麼？」

「甘藍菜、洋蔥、胡蘿蔔。」

「但是，如果你想要弄個花園，」瑪麗堅持著追問：「那你會在裡面種些什麼？」

「球根植物和一些香花植物——不過，絕大部分都是玫瑰，各種品種的玫瑰。」

瑪麗的眼神陡然一亮。「你喜歡玫瑰？」

班．韋勒斯泰連根拔起一叢雜草，扔到一旁，這才開口回答：「嗯，沒錯，俺喜歡。那是俺在當一位年輕女士的園丁時，從她那兒得到薰陶的。她在一個她很喜歡的地方種了好多好多玫瑰，像呵護小孩——或者知更鳥——一樣呵護著它們。我曾親眼看見她彎下腰去親吻它們！」他揪出另一株雜草，對著它大蹙其眉，「而那都是十年前的事啦！」

「她現在人在哪裡呢？」瑪麗堅持打破砂鍋問到底。

「天堂！」他揮動鋤頭，深深地掘入土裡。「大家都是這麼說的。」

「那些玫瑰後來怎麼啦？」瑪麗顯得更感興趣。

「留在那兒自生自滅。」

瑪麗聽完，激動萬分。

「它們全都徹底枯死了嗎？如果把玫瑰丟著都不去管它，它們是不是會完全枯死？」她大著膽子問道。

「唔！俺喜歡上了它們——俺喜歡她——而她喜歡它們——」班．韋勒斯泰勉勉強強地承認，「俺每年都會找出個一、兩次時間去把它們稍加整理——修剪修剪枝條，鬆鬆它們的根柢。雖然長得越來越雜亂了，不過，因為是種在肥沃的土地上，所以會有一部分還活著。」

「萬一它們掉光了葉子，看起來灰灰褐褐、又乾又枯時，你要怎麼判斷它們是死了還是活著呢？」瑪麗詢問。

「等春天來了——等陽光充足、雨水豐沛的季節，到時候自然就看得出來啦！」

「怎麼看——要怎麼看？」瑪麗大呼小叫，完全忘了要小心、警覺。

「沿著細枝和莖幹仔細檢查，如果能找到一些鼓脹鼓脹、凸出的小褐點，等到下過雨後再去瞧瞧，就能看出它們的變化了。」說到這裡，他突然噤口不語，好奇地審視著她那熱切的小臉龐，隨即詰問：「儂為什麼突然沒來由的這麼關心起玫瑰的事來啦？」

瑪麗小姐面紅耳赤，幾乎不敢開口回答。

「我——我想玩一玩——玩一玩假裝我有一座花園的遊戲。」她結結巴巴地說：「我——我在這裡沒事可做。我沒有任何東西——也沒有人陪。」

「嗯！」班．韋勒斯泰盯著她，緩緩表示：「這倒是真的，儂啥東西也沒。」

他那副奇奇怪怪的口氣，讓瑪麗懷疑他是不是有點兒替她感到難過。她自己本身從未曾替自己感到難過；她只會覺得厭倦、覺得按捺不住性子，因為她對一些世上的人、世上的事，實在討厭透了。不過，如今這個世界似乎正逐漸改變，變得美好。只要沒有人發現祕密花園的事，她就可以永遠自得其樂下去了。

她繼續逗留了十餘分鐘，對他提出所有自己有膽子開口探聽的消息。他用他一逕的嘀嘀咕咕方式回答每一個問題，而且似乎並不是真的不高興，也沒有扛起鋤頭，丟下她便走。

就在她正要離去時，他提起某件有關玫瑰的事，令她聯想起他曾說過自己很喜歡種在某個地方的玫瑰，於是問他：

「你現在還會去看那些玫瑰嗎？」

「今年沒有。我這風溼痛的毛病鬧得俺關節僵硬，去不成了。」

他咕咕噥噥地回答，隨即似乎一下子突然生起她的氣來。她實在不曉得原因何在。

「儂給我好好聽著！」他口氣嚴厲：「別再東問西問，問個沒完啦！俺從沒碰過像儂這麼愛問問題的麻煩東西。快快走開，自個兒玩去！俺今兒個不想再談任何事了。」

他的口氣是那麼暴躁，瑪麗心知再留下去也沒用。她拎起跳繩，順著步道，慢慢往果菜園外邊跳去，同時腦中一直思索著有關他的事，暗暗想著：奇怪，儘管老班脾氣不好，可是她還是多了他這個喜歡的人了。她喜歡他。沒錯，她的確喜歡班．韋勒斯泰。她總是設法去和他多說說話。此外，她也開始相信，他對全世界所有花卉的事，應該是無所不知的。

繞著祕密花園的外牆有一條夾在兩排月桂樹間的步道，一直通到一扇柵門，推開門後，便是一座生長在遊苑裡的樹林子。她暗暗想著，不妨順著這條步道跳繩，深入林中，仔細瞧瞧有沒有兔子在裡面蹦蹦跳跳。正當她樂洋洋地快步跳到小柵門邊時，耳中聽到一種非常低微的特殊笛聲，於是推開大門，走入遊苑，想要窺探一下究竟是怎麼回事。

啊！這真是一樁咄咄奇事？！當她停下腳步，定睛注視著那幅畫面時，一時間不由得屏住了呼吸。她看見一名男孩正背倚著一棵樹幹，坐在樹下，吹奏著一管粗糙的木笛。他是個年約十二歲，相貌滑稽，看起來乾乾淨淨，兩片臉頰紅得像罌粟花，鼻孔朝天的少年；尤其一雙眼睛更是藍得像大海，又圓又大。瑪麗從來沒有在任何男孩臉上看過那麼圓、那麼大的眼睛。在他背倚著的那棵樹上，有隻棕色的松鼠正抱著樹幹望著他，後方不遠處的一叢矮樹枝椏間，也有一隻雄雉雞伸長了優雅的頸子窺探——而就在離他很近很近的地方，更有兩隻兔子坐在那兒，不斷地抽動鼻子——坦白說，看起來真像它們全是被吸引過來看看他，聆賞那彷彿是出自他手中笛子發出的，聲音細微又奇妙的召喚。

男孩看見瑪麗，立即揚起手來，用一種酷似他那笛聲的音色，輕輕地告訴她：「別動！否則會把它們嚇跑了。」

瑪麗聽了，連忙靜止一切動作。他也放下笛子，用慢得幾乎看不出他在移動的速度緩緩站起。等他終於完全站挺之後，那松鼠便一溜煙鑽回枝葉間，雉雞縮回頸子，兔子更放下前腳，蹦蹦跳跳地離開了。然而，它們看起來可都沒有半點受到驚嚇的樣子。

「我叫廸肯。」男孩說：「我知道儂是瑪麗小姐。」

瑪麗這才猛然醒覺，其實打一開始她就隱隱約約曉得他是廸肯了。不然還有誰能像引誘蛇類的印度弄蛇人般，把野兔、雉雞都給吸引過去？他有一張嘴角彎彎、又紅又大的嘴巴，滿頭赤褐色的捲髮。此時此刻，臉上正笑容可掬。

「我怕動作太快會嚇著它們，」他解釋說：「所以才慢吞吞地站起來。只要儂的身邊有野生動物在，就得把講話的聲音放低，動作放得和緩才可以。」

他對她說話的口氣就像把她當成相識已久的老朋友，而不是素未謀面的陌生人。瑪麗對於有關男生的一切全然不知，所以在他面前很是羞澀，講起話來也有點兒拘謹。

「你收到瑪莎的信了嗎？」她問道。

他點點頭，「所以我才會在這裡呀！」

他彎下腰撿起某樣吹笛子時擱在他身邊地上的東西。

「我幫她買好了園藝工具，裡頭有一把小鋤頭、一支耙子、一根草叉和圓鍬。唔！那可都是很好的東西。另外還有一把小鏟子。同時，當我在店裡購買其他種子時，又有一名婦人附贈給我一包白花罌粟和一包藍飛燕草的種子。」

「讓我看看那些種子好嗎？」瑪麗說。

她真希望自己能像廸肯那樣。他輕鬆自如地侃侃而談，彷彿對她很有好感，而且一點也不擔心她會不喜歡他——雖然他只不過是個平平凡凡的野地男孩，穿著千縫百綴的衣服，長著一張滑稽突梯的臉龐，還有一頭又粗又亂的赤褐色頭髮。當她走近他的身邊時，她注意到他的身上飄出一股清新潔淨的青草、樹葉和石楠香味，彷彿整個人就是用這些植物塑造而成似的。她非常喜歡那股芳香。當她細看他那張長著一對圓滾滾的眼睛、兩片酡紅臉頰的滑稽面容時，原先的羞澀瞬間一掃而空。

「讓我們坐在這根木頭上看看它們吧！」她提議。

於是，兩人坐了下來。

廸肯從外套口袋掏出一只綁得七橫八豎的粗陋小紙包。解開繩子，只見裡頭包著好幾個紮得更小，也較為整齊的小紙包，每個紙包都附有一張花卉圖案。

「瞧！裡頭有很多木犀草和罌粟花種子。」他為她解釋說：「而木犀草開花時是最香最香的花卉。只要妳把種子隨地一灑，就能生根發芽。罌粟花也一樣。只要妳對它們稍稍費點心思，它們就會長大，開花。它們的花卉是全世界最鮮艷美麗的。」

他突然住口不語，猛一回頭，通紅的臉龐露出欣喜之色，說了一聲：「那啁啾呼喚著我們的知更鳥在哪裡？」

鳥鳴聲是從一叢濃密的冬青樹籬間傳來的，青翠的枝葉間點綴著色澤鮮艷的紅莓。

瑪麗暗忖：我知道那是誰在啁啾啼叫。

「它真的是在呼喚我們嗎？」她問道。

「嗯！」廸肯的口氣彷彿那是全世界最天經地義的事似的。「它在呼喚某個它心目中的朋友，啼聲好像在說：『喂，我在這裡，看著我！我想要找人聊聊天。』噢！原來它在矮樹叢裡。那它的朋友是誰呢？」

「它是班．韋勒斯泰的朋友。不過，我想它多多少少也認識我。」

「嗯！它認識儂，」廸肯再次把音量壓得低低的，「而且喜歡儂。它迷死儂嘍！它馬上就會把所有有關儂的事全說給我聽。」

說著，他又用像瑪麗先前注意到的動作那樣慢慢、慢慢地靠近樹叢邊，發出幾乎和知更鳥本身一模一樣的嗚囀。知更鳥全神貫注地聽了幾秒鐘，便開始像在答覆問題似的嘰嘰啾啾不停地回應著。

「唔！它的確是儂的朋友。」廸肯笑呵呵地說。

「你認為是嗎？」瑪麗心急地嚷著。她真的好想知道答案。「你想它真的會喜歡我嗎？」

「如果它不喜歡，就不會接近儂啦！」廸肯回答：「鳥兒選擇朋友可是非常挑剔的；尤其是知更鳥，對它們不喜歡的人更是不屑一顧。瞧，它現在正對儂大獻殷勤呢！它在說『我們聊聊不好嗎？』」

眼看它一邊在枝頭上跳動，一邊那麼含羞帶怯地側著身、偏著頭，嘰嘰喳喳地輕啼巧囀，似乎真有那麼回事呢！

「你聽得懂鳥兒們說的每一句話嗎？」瑪麗問道。

廸肯咧開他那張彎彎翹翹、又紅又寬，彷彿快把整張臉龐都給佔滿了的大嘴，笑嘻嘻地搔著他那一頭粗糙的亂髮。

「應該是吧！而且它們也認為我懂。我和它們在大荒原上一塊兒相處這麼久了。我親眼目睹它們破殼而出，看著它們羽毛漸漸豐滿，學習飛翔，開始歌唱，漸漸自己都感覺是它們其中的一份子了。有時候我真覺得或許自己是隻鳥、是隻狐狸，或者是兔子、是松鼠，甚至是隻小小的甲蟲。我也不知道啦！」

他哈哈笑著，走回大木頭邊坐下，開始重拾有關種子的話題。他告訴她，哪種種子會開出什麼顏色、形狀的花，囑咐她該如何播種、定植、照料、澆水和施肥。

「聽著！」他冷不防扭頭對著她說：「我乾脆親自幫儂種花好了。儂的花園在哪兒？」

瑪麗緊緊扭著擱在腿上的雙手，不知該怎麼回答，一時間默默不說話。她從未想過這個問題，此時此刻只覺得自己好丟臉，覺得自己臉色彷彿一下子脹得通紅，可卻只一下子又「刷」地失去了血色，變得白兮兮的。

「儂應該有片小花園吧！不是嗎？」

沒錯，她的臉上的確是紅一陣，白一陣的。這些當然全都落進廸肯的眼裡了。見到她依舊默然不回答，廸肯不禁感到有點困惑了。

「他們不肯給儂一小片花園嗎？」他問道：「儂還沒有自己的花園嗎？」

她的雙手扭得更緊了，兩道視線朝他投過去，緩緩說道：「我對男孩一無所知。假使我告訴你一個祕密，你能保密嗎？那可是一個大祕密，我不曉得萬一被人發現的話該怎麼辦才好。我相信我會死掉！」

她語氣激烈地追加最後一句。

廸肯臉上困惑的表情更濃了，甚至再度舉起手抓抓滿頭亂髮。但他最後還是用非常和善的口氣回答她：

「我時時刻刻都在保密。假使我不能保守其他少年的祕密、保守幼狐的祕密，還有鳥巢的祕密、野生動物洞穴的祕密，大荒原上早就不得安寧啦！不錯，我很能保密。」

瑪麗小姐情不自禁地伸出手，緊緊扯住他的衣袖。

「我偷了一座花園！」她急促地說：「那不是我的，也不是任何人的。沒有人想要它、關心它，沒有人會走進它裡面。也許那座花園裡的所有東西都已經死了！我真的不曉得。」她覺得全身發熱，有了從前那種始終與周遭格格不入的彆扭之感。

「我不在乎，我不在乎！既然我關心它而別人根本都不管，那就誰也沒有權利從我手上搶走它！他們任由它一直被封閉得死死的，一直荒廢下去！」她越說越是激動，終於雙手掩面，放聲大哭了起來——可憐的小瑪麗姑娘。

廸肯越聽，一雙好奇的眼睛瞪得越大。

「哎——哎——哎——」他一迭連聲地喟歎，同時流露出驚奇與同情。

「我沒事可做，」瑪麗說：「也沒有任何屬於自己的東西。我自己找到它，自己一個人想辦法進去。我就像那隻知更鳥一樣，而它們是不會把它從我手中奪走的。」

「它在什麼地方？」廸肯低聲詢問。

瑪麗小姐一躍而起。她很清楚自己那股彆彆扭扭、與人專唱反調的倔性子又在作怪了，但她根本不在乎。她很專橫、很急躁，同時又很憂愁、很忐忑不安。

「隨我來吧！我帶路。」

她領著他繞過月桂樹徑，來到長春藤爬得密密麻麻的步道。廸肯露出一臉幾近憐憫的表情，跟在她的背後，感覺好像正要被帶去看什麼珍稀小鳥的巢窠一樣，腳步必須放得非常輕柔。見她走近牆前，搴起懸垂的長春藤蔓，他的心中不由得一震。

他看到了一扇庭門——

然後，瑪麗緩緩推開那扇門，兩人一同走了進去。然後瑪麗站在那兒，挑釁地揚起手，在空中揮著大圓圈。

「這就是了！」她說：「這就是祕密花園！而我是天底下唯一希望它能活下去的人。」

廸肯左顧右盼，東張西望，再三地環顧四周。

「噢！」他的聲音輕柔得幾近耳語，「這真是個又奇特、又美麗的地方，讓人覺得就好像在做夢一樣！」

第十一章　大鶇鳥之巢

他在瑪麗的旁觀之下，站在門內默默環顧四周達兩、三分鐘之久，這才舉起腳步，開始用甚至比瑪麗第一次進入園中更輕的步伐往內走。他的視線彷彿被園內的每一景每一物深深吸引住了——那枝幹垂掛著灰樸樸蔓草的灰樸樸大樹，那亂七八糟糾結在牆上、草地間的長藤，那裡面陳設著石桌、石椅和高腳花盆的長青樹涼亭。

「我從沒想到自己真的能夠看見這個地方。」他好不容易才悄悄地說道。

「你曉得這座園子嗎？」

她的聲音太大了，廸肯趕緊朝她比個手勢。

「咱們必須小聲講話，」他說：「否則會讓別人聽到，懷疑這裡面是怎麼一回事。」

「噢！我忘了！」瑪麗嚇得要命，急忙摀住了自己的嘴巴，「你曉得這座花園啊？」

廸肯點點頭，回答：「瑪莎告訴我有一座從來沒人進去過的花園，我們時常懷疑它究竟長什麼樣子。」

他住口不語，環顧四周迷人的灰藤蔓，兩隻圓滾滾的大眼登時迸射出愉悅的光彩。「噢！春天一到，這裡準會架起好多鳥巢。」他說：「這是全英國境內最安全的築巢地點。這裡絕對不會有人進來，而樹木的藤蔓和玫瑰叢間又都是理想的築巢地方。我懷疑，說不定全荒原上的鳥兒都會飛來這裡築巢哩！」

瑪麗小姐的手又在不知不覺之間搭到他的手臂上。

「這裡的玫瑰花呢？」她輕聲問道：「你能不能判斷出來？我以為它們大概全枯死了。」

「噢！不！不是這樣的——不是全部枯死。儂瞧！」

他走到最近的一棵樹前面——一棵表皮上布滿了灰樸樸的凸痂，已經很老很老，卻仍然撐起一大片由樹幹和細枝纏扭而成的簾幕的大樹。他從口袋裡頭掏出一把厚厚的小刀，打開其中一葉刀片。

「嗯！這兒有很多已經變成枯木的枝幹應該砍掉；也有不少老樹枝。不過，還有一些是去年才剛抽出來的新枝條，」他輕碰一根細枝，告訴她：「比方這個就是。」不同於其他那些乾乾硬硬的灰樹枝，這是一根綠中帶褐的枝條。

瑪麗迫不及待地帶著一股虔敬的心情觸摸著它。

「這根？」她詢問：「你說這根是完全活得好好的——完全？」

廸肯抿起他那張大嘴微笑。

「它就像妳、我一樣——活跳跳的。」

瑪麗想起瑪莎告訴過她，「活跳跳」的意思就是「活得很好」或是「很活潑」，於是不由得輕聲歡呼：「太好了！它還活跳跳的！但願它們全都活跳跳的！快！我們繞著整座花園走一圈，算算看總共還有多少植物活跳跳的！」

她急得上氣不接下氣。廸肯也同樣心急。他們倆搜尋過一株又一株大樹，一叢接一叢矮樹籬。廸肯隨手拿著小刀，指指點點，她觀看好多讓她覺得不可思議的東西。

「它們都已經快變得像野林子一樣了，不過性質最強健的那些都長得非常繁茂。一些天生纖弱的植物全枯死了，但留下來的那些卻不斷抽長再抽長，向外伸展再伸展，直到長成令人嘖嘖稱奇的壯觀景象。瞧！」他扯下一根看起來枯枯的灰色粗樹枝。「人家或許會以為這是棵枯樹，可是我不信——瞧底下的根好了。我來把它砍得低低的再看。」

他蹲在地上，用手上的小刀對準距離地面只有幾吋的高度，開始砍削那外表看似已經了無生氣的枝幹。「看！」他欣喜若狂地嚷著：「就像我告訴儂的，樹幹內部還帶著綠色。儂瞧瞧！」

瑪麗早在他剛發出呼聲時就蹲了下來，張大眼睛觀看。

「只要瞧見植物內部像這樣帶一點點綠，同時還有汁液，便是活跳跳的了。」他解釋：「相反，像我剛剛砍下的這段，不但裡頭乾乾的，而且一折就斷，所以是已經完蛋的了。這株活生生的植株才剛發出不少新根，只要除掉老枝，鬆鬆底下的根和土，然後妥善照料，到時候——」他頓了頓，仰頭看著到處攀爬、垂掛的枝條。「——到時候，夏天一來，這裡就會變成一片玫瑰花海了。」

他們一叢灌木搜尋過一叢灌木，一棵大樹檢查過一棵大樹。廸肯表現出他擅長使刀的本領和強壯的體力，不但懂得如何砍掉枯枝和已經敗死的枯株，也能從看不出是死是活的枝條或細枝的外表，判斷出其中是否還有綠意盎然的生機。在陪他觀察了半個小時之後，瑪麗自認為也能辨認出箇中的分別了。每當看見他砍斫掉部分外表看似已經沒有生命的莖幹，殘株上卻隱約看得出一絲絲微溼的青綠色株心時，她便情不自禁發出一聲低低的歡呼。廸肯幫她帶來的鋤頭、圓鍬、耙子非常管用。他教導她如何在他用小鋤頭挖掘根柢附近的土壤時，配合著使用耙子鬆動泥土，好讓空氣可以滲透進去。

正當兩個人勤奮地為一株長得像樹一般高的高莖玫瑰剪枝、鬆土之際，廸肯猛然瞥見一樣令他驚訝得嚷嚷起來的東西。「哇！」他指著幾呎之外的一片草地大叫：「那是誰弄的？」

他手指的地方正是瑪麗自己為那些嫩綠色小芽清理出來的小苗圃之一。

「是我。」她回答。

「哇！我還以為儂對園藝的事一竅不通哩！」他嚷著。

「我是不懂！」她表示：「只是看到它們長得那麼小，四周的草卻那麼強健又茂密，好像擠得它們根本沒有地方呼吸似的，所以我就幫它們清出一點空間來。我甚至連它們究竟是什麼都不曉得哩！」

廸肯走過去，蹲在它們旁邊，露出朗朗的笑容。

「儂做得很對！」他說：「就算儂去請教園丁，他們也一定會說應該這樣處理。這下子它們就會像傑克的豌豆藤一樣長得飛快。瞧！這是細雪花和番紅花，那是水仙花，」然後他扭頭望著另一小片地：「那邊那個是蝴蝶水仙。唔！它們將會長得非常迷人！」

他從一片苗床跑到另一片苗床。「儂這小小的小女孩子家可真做了不少工作呀！」他說著，上上下下打量她。

「我長胖了，」瑪麗說：「也比以前強壯許多。以前我老是覺得好累，可是現在挖起土來卻一點兒也不疲倦呢！我喜歡聞地下的泥土被翻起來時的那股香味。」

「它們對儂很有益處。」他飽學多聞似地點點頭，告訴她：「除了當雨水落在生長中的新鮮植物上時激發的芳香，就屬乾乾淨淨的肥沃泥土飄出的土香聞起來最舒服了。我常常一個人在下雨天裡跑到荒原，躲在矮樹叢下，聆聽雨水淅淅瀝瀝落在石楠叢上的聲音，嗅了又嗅，不想停止。媽媽說，我的鼻頭就像兔子的一樣，老是靈敏地到處嗅聞、到處抽動哩！」

「不會著涼嗎？」瑪麗看著他。這是她有生以來第一次見到這麼有趣、又這麼親切的男孩。

「不會！」他笑嘻嘻地回答：「我從出生到現在都沒有傷風、感冒過。我一年到頭像野兔子般在荒原上奔來逐去，很少靜靜地窩在家裡。媽媽說，就一個十二歲的孩子而言，我已經吸夠太多太多新鮮空氣，絕不會因為著涼而打噴嚏了。我粗壯得就跟山楂棍兒一樣。」

他嘴裡一面說，手上的工作一點也沒歇著；瑪麗更是手拿耙子、花鏟，亦步亦趨地跟在後面，做個好幫手。

「這裡要做的活兒可還多著哩！」他眉飛色舞地嚷著。

「你肯再來幫我弄嗎？」瑪麗央求：「我相信我也一定幫得上忙。我可以挖土、拔草；你吩咐我做什麼，我就做什麼。噢，廸肯，拜託再來嘛！」

「只要儂希望我來，我一定不管出太陽或下雨天，天天都過來。」他堅定地承諾，「我這一輩子還沒碰過這麼有趣的事哩——關在這裡面，設法讓一座花園復活過來。」

「只要你肯來，」瑪麗說：「只要你肯幫我把它救活過來——我——我不知道我會怎麼辦。」她無可奈何地住了口。遇上像他這樣的一個男孩子，你又能有什麼辦法能夠回報他呢？

「我來告訴儂儂會怎麼樣？」廸肯照舊咧著嘴，露出他那一臉快樂的笑容。「儂會長胖，會像小狐兒一樣動不動就肚子咕咕叫；還會像我一樣，學會和知更鳥交談。噢！我們會過得很好玩很好玩的。」

他帶著一臉若有所思的神情，一面四處走動，一面仔細觀察路旁的大樹、牆頭的蔓藤，以及腳邊的矮樹叢。

「我不想把它弄成一座像是經過園丁精心照顧、修剪，到處整理得乾乾淨淨、整整齊齊的園子。儂呢？」他說：「像現在這樣，各種植物無拘無束地隨意生長、攏盪，相互糾纏，還顯得更美麗、別緻呢！」

「我們千萬不要把它弄得太整潔、太修飾才好！」瑪麗焦急地表示：「否則看起來就不像是一座祕密花園了。」

「這裡肯定可以夠格當一座祕密花園！」廸肯說：「只不過，除了知更鳥以外，園子被封閉起來的這十年間，必定還曾有人進來過。」

「可是，園子的門被人鎖住，鑰匙也埋起來了，沒有人能夠進得來啊！」

「那倒是真的。」他回答：「這真是個古怪的地方——在我看來，好像最近這幾年依舊有人進來四處修修剪剪，稍微整理一下這座園子。」

「但是，這怎麼可能做得到呢？」瑪麗質疑。

正在檢查一株高莖玫瑰的廸肯搖搖頭，喃喃自語道：「唔！怎麼可能呢？既然園門深鎖，鑰匙又被埋在地底下。」

瑪麗小姐始終覺得，無論經過多少年，她這一生將永遠不會忘記那個她的花園開始滋長植物的第一個早晨。當然嘍！那天早上它就彷彿是專為她而開始生長的。正當廸肯開始清理空地，準備播灑種子的時候，她突然憶起當初貝佐為了挖苦她而哼唱的歌曲。她問廸肯：「這世上有長得像鈴鐺的花嗎？」

「山谷百合就是了。」他邊答邊拿著小鏟子鬆土：「還有風鈴草和吊鐘花也是。」

「我們也種一些吧！」瑪麗提議。

「山谷百合嗎！園子裡面本來就有；我剛剛看見了。它們已經長得太密，所以我們必須將它們分散開。不過，總之，這裡的山谷百合多得數不清。至於另外兩種，從播下種子到開花，得經過兩年時間，但我可以從我們家的花園裡帶幾棵植株來給妳。儂為何想種它們呢？」

瑪麗告訴他有關在印度的貝佐和他那些兄弟姊妹的事，說她有多麼討厭他們叫她「反常的瑪麗小姐」。

「他們時常把我圍在中間，手舞足蹈地唱歌譏笑我。他們唱著——

瑪麗小姐眞反常，
妳的花園長怎麼樣？
銀鈴花，海扇殼，
還有金盞花兒排成行。

「我記得清清楚楚，而且忍不住懷疑，是否真有花兒長得像銀鈴一樣。」她微微蹙起眉頭，手中的鏟子像在洩憤，狠狠插進泥地。「我才不像他們那麼反常呢！」

廸肯放聲大笑。「噢！」他抓起一把肥沃的黑土，瑪麗看見他把它湊近鼻尖吸了又吸。「儂瞧這世上又有鮮花，又有青草樹木，又有那麼多和善的野生動物到處奔波，建立自己的家園，或者築巢、唱歌、打忽哨，根本犯不著搞什麼反常、跟人過不去的，不是嗎？」

瑪麗手拿種子，蹲在他的身邊，注視著他，漸漸鬆開了眉頭。「廸肯，」她說：「你真像瑪莎形容的一樣好。我喜歡你——你是第五位。我從沒想過自己竟然會喜歡到五個人這麼多。」

廸肯也像瑪莎在清理壁爐時一樣，跪坐在地上。

瑪麗看著他那圓滾滾的藍色大眼睛，紅臉頰，和那看起來相當愉快、樂天的朝天鼻，心想：這男孩長得真是又滑稽，又惹人開心。

「儂竟然只喜歡五個人嗎？」他難以相信地問道：「那另外四個人是誰？」

「你的母親和瑪莎！」──瑪麗掐著手指頭計算──「還有知更鳥和班．韋勒斯泰。」

廸肯笑得前仰後合，快要岔了氣，趕緊用手遮住了嘴巴。「我知道儂認為我是個稀奇古怪的少年；但我覺得儂才是我所見過最奇怪的小姑娘！」

這時，瑪麗做出一件奇怪的舉動。她湊過身去，問他一個以前連做夢都沒有想過要問別人的問題。她試著用約克夏腔詢問，因為那是他的語言。在印度，假使你懂得印度土語，那些當地人必定顯得更加開心。

「儂喜歡我嗎？」

「唔！」他由衷地表示：「我喜歡。我非常喜歡儂！相信那隻知更鳥也一樣。」

「那就有兩個人了！」瑪麗說：「有兩個人喜歡我。」

緊接著，他們更加努力工作，情緒也更快活。當瑪麗聽見庭院裡的大鐘敲出她的午餐時刻時，不禁嚇了一跳，而且覺得好難過。

「我得趕回去了！」她無限惋惜地說：「你也得回家去了，是不是？」

廸肯咧嘴一笑。

「我的午餐可以輕輕鬆鬆帶著走。」他說：「媽媽總是讓我隨時在口袋裡擺點兒東西。」

他拎起放在草地上的外套，從口袋裡掏出用一條藍、白色乾淨粗布手巾包得鼓鼓的一小包東西，裡頭包的是兩片夾著層餡兒的厚片麵包。

「通常我每天帶的除了麵包，就沒別的了。不過，今天多了一片厚厚的培根。」

瑪麗覺得那份午餐內容真奇怪，但是他看起來卻似乎喜歡得很呢！

「快跑回去吃飯吧！」他說：「我會先把自己的午餐解決了，然後在這裡多做一點兒工作再回家。」

他背倚著一株大樹坐下來，告訴她：「我會把儂的知更鳥叫來，然後給它一小塊培根啄食。它們非常非常喜歡嘗點帶有油脂的東西。」

瑪麗真捨不得離開他半步。她突然間很怕他說不定只是個林中仙子，等她再進花園時，就已經蹤跡杳茫了。他好得簡直不像是現實世界中的人。她一步一拖，慢吞吞地走到園門邊，然後停下腳步，往回走。「無論是誰你都絕對不會告訴他吧？」她問道。

他那紅通通的臉頰因為嘴裡塞進一大口培根麵包，擠得鼓鼓的，不過，總算硬是努力做出鼓勵的微笑。「如果儂是一隻大鶇鳥，指引我看儂的巢在哪兒，儂想我會不會告訴任何人？不會！」他說：「儂就像大鶇鳥一樣的安全。」

這一點她十分確信。

第十二章　「我可不可以要一小片土地？」

瑪麗拔腿飛奔入屋，衝進自己的房間，跑得披頭散髮，上氣不接下氣，兩片粉頰紅得像兩朵玫瑰花。午餐早已上桌，瑪莎也在一旁等著她。

「儂晚回來了一會兒！」她問道：「跑哪兒去啦？」

「我見到廸肯啦！」瑪麗嚷著：「我見到廸肯啦！」

「我知道他來了。」瑪莎眉開眼笑地表示，「妳對他有什麼感覺？」

「我覺得他——我覺得他很漂亮！」瑪麗堅定地回答。

瑪莎聽了，似乎相當吃驚，但也顯得很高興。她說：「唔！他的確從小就是世上最棒的小孩，但是我們從來不認為他長得漂亮。他的鼻頭掀得太高了。」

「我就喜歡。」

「而且他眼睛的顏色雖然很好看，」瑪莎還是有一絲絲懷疑：「卻是圓得像銅鈴。」

「我喜歡他的銅鈴大眼睛！」瑪麗告訴她：「它們的顏色就和荒原上的天空一模一樣。」

瑪莎滿意地粲然一笑。

「媽媽說他老是抬頭看鳥、看雲，所以眼睛都被天空染藍了。不過，他有一張大嘴巴。不是嗎，呃？」

「我喜歡他的大嘴巴！」瑪麗固執己見，「但願我的嘴巴也像那樣大！」

瑪莎被她逗得開心地咯咯嬌笑。

「那張大嘴巴要是長在儂的小臉上就太滑稽了。」她說：「可是我曉得，儂一見到他就一定會喜歡他的。儂喜歡他帶來的種子和園藝工具嗎？」瑪莎問道。

「妳怎麼知道他把它們帶來了？」

「我知道他鐵定會帶來的。只要那些東西在約克夏境內有，他就絕對會把它們帶來。他是個值得信賴的小男生。」

瑪麗真怕她會開始問些不好回答的問題。幸虧她沒那樣做。她對種子和園藝工具的話題顯得興致勃勃。只有那麼短暫的幾秒鐘工夫讓瑪麗感到內心慌亂。那便是，當瑪莎問起她準備把種子播種在哪裡的時候。

「儂去問誰要塊地來種花呢？」她詢問。

「噢！我還沒去請示任何人呢。」瑪麗躊躇地表示。

「唔！要是我，我就不會去找那個園丁領班。婁奇先生他太神氣了。」

「我從來沒見過他。」瑪麗表示：「我只見過幾個供人使喚的小園丁和班・韋勒斯泰。」

「如果我是妳，就會去問班・韋勒斯泰。」瑪莎建議，「雖然他的外表看起來很凶，其實心腸挺軟的。柯瑞文先生准許他愛做什麼就去做什麼，因為他從柯太太還在世的時候就在府裡了，而且經常逗得她開懷大笑。她喜歡他。也許他會設法找塊平常用不著的小角落給妳。」

「只要府裡用不著，也沒有人想要它，就誰也不能介意我擁有它了，對不對。」

「說得有理！」瑪莎回答說：「反正妳又不可能會造成任何的傷害。」

瑪麗飛快吃完她的午餐，轉身就想跑進她的臥房去戴上帽子，卻被瑪莎阻止了。

「我有話告訴妳，只是想著，應該讓妳先吃飽飯再說。柯瑞文先生今早回來了，我認為他想見妳呢。」

瑪麗頓時面如死灰。「噢！」她嚷著：「為什麼？為什麼？我來的時候他並不想見我。我聽到皮契爾先生這麼說的。」

「哦！」瑪莎解釋：「梅德洛太太說這是因為我媽媽的緣故。她走路過來大鵪村時遇見了他。她以前從來不曾和柯瑞文先生說過話，但他曾經到過我們家裡兩、三回。雖然他已經不記得，可是媽媽沒忘記。於是，她大膽走上前攔住他。我不曉得她是怎麼對他提起妳的事？總之，她一定說了某些令他想起應該在明天離開前見妳一面的話。」

「噢！」瑪麗高興的歡呼說：「他明天就要走了嗎？那真是太棒太棒了！」

「他將要離開很長一段時間，也許到秋天或是冬天時才會回來。他要到國外各地去旅行。他老是一年到頭在外面旅行呢。」

「噢！那太好了——太好了！」瑪麗面露喜色。

只要他不在入冬前回來，甚至秋天之前回來，她就有足夠的時間去細心照料花園，讓它復甦。而且就算到時候他發現了真相，把它從她的手上奪走，至少她也已經取得那麼多的收穫了。

「妳想，他什麼時候見——」

話沒說完，門就開了，梅德洛太太走了進來。她身穿自己最好的一襲黑洋裝，頭戴最好的帽子，領口別著一枚上面有張一名男士的臉部彩色畫像的大領針。那人是她已經過世多年的丈夫，每當她盛裝打扮時，一定會別上這支領針。梅德洛太太的神情顯得既緊張，又興奮。

「妳的頭髮亂七八糟！」她急忙吩咐：「快去梳一梳。瑪莎，幫她換上她最好的衣服。柯瑞文先生派我來帶她到他的書房去見他。」

瑪麗頓時面無血色，一顆心怦怦跳動，感覺自己彷彿又變回那個固執、沈默又平凡的小女孩。她默不作聲地轉身走進自己的臥房，後面跟著瑪莎。她一聲不吭地任由瑪莎幫她換好衣服、梳好頭髮，打扮得整整齊齊，然後安安靜靜跟隨著梅德洛太太走下迴廊。到了柯瑞文先生的書房之後，她該說些什麼？她是迫不得已才去見他。他絕不可能喜歡她，她也不會喜歡他。她知道他對自己會有什麼觀感。

梅德洛太太領著她走到宅子裡從未到過的一區，然後敲了敲一個房間的門。裡頭有人應了聲：「進來。」兩人一同進入房內，看到一名男士正坐在壁爐前的搖椅上。梅德洛太太對那位男子說：「先生，這就是瑪麗小姐。」

「把她留在這兒，妳走吧！等我要妳來帶她走時，會按鈴叫妳。」柯瑞文先生吩咐。

等她出了房間，帶上房門，留在房裡的瑪麗這不起眼的小東西擰著雙手，站在一旁靜靜地等候。她可以看出坐在搖椅上的那個人，並非真的駝得很厲害，只是肩膀高聳，顯得彎腰駝背罷了。滿頭黑髮之間已摻雜幾許白絲。他扭過頭來對她說：「過來！」

瑪麗走到他面前。

這人長得並不醜；若非臉上帶著濃濃的哀戚，面貌還會更顯瀟灑。從他那副神情看來，彷彿見了她，令他心底不由得有些煩躁和擔憂，簡直不知道該拿她怎麼辦才好。

「妳好吧？」他問道。

「好。」瑪麗回答。

「他們有沒有好好照顧妳？」

「有。」

他仔細端詳她的長相，同時心浮氣躁地猛搓額頭，告訴她：「妳長得真瘦。」

「我已經漸漸長胖了。」她用一副拘謹極了的口氣說。

他的面容是多麼悶悶不樂呵！他那黑色的雙眸彷彿根本看不見她，而是凝視著某樣別的東西，以致無法將心思集中在她的身上。

「我完全把妳給忘了！」他說：「我怎麼可能記得妳！我本來是打算替妳找個家庭教師或者保姆之類的，可是我完全忘了。」

「妳想說什麼？」

「拜託！」瑪麗開口：「拜託——」她只講到這裡，其餘的話便哽在喉頭。

「我——我已經大得不需要保姆處處照顧了！」瑪麗說：「而且請您——請您先別幫我找個家教來。」

他再度揉著額頭，定睛凝視著她。

「索爾比家的太太也這麼告訴我。」他有點神情恍惚地喃喃自語。

瑪麗鼓起一絲勇氣，結結巴巴地問他：「你是說——是說瑪莎的母親嗎？」

「嗯！我想是吧！」他回答。

「她很懂小孩！」瑪麗說：「她自己有十二個兒女——她懂！」

他似乎提起了精神，主動問道：「妳想要怎麼做呢？」

「我想到戶外遊玩。」瑪麗只盼自己的聲音沒在打抖。「以前在印度時，我從來不喜歡到屋子外。在這兒，到戶外跑跑跳跳會讓我覺得肚子餓，使我長胖些。」

他盯著她，說：「索爾比太太認為那會對妳有好處。或許是吧！她認為妳最好是先把身體養得壯些，再請個家教來教妳。」

「當我在屋外遊玩，迎著原野吹來的風時，我覺得自己強壯多了。」瑪麗強調。

「妳都在什麼地方玩？」他緊接著又問道。

「什麼地方都行。」瑪麗微微喘著氣，緊張兮兮地回答說：「瑪莎的媽媽送給我一條跳繩。我經常跑跑跳跳，到處張望，看看是不是有什麼東西剛從地底下冒出來。我沒破壞什麼。」

「別這麼一臉嚇得要命的表情。」他語氣中透露出一股擔憂。「像妳這樣一個小孩，根本不可能造成什麼破壞。妳愛做什麼，盡可以放大膽子做去吧！」

瑪麗不禁按著喉頭，深怕他會看出自己激動不安的情緒。她上前一步，顫聲問道：「真的可以嗎？」她那焦慮的小臉蛋似乎令他更加擔憂了。

「妳不要那副嚇得要命的樣子。」他嚷著說：「妳當可以。儘管我對小孩實在提供不了太多，但畢竟是妳的監護人。我無法給妳太多關心，或撥出太多時間陪妳。我苦惱太多，心情太煩，脾氣太陰晴不定；但我希望妳能快快樂樂，自在安心。我對小孩的事完全不懂，不過梅德洛太太會負責提供妳所需要的一切。今天我找妳來，是因為索爾比太太說我應該見見妳。她認為妳需要新鮮的空氣、無拘無束，而且到處奔跑。」

「她對小孩子的事真的是懂得最多了。」瑪麗不由自主地再次強調。

「她應該懂。」柯瑞文先生表示：「我認為她在大荒原上攔住我真是夠魯莽的！但她說——柯瑞文太太生前對她很好。」提起亡妻的名諱，對他而言，似乎是件相當難受的事。「她是位值得尊敬的婦人。現在我見到妳之後，覺得她說得很有道理。妳愛怎麼到戶外玩，就儘量去玩吧！妳還需要什麼東西嗎？」他彷彿突然靈光一閃似的：「妳要不要玩具、書本，或者洋娃娃？」

「我可不可以……」瑪麗顫聲問他：「——我可不可以要一小片土地？」

她不曉得自己在急切的情況下，使用出來的詞彙有多古怪？那根本不是她真正想要表達的意思。柯瑞文先生顯然被嚇了一跳。

「土地！」他重複唸著她所說的句子尾巴。「妳說要土地的意思是——？」

「要用來播種——用來讓植物生長——還有用來看它們活起來。」她吶吶地回答。

他凝視著她，隨即右手匆匆抹過雙眼，緩緩地問道：「妳——妳很熱愛園藝嗎？」

「在印度時，我對這方面的事完全不懂。」瑪麗說：「我老是病懨懨的，要不然就是太過疲倦；況且天氣也熱得要命。我偶爾會在沙地上弄個花床，把花插在裡面。不過，到這兒以後就不同了。」

柯瑞文先生站起身來，緩緩走到房間的另一頭。

「一小片土地。」他喃喃自語。瑪麗心想，一定是自己的話勾起了他的某種回憶。當他停止踱步，開口對她說話時，那對烏黑的眼眸中隱約流露出幾許慈祥和溫柔。

「妳要多少土地就可以有多少。」他表示，「妳令我回想起另外一位同樣深愛土地和植物的人。等妳看到一片妳想要的土地，」他嘴角抿起一抹略似笑容的表情：「就拿去用吧，孩子，而且要讓它活得很好！」

「隨便我從什麼地方要都可以嗎——只要不是府裡需要使用的？」

「什麼地方都可以！」他回答。「唔！妳可以走了。我累啦！」他摁鈴召喚梅德洛太太。

「再見！我這一整個夏天都不會在家。」

梅德洛太太沒幾秒鐘就出現了，所以瑪麗心想，她必定一直守在走廊上等。

「梅德洛太太，」柯瑞文先生告訴她：「在我見過這孩子之後，終於明白索爾比太太話裡的意思啦！在她開始學習功課之前，必須先把瘦弱的身體養好才行。給她簡單、營養的食物，讓她無拘無束地在花園裡奔跑。不要盯她盯得太緊。她需要自由、新鮮空氣和到處玩耍。索爾比太太以後會偶爾過來探望探望，她也可以偶爾到小屋去拜訪。」

梅德洛太太面露喜悅之色。聽到自己不用「盯」瑪麗盯得太緊，對她來說真是如釋重負。她始終覺得瑪麗是個煩人的小累贅，而且根本不把自己放在眼裡。此外，她也很喜歡瑪莎的母親。

「謝謝您，先生！」她說：「蘇珊・索爾比和我是同窗同學，同時她也是個平常難得一見的通情達理、心地善良的婦人。我個人沒有任何小孩，而她一連生了十二個，而且個個都比別人長得健康、表現比人強。我自己本身對小孩的事一向都喜歡請教蘇珊・索爾比的意見。她是那種可以被稱為心理健全的婦人——但願您明白我的意思。」

「我明白。」柯先生回答：「現在妳帶瑪麗小姐回去，同時叫皮契爾來見我。」

梅德洛太太把她送到她那房間所在位置的走廊盡頭，瑪麗立即飛奔回自己的房間。她發現瑪莎正在房裡等著她。其實，瑪莎在撤走了午餐食物、餐具之後，便匆匆地回到這兒等候她了。

「我可以有自己的花園啦！」瑪麗直嚷著：「我可以愛在哪裡就在哪裡弄一個花園！我還可以有很長一段時間才需要請家庭老師！妳母親會來看我，我也可以去你們家！他說，像我這麼小的一個小孩是不會造成什麼破壞的，我可以愛做什麼就做什麼——隨便在哪裡！」

「噢！」瑪莎開心地回答說：「柯瑞文先生真個大好人，不是嗎？」

「瑪莎！」瑪麗一本正經地回答：「他的確是個大好人！只可惜臉上的神情太哀傷了，眉頭老是糾在一起！」她拼命飛快地奔向花園。

這一下午在屋裡逗留的時間比她原先估計的時間延長太久了，而她又知道廸肯是一大早就出來，走了五哩路遠才到達的。當她溜進掩藏在長春藤下的門時，已經見不到廸肯在兩人中午分手的地方了，所有她的園藝工具都被集攏擺在一棵樹底下。她衝了過去，環顧四周，都看不到廸肯的影子。他已經離開祕密花園，整座園子裡空無一人了——除了知更鳥兒剛剛飛進圍牆，站在一株高莖玫瑰枝頭瞅著她。

「他走了！」她傷心地感嘆，「噢！莫非他——莫非他——莫非他只是一位林間仙子？」

她突然在那株高莖玫瑰上看見一樣白白的東西繫在上頭。那是一張紙——是她代瑪莎寫的那張信紙。有人把它別在一根長長的玫瑰花刺上。瞬間，她明白那是廸肯刻意留下的。信紙上只草草地寫了幾個正體字，另外還畫了一個圖。起初她看不懂那是什麼，漸漸地才明白，原來那是一隻鳥兒棲息在一個鳥巢上，下面則用一行正體字寫著——

「我會再回來。」

第十三章　「我是柯林！」

晚餐時，瑪麗把圖片帶回屋中，拿給瑪莎看。

「噢！」瑪莎面露得意之色，驕傲地說：「我從不知道廸肯竟然這麼聰慧。這畫的是一隻大鶇鳥棲息在它的鳥巢上，尺寸大小都和實際的一樣大，而且畫得栩栩如生。」

這下瑪麗明白了，原來廸肯是想傳達個訊息給她。他的意思是向她保證，他一定會守口如瓶。她的花園就是她的鳥巢，她就像一隻大鶇鳥。噢，她多麼喜歡這個既稀奇古怪，又平易近人的小男生啊！

她盼望他明天會再回來。這一晚，她便懷著一顆期待天快快亮的心漸漸入眠了。

可是，約克夏的天氣千變萬化，是誰也料不到的，尤其是在春季。半夜裡，豆大的雨滴「啪答啪答」地打在她的窗戶上，把她吵醒了。雨勢傾盆，有如千軍萬馬，狂風又在大屋的煙囪裡、迴廊轉角間「呼嘯」。瑪莎內心既難過、又氣憤，翻身坐起。

「這雨真是跟我以前一樣，愛和人唱反調。」她說：「它就是知道我不希望下雨才故意下起來的。」

她氣得趴在床上，把臉埋在枕頭裡。她並沒有哭，只是趴在那兒大生狂風驟雨的悶氣，憤怒得再也睡不著覺了。淒苦的風聲、雨聲吵擾得她怎麼也無法入眠，因為她本身也覺得心酸得很。要是她自己內心快活，說不定風雨聲反而能夠催她入夢呢！那「呼嘯」的狂風吹得那麼強勁，那大力潑打在窗板上的豆大雨滴敲得那麼擾人！

「這聲音聽起來就像是有人在大荒原上迷了路，四處飄蕩，茫茫然忍不住嚎啕大哭似的。」她說。

她輾轉反側，躺在床上整整一個小時都無法睡著。驀然，某種聲音令她翻身坐起，扭頭望著門口，凝神側耳傾聽。聽！聽！聽！她聽了好一會兒才出聲低呼：

「啊，不是風聲！那不是風聲；那聲音和風不一樣——是我以前聽到的哭聲。」

她的房門虛掩，經由走廊，從門縫鑽進房內的哭聲聽起來相隔遙遠，透露著暴躁氛圍。她靜靜地聆聽了好一會兒，越聽，心裡越覺得篤定，更感覺自己彷彿非追究出那是什麼不可。它給人的印象甚至比祕密花園和埋在地底的鑰匙都更奇怪。也許是因為她此刻內心適逢一股叛逆的風潮，行動才會如此大膽吧。她把兩腳伸出被窩，立刻下了床。

「我要去找出這究竟是怎麼一回事！」她自言自語：「現在人人都在睡覺，而且我也不用去擔心梅德洛太太——我不擔心！」

她的床邊點著一根蠟燭。她拿起了它，輕手輕腳地走出房間。走廊看起來好長好長又好黑暗。可是，情緒激動的她此時又哪裡管得著呢？她自認為還能記得那些銜接著通往外面掛著繡帷的門口那道短走廊前，必須經過的所有轉角——就是那天她走迷了路，被梅德洛太太逮住時路過的短走廊。哭聲從那邊的門廊傳出來。藉著手中朦朧的燭光，瑪麗幾乎是一路摸索著尋找她的路徑。心跳聲響極了，瑪麗幻想自己都可以用耳朵聽得見啦。遙遠的哭聲持續引導她的方向。偶爾它會暫時中斷三、兩秒鐘，而後再揚起。這個轉角是該轉彎的轉角嗎？暫停腳步，思索一下。沒錯，正是它。走下這條甬道，然後左轉，再跨上兩段寬闊的臺階，接著再右轉。沒錯，眼前就是那扇掛著繡帷的門了。

她輕輕地推開房門，走了進去，隨手將它關好，站在走道上面，耳邊可以聽到那雖然不是十分響亮，卻清清楚楚的哭聲。聲音傳來的位置在她左邊那堵牆壁的另一側，往前再走幾碼距離，就可以再碰到另一扇門，從那扇門底下的縫隙中，隱約流瀉出些許燈光。有人在那扇門後面的房間裡哭泣；而且還是個相當年輕的人。

她走上前推開房門。轉眼間，人就站在房間裡面了。

這是一個很大的房間，裡面有著十分古老典雅的裝潢。壁爐上，微微的火光依舊散發出它的熱力，精雕細鏤的四柱床邊燃著一盞小夜燈，床上懸掛著織錦布幔。一個男孩躺在被窩裡，暴暴躁躁地哭號不休。

瑪麗猶豫不定，懷疑自己究竟是站在一個真實的地方，抑或又會不知不覺地沈沈入睡，做起夢來。

眼前的男孩有著細緻的五官，臉色像象牙般蒼白，大大的眼睛搭配在瘦削的臉上，顯得相當不協調。他的頭髮又濃又密，捲捲的，亂七八糟地頂在頭上，襯托得臉龐益發瘦小，看起來就像是個久病的小孩；只是，哭聲聽起來卻不像病得難過，而像暴躁、厭煩的感覺。

瑪麗手持蠟燭，屏著氣，站在門邊，然後躡手躡腳走了進去。就在她快要走近床尾時，燭光吸引了男孩的注意，令他轉過頭來盯著她，一雙灰色眼珠瞪得大大的，讓人感覺大得離譜。「妳是誰？」他終於帶著幾分驚嚇的口吻輕聲問道：「是鬼嗎？」

「不！我不是。」瑪麗低低的回答聲聽起來同樣有點畏怯的味道。「你是嗎？」

他盯著她，一直盯著她。瑪麗忍不住注意到他那對眼睛長得有多奇怪。那雙灰得像瑪瑙的眼珠子看起來之所以那麼大，全是因為眼睛四周長著一圈黑睫毛的緣故。

「不！我不是。」他沈默了一、兩秒鐘之後回答說：「我是柯林。」

「柯林是誰？」她吶吶地詢問。

「我是柯林・柯瑞文。妳是誰？」

「我叫瑪麗・雷諾斯。柯瑞文先生是我姑丈。」

「他是我父親。」男孩說。

「你父親！」瑪麗低呼：「沒有人告訴過我他有個兒子！他們為什麼不說？」

「過來！」他那對奇怪的眼睛依舊帶著焦慮的神色，目不轉睛地盯著她。

她一直走到床頭。男孩伸出手來，輕輕碰了她一下。

「妳是真人，對不對？我常常做一些非常非常逼真的夢。說不定妳也是個夢呢？」

瑪麗在離開自己的房間之前套上了一襲寬寬鬆鬆的羊毛便袍，這會兒她將袍子一角塞入他的手中，告訴他：「摸摸它，看它是多麼厚又多麼暖和。如果你願意，我甚至可以掐你一下，讓你曉得我有多真實。剛看到你的一瞬間，我也以為自己是在做夢呢！」

「妳是從哪裡來的？」他問道。

「從我自己的房間。呼呼作響的狂風吵得我睡不著覺，然後又聽到有個人在哭，所以我就想查出那到底是誰。你為什麼哭？」

「因為我也睡不著，而且頭又很痛。再告訴我一遍妳的名字。」

「瑪麗・雷諾斯。難道一直沒有人告訴過你，我住到這裡來了嗎？」

他的手指摸著她袍子的皺褶判斷是真是假，看起來倒已經比較相信她是個活生生的人了。

「沒有！」他回答：「他們沒那膽子。」

「為什麼？」

「因為我一定會怕妳想跑來看我。我不願讓人家看見我，也不許人家談論我的事。」

「為什麼？」瑪麗分分秒秒都感到越來越不能理解。

「因為我一直都像這樣臥病在床，不能起來。我的父親也不讓人家談論我的事，所有的僕人都不許提到我。要是我再一直活下去，就很有可能會變成個駝子。不過，我不會再活下去了。我父親不願想到我以後可能會跟他一樣。」

「噢，這幢房子是多麼奇怪啊！」瑪麗嚷著：「多麼奇怪的房子！什麼事都是神神祕祕的；每個房間都被鎖起來，花園也被鎖起來——還有你！你也一直被鎖起來了嗎？」

「不是！我老待在這個房間，是因為我不想讓家人帶我出去。那太使我疲倦了！」

「你的父親會過來看看你嗎？」

「有時候；通常是等我睡著了。他不想看見我。」

「為什麼？」瑪麗忍不住又要追問。

一抹淡淡的憤怒之色，掠過男孩的臉龐。

「我媽媽是在生我的時候死掉的，看到我會令他十分悲傷。他以為我不曉得這件事，可是我聽到人家在講。他簡直就是討厭我。」

「他討厭花園；因為她死了。」瑪麗半自言自語地說。

「什麼花園？」男孩說。

「噢！只不過是——只不過是她生前喜歡的一座園子。」瑪麗的話回得吞吞吐吐，「你一直都待在這房間裡嗎？」

「差不多一直都是。有時候他們會把我帶到海邊。不過，我不喜歡留在那裡，因為人們老是盯著我看。以前為了不讓我的背駝掉，所以我身上老綁著一副鐵架。可是，後來一個來自倫敦的大醫師說那太可笑了，要人家把它給拿下來，還囑咐說，要讓我多待在戶外空氣新鮮的地方。我討厭新鮮空氣，也不想到外面去。」

「我剛來的時候也不想。」瑪麗說：「你為什麼老是那麼樣盯著我看？」

「因為夢裡的情景常常極為逼真。」他心浮氣躁地回答：「有時我睜開眼睛，卻不相信自己是清醒的。」

「我們兩個都很清醒。」瑪麗略掃一眼整個房間高高的天花板、陰影錯落的牆角和隱約閃爍的火光。「這看起來就像是個夢境，時間又是三更半夜，屋裡人人都睡得正熟——除了我們兩個之外的每個人。我們清醒得很呢！」

「我不希望這是一場夢。」男孩怔忡不安地說。

瑪麗驀然想到一件事。

「既然你不喜歡人家看到你，」她開口問他：「是不是要我也離開？」

手中依然抓著她的袍子，他猛然微微一扯。

「不！」他說：「要是妳老了的話，我一定會認定妳只是個出現在夢中的人。如果妳是真實的，那就坐在那張大板凳上和我說說話。我想聽妳說說自己的事。」

瑪麗將手中的蠟燭擱在床邊的檯桌上，然後坐上那把加了坐墊的板凳。她一點兒也不想走。她想留在這個不為人知的神祕房間裡，和這個神祕的男孩談談天。

「你希望我告訴你什麼呢？」她問道。

他想知道她來大鶇莊多久了；他想知道她的房間在哪條走廊上；他想知道她平常都做些什麼；她是不是像他一樣非常討厭荒原；來到約克夏之前，她住在什麼地方。她除了回答所有問題之外，又多告訴了他許多事，而他便躺在床上專注地聆聽。他要她詳詳細細告訴他許多有關印度的事，和她渡海來到英國的過程。她發現他由於體弱多病，所以在日常見聞方面比不上別的小孩。在他很小的時候，曾經有一位保姆教過他讀書、識字，所以他老是捧著華麗的書本閱讀或是盯著插圖看著。

雖然他的父親很少在他醒著的時候來看他，卻給他各式各樣很棒的東西，好讓他自得其樂。只是，他好像從來沒有快活過。只要他提出要求，不管什麼，他的父親都會給他；而且凡是他不喜歡的事，都不會要他去做。

「每個人都被迫做討我開心的事，」他冷冷淡淡地說道：「因為我只要一生氣就會病倒。這裡沒有一個人會相信我能活到長大成人。」

聽他的口氣，好像老早就習慣這種觀念，已經完全不把它當成一回事了。他似乎很喜歡聽瑪麗說話的聲音，始終帶著一副昏昏欲睡卻又很有興趣的樣子，津津有味地聽著。其間有一、兩次她以為他就快打起盹來了，沒想到最後他卻提出一個把談話帶向全新方向的問題。

「妳多大了？」

「我十歲，」瑪麗一時說溜了一句：「和你一樣大。」

「妳是怎麼知道的？」他驚訝地質問。

「因為在你出生後，花園的門就被鎖起來，鑰匙也被埋掉了。而它已經鎖了十年嘍！」

柯林撐起身子，面朝著她，兩手拄著下巴，半躺在床上，「什麼花園的門被鎖起來？是誰鎖的？鑰匙埋在什麼地方？」他直嚷嚷著，彷彿興趣一下子全被挑了起來。

「是——是柯瑞文先生討厭的那座花園。」瑪麗惴惴不安地告訴他：「他鎖起了園門。沒有人——沒有人知道他把鑰匙埋在什麼地方。」

「那是什麼樣的一座花園呢？」柯林急著追問，非要知道個究竟不可。

「自從十年前開始，那裡就不許任何人進去了。」瑪麗小心翼翼地回答。

可是，現在才小心翼翼已經太遲了。他這個人簡直就像她的另一個翻板，成天無事可做，無事可想，所以有一座不為人知的花園，這事兒馬上就像當初吸引住她一樣，迷住了他所有的心思。他一個問題又一個問題，問個沒完沒了。像是它在哪裡？難道她都沒去找過那扇門？難道她都沒有去問過園丁嗎？

「他們不肯談到關於它的事。」瑪麗表明：「我想，一定有人吩咐過他們不許多嘴。」

「我來命令他們回答。」柯林說。

「你、行、嗎？」瑪麗咿咿唔唔，害怕起來。要是他果真逼問出那些答案，天曉得還會發生什麼事情！

「我跟妳說過了，每個人都被迫必須討我開心。假使我能繼續活下去，這裡早晚有一天都會變成我的。這是人人都知道的事。我非叫他們告訴我不可。」

瑪麗始終不曉得她自己是個被人慣壞的小孩，但她可以清清楚楚地看出來，這個神祕的小男孩絕對是的。他以為全天下都歸他所管。他是多麼乖僻！而當他說起自己活不長久時，又是多麼若無其事的一副口氣啊！

「你真的認為你活不長久嗎？」她半是出於好奇，半是因為希望讓他忘掉花園的事，故意岔開了話題。

「大概是吧？」他依舊帶著先前那副漫不以為意的口氣，「打從我有記憶以來就常聽人家這麼說。最初他們以為我還小，聽不懂，現在則是以為我不會聽進這些。但我不但聽到，也聽得懂。我的醫生是我堂叔，窮得要命，只要我死掉，父親死後，全大鶇莊就都變成他的了。我想他一定不希望我活得太久。」

「你希望活久一點嗎？」瑪麗探問。

「不！」他一副氣急敗壞又厭煩的樣子。「可是我也不想死。每當我臥病在床，腦子裡就會一直想著這些，想著想著就哭個不停。」

「我已經第三次聽到你的哭聲，只是不曉得哭的人是誰。你就是為了這事哭的嗎？」她實在太希望、太希望他能忘掉那座花園了。

「或許吧！」他說：「我們換個話題，談那座花園吧！妳難道不想親眼看到它嗎？」

「我想啊。」瑪麗聲音細得像蚊子。

「我也想。」他一個勁兒滔滔不絕，「我以前從沒認真想過要看到什麼東西，可是我想見見那座花園。我希望有人挖出那把鑰匙，還希望有人把門鎖打開。我會叫他們讓我坐著椅子，把我推過去。那樣我就可以呼吸到新鮮空氣了。我要叫他們打開那座花園。」

他的情緒變得異常亢奮，兩隻眼睛像星星一樣射出光芒，看起來更是大得離譜了。

「他們必須討好我。我會命他們把我推去那邊，還會把妳也一塊兒放進去。」

瑪麗緊緊扭著雙手。

現在一切都完了——都會完蛋了！廸肯將永遠不再回來，而她也將永遠不可能覺得自己是一隻擁有個安安穩穩，沒有人知道藏在哪裡的窩的大鶇鳥了。

「噢！不——不——不——千萬不要那麼做！」她急得大叫。

他彷彿認為她發瘋了似的茫茫然直盯著她。

「為什麼？妳自己說妳想看到它的。」

「我是想啊。」她幾乎快哭出來地說：「可是一旦你叫他們打開園門，推你進去，那它就再也不是個祕密了。」

他把脖子拉得長長的，湊過身來。

「祕密？這話是什麼意思？告訴我。」

瑪麗的話險些又多漏了個口風。

「你知道──你知道，」她呼吸急促地回答：「假使除了我們之外沒有人曉得──假使那裡有個門，隱藏在長春藤底下的某個地方──假使真的有──而且我們可以找到它──假使我們可以一起偷偷溜進去，然後把它關好，就沒有人會知道裡頭有人，那我們就可以叫它祕密花園，假裝──假裝我們是大鶇鳥，而那是我們的鳥巢。假使我們幾乎每天都到那裡玩，同時挖挖土，播下種子，讓它整個活起來！」

「它死掉了嗎？」他打斷她的話。

「如果沒有人照顧，它很快就會死了。」她接過話，「球根還會活下去，但玫瑰──」

「球根是什麼？」他急忙又攔口問道。

「就是百合、水仙，還有細雪花。它們現在全在地下努力工作著──把嫩嫩的綠色芽尖往上推，因為，春天就快要來啦！」

「春天要來啦？」他問道：「春天是什麼樣子？一個人要是老生病關在房裡，就不可能看見它了。」

「春天是陽光普照，雨水綿綿，一下子降雨，一下子又出太陽的日子，萬物都在地下努力工作，向上伸展。如果花園的事能當成祕密，我們就可以進去，看見所有的東西一天天長大，看看還有多少玫瑰活著。你不明白嗎？噢！你難道不明白，假使它是個祕密，那一切就會變得更棒了呢！」

他重新靠著枕頭躺著，臉上露出一抹奇特的表情。

「我從來不曾有過祕密；」他說：「只有那件沒辦法活到長大成人的事例外。他們不曉得我知道真相，所以那也算是一種祕密。可是我更喜歡這一類型的。」

「只要你別叫他們帶你去，」瑪麗央求：「說不定──不，我幾乎敢斷定，改天一定能自己找出進入那個園子的方法。到時候──要是醫生希望你坐著椅子到外面去，要是你隨時都能想要怎麼樣就怎麼樣，也許──許我們可以找到一個男孩來推你，我們就能單獨進去，而它也會永遠都是一座祕密花園了。」

「我──喜歡──那樣！」他一字一字慢慢地說，眼神如夢似幻。「我喜歡那樣！在一座祕密花園裡頭，我不會介意呼吸一點兒新鮮空氣的。」

瑪麗逐漸鎮定，感到安心多了，因為祕密花園這個主意似乎很能打動他的心。她幾乎敢斷定，只要自己一直不斷地往下說，同時讓他心靈中浮現出自己所看到的那幅園中景象，他一定會愛死它的，而且，光是想到人人都可以隨心所欲地進去踐踏它，就受不了！

「我告訴你，我認為我能夠進去，將會看到那座花園是什麼樣子。」她說：「它都已經被人封閉那麼久了，裡面的植物很可能都已經互相纏繞成一片了。」

他動也不動地躺在床頭，靜靜地聆聽她繼續談那些很可能已經從一棵大樹攀到另一棵樹，枝條懸垂的玫瑰花——談論許許多多可能已經在園內築巢的小鳥；因為那兒實在太安全啦！然後她又告訴他有關知更鳥和班・韋勒斯泰的事。提起知更鳥，可以講的事情實在太多又太安穩了，講著講著，她終於不再擔心、害怕了。

聽到種種有關知更鳥的事，柯林開心得露出笑容，抿著嘴角，讓人見了都幾乎要認定他是個美少年了。剛開始，瑪麗還覺得他那對太大的眼睛和滿頭濃濃密密的捲髮，簡直讓他看起來還比自己更不起眼哪！

「我從不曉得有什麼小鳥會像他那樣子。可是，一個人如果老關在房裡，當然就什麼東西也看不到了。妳知道好多好多事。我覺得彷彿妳已經進去過那座花園中似的。」

她不知道該如何解釋才好，所以一句話也沒說。而他顯然也不曾期待得到答案，不一會兒便送給她一樣驚奇。

「我要讓妳看看一樣東西。」他說：「妳有沒有看到掛在壁爐架上方牆頭的那張玫瑰色絲緞簾子？」

瑪麗先前並沒有注意到它的存在，此刻一仰起頭便看見它了。那是一張用柔軟的絲緞製作的簾幕，掛在那兒，看起來便像幅畫似的。

「看到了。」她回答。

「那兒有條繩子。」柯林指示：「妳現在走過去把它拉開吧！」

瑪麗滿腹狐疑地站起身來，找到那條繩子，將它一拉，勾在圓環裡的絲緞簾幕便向旁邊退開，露出原本被它遮住的一幅畫，畫中是一位女孩的笑吟吟的面孔。她那一頭閃亮亮的秀髮繫著藍緞帶，一雙愉悅動人的明眸恰似柯林悶悶不樂的眼睛般灰得像瑪瑙，圍繞在烏黑的睫毛中間，所以看起來有實際的兩倍大。

「她是我母親。」柯林語帶抱怨：「我不明白她為什麼死了。有時我會因此而恨她。」

「多奇怪啊！」

「我相信，如果她還活著，我就應該不會老是在生病。」他咕咕噥噥地說：「我敢說我一定也會活得久一點，而我父親也就不會討厭正眼看我了。我敢說，那樣我一定會有一副強壯的背脊骨。把它拉合起來吧！」

瑪麗聽命照做，然後回到她的坐位上。

「她比你漂亮多了！不過，眼睛和你一模一樣——至少顏色和形狀都一樣。可為什麼要用這張簾幕把她遮住呢！」

他侷促不安地蠕動一下身體。

「我命令他們弄的。」他說：「有時我真不喜歡看見她直盯著我瞧。我那麼可憐又體弱多病，而她卻眉開眼笑，高興得要命。再說，她是我的母親，所以我不想讓每個人都可以見到她。」

片刻的沈默之後，瑪麗又說：「要是讓梅德洛太太發現我跑到這裡來，她會怎麼做？」

「我叫她怎樣她就會怎樣。」他回答：「而我會告訴她，我希望妳每天都能過來陪我談談天。妳到這兒來，我真的很高興。」

「我也很高興。」瑪麗說：「我會儘量常來，可是──」她遲疑了一下──「我必須每天去尋找花園的門。」

「對，妳必須去，而且事後可以告訴我尋找那扇門的情形。」他一如先前那般躺在床上考慮片刻，然後又說：「我想妳也應該成為一個祕密。除非他們已經發現，否則我不會告訴他們妳的事。我可以隨時聲稱自己想要獨處，把保姆支開。妳認不認識瑪莎？」

「認識！我和她很熟。她負責伺候我。」

他朝外走廊方向頷首示意：「她是睡在另外那個房間裡的人之一。看護昨天外出，整夜都在她的姊姊那裡。每當她想出去時，就會叫瑪莎來照顧我。我會要瑪莎轉告妳什麼時間過來的。」

這時瑪麗終於明白為什麼每當她問到哭聲的事時，瑪莎看起來會那麼頭大了。

「瑪莎一直都曉得你的情形嗎？」

「嗯！她時常過來照顧我。看護喜歡躲我躲得遠遠的；而她一不在，就換瑪莎過來。」

「我來你的房間很久了，現在應該告辭了嗎？」瑪麗問道：「你看起來好像很睏的樣子。」

「可是，我希望妳能等到我睡著以後再走。」他怪不好意思地說。

「閉上眼！」瑪麗將她的板凳拉得更靠近床頭：「我來學學在印度時我的奶媽常做的。我會輕拍著你的手，輕輕摸著它，同時小小聲地唱個什麼曲子。」

「那聽起來好像不錯。」他打著呵欠說。

她心中莫名湧起對他的同情，不希望再讓他那樣躺在那兒睡不著覺，於是俯身湊近床頭，輕輕拍撫他的手背，低聲用北印度方言哼起一支小曲兒。

「真好聽！」他的睏意更濃了。瑪麗繼續邊哼邊輕輕拍撫。可是，當她再次注視他的臉時，卻看見他烏黑的眼睫毛平貼在臉上，因為他已閉上眼睛睡著了。於是她輕輕地站起身來，捧起她的蠟燭，無聲無息，悄悄地退出他的房間。

第十四章　小霸王

清晨，霧濛濛的水氣籠罩住整座荒原，大雨依舊傾盆而下。任誰也休想出得了門啦！

瑪莎一整個早上忙來忙去，瑪麗連想找個空檔和她講話的機會都沒有。可是，到了下午，她終於邀請到她上兒童房來啦。她手中帶著平常沒別的事做時老在編編織織的長襪進來，兩人一同坐在房間裡。瑪莎旋即開口問道：

「儂怎麼啦？看起來好像有話要說的樣子。」

「我是有話要說，我發現那哭聲是怎麼回事啦！」

瑪莎一臉錯愕，瞠目結舌地瞪著她，手中的編織物不知不覺地掉落在膝上。

「儂沒有！」她尖叫：「絕對沒有！」

「昨晚我聽見哭聲，」瑪麗接口又說：「就起身走出去，看看它是從哪裡飄出來的。是柯林。我找到他啦！」

瑪莎頓時驚駭得急紅了臉。「噢！瑪麗小姐！」她半哭喊著說：「儂不該這麼做的——儂不應該！儂這可是害慘了我呀！我從來沒有對儂提過半句他的事——可是儂會害慘了我呀！我會丟掉工作，到時候媽媽不知道會怎麼說啊！」

「妳不會丟掉工作。」瑪麗說：「我們聊了又聊，他說，他很高興見到我。」

「真的嗎？」瑪莎大喊：「儂確定？儂不曉得，只要有一點芝麻小事激怒他，他就會鬧得有多兇。他都已經是個大男孩了，卻還老像個嬰兒一樣哇哇大哭；鬧起脾氣來，光是為了嚇壞我們，也會哭得驚天動地。他知道我們說什麼也不敢頂撞他一句。」

「他沒生氣。」瑪麗告訴她：「我問他說我是不是該離開，他卻要我留下。他問了我好多問題，於是我坐在一張大板凳上，告訴他一些有關印度和知更鳥、花園的事。他不肯放我走。他要我看他母親的畫像，還讓我先哼著歌，等他入睡後再走。」

瑪莎驚訝得張大了嘴。「我真不敢相信儂在說什麼！」她鄭重表示：「聽起來就像儂一頭撞進獅子窩似的。要是他像平常大多數的時候一樣，肯定是會大發脾氣的，非鬧到把全屋子裡的人都吵醒不可。他根本不許陌生人盯著他看。」

「他准許我盯著他。我一直盯著他，他也一直盯著我，我們目不轉睛！」瑪麗說。

「我不曉得該怎麼辦啦！」瑪莎心亂如麻地嚷嚷：「要是梅德洛太太發現這件事，她一定會以為是我不守規矩，告訴儂他的事。我會被趕回去見我媽媽的。」

「他目前還不會對梅德洛太太提起隻字片句。我們要先把它當成祕密守一陣子。」瑪麗口氣堅定，「而且他說，每個人都不得不看他的臉色，討他高興。」

「哦！這倒是句百分之百的實話——那個壞男孩！」瑪莎撩起圍裙，擦擦額頭。

「他說梅德洛太太必須聽他的。他要我每天過去陪他說話；還說，他要我過去的時候，會派妳來傳話。」

「我！」瑪莎驚呼：「我會丟掉工作的——鐵定會！」

「妳只要照他的吩咐做就絕對不會。因為人人都受命必須聽他的。」

「儂的意思是說，」瑪莎瞪大眼睛問她：「他對妳是和和氣氣的！」

「我想他幾乎是喜歡我的。」

「那妳一定是對他下了蠱啦！」瑪莎長長地吸了口氣，斷定地說。

「妳指的是巫術嗎？」瑪麗詢問：「我在印度聽過巫術的事，可是我不會施法。我只是進去他的房間，非常驚訝地看見了他，於是站在那裡呆呆地盯著他看。這時他扭過頭來，也呆呆地盯著我看。他認為我是個鬼魂或只是個夢幻，而我也認為他說不定是個鬼或是夢。我們就這樣莫名其妙，三更半夜單獨共處在一個房間裡，彼此都對對方一無所知。於是我們開始互相問對方問題。而當我問他，我是不是必須離開時，他說，絕對不可以。」

「世界末日快來臨啦！」瑪莎低呼。

「他到底有什麼不對勁？」

「沒有人千真萬確地知道。在他剛出生的那段時間，柯瑞文先生整個人就像快瘋了，醫生們認為應該把他送進精神病院，起因就像我曾經告訴過妳的——柯瑞文太太去世。他看都不願看小寶寶一眼，整天瘋言瘋語，說那孩子會像他一樣，變成一個駝背，那倒不如乾脆死掉算了。」

「柯林是個駝背嗎？看起來不像啊！」

「現在還不是，但已經漸漸開始整個人都有毛病了。媽媽說，這幢宅子裡的苦惱太多，怨氣太盛，足以讓每個小孩都變得不對勁。他們因為擔心他的背太脆弱，老是小心翼翼呵護著它——讓他整天躺在床上，不叫他走路。還有一次，他們要他裝副鐵框架，惹得他又氣又急又煩惱，馬上病倒了。後來來了個大醫生看過他後，才叫他們把它拆掉。他用一種客客氣氣的方式，當面責備另外那名醫生。他說那孩子吃了太多的藥，而且也太欠人督促了。」

「我認為他是個被慣壞了的小孩。」

「全天底下再也找不出一個比他更驕縱任性的孩子啦！」瑪莎評論道：「我不會說他一點病都沒有。他常常咳嗽、感冒，有兩、三次甚至差點要了他的命。他曾經患過風溼痛，也曾得過傷寒。唉！當時梅德洛太太真是嚇壞了。有一回，他病得神志不清，梅德洛太太以為他什麼也聽不到，就告訴看護：『這回他肯定會死掉了。這不管對他，或是對每個人，都是最好的事。』這時她兩眼對著他，結果卻看見他瞪著兩隻銅鈴大眼狠狠盯著她，和她一樣清醒呢！她不曉得究竟出了什麼事，反正他只是死盯著她，吩咐：『妳去給我倒杯水，別再說東道西了。』」

「妳覺得他真的活不長嗎？」瑪麗問道。

「媽媽說，不管哪個小孩，若是像他那樣成天躺在床上，除了看他的圖畫書、吃藥之外啥事也不做，呼吸不到半點新鮮空氣，自然不可能活得長久。他身體虛弱，又嫌讓人家帶他到戶外麻煩，同時略吹吹風就容易著涼，所以他總是說，新鮮空氣會害他生病。」

瑪麗坐在那兒，注視著爐火。「我懷疑，」她緩緩說道：「如果讓他出到屋外，看看一座花園，觀察生長中的花草樹木，對他會不會有所幫助？它對我的幫助非常大。」

「他病鬧得最厲害的幾次之一，就是他們把他帶到噴水池邊的玫瑰花叢那一回。他曾經看過一則報導，說有人會感染他所謂的什麼『玫瑰花粉熱』，所以他就開始打起噴嚏，說他得到那種毛病了。這時，一名不曉得他的禁忌的園丁剛好打旁邊路過，就滿臉好奇地直盯著他瞧。結果他大發脾氣，說他絕不許人家盯著他，因為他快變成一個駝背了。他一直哭一直哭，哭到發起高燒，折騰了一整個晚上。」

「要是他敢生我的氣，那我就永遠永遠都不再去看他了。」瑪麗聲明。

「他想見儂就非見到儂不可，」瑪莎說：「這一點儂最好從一開始就搞清楚。」

話才講完，鈴聲響起，瑪莎連忙收拾起她的編織工具。

「我敢說，一定是看護希望我過去陪他一會兒。」她說：「但願他現在脾氣正好。」然後便離開房間。

可是，才經過十分鐘左右，她就帶著一臉茫然不解的神情回來了。

「唔，儂準是對他下了蠱啦！」她說：「他手捧著圖畫書，坐在沙發上，吩咐看護要在六點以後才能進他的房間。我人在他隔壁的房間等著。她才剛一走開，他就叫我進去，交代我說：『我要瑪麗．雷諾斯來陪我說話。還有，記住不許告訴任何人。妳最好趕快過去吧！』」

瑪麗非常樂意過去，雖然她並不像盼望見到廸肯那樣，期待和柯林見面，但也很想看到他。

她走進他的房間，看見壁爐裡的火正熊熊燃燒著，在白晝的光線下，整個房間看起來真是漂亮極了，不管是地毯、布幔、繡幅，都有著富麗堂皇的色彩，牆上的圖畫和書籍也是琳琅滿目，色澤繽紛，儘管外面天空灰濛濛的，大雨下不停，還是為室內增添不少光輝與舒適感。柯林本身看起來也像煞一幅畫，全身裹著天鵝絨睡袍，背倚著一張大大的織錦靠墊坐在沙發上，兩邊腮幫上各浮現一點紅光。

「進來！」他說：「我整個早上都一直在想妳的事。」

「我也一直在想你的事。」瑪麗回答：「你不知道瑪莎被嚇成什麼樣子。她說，梅德洛太太一定會以為是她跟我提起你的，到時候她就得被人開除了。」

他皺起眉頭。「去叫她過來！她就在隔壁房間裡。」

瑪麗走過去將她帶進來。可憐的瑪莎正渾身發抖，而柯林依舊皺著眉頭。

「妳是不是必須讓我開心，聽我的命令？」他逼問道。

「我必須讓你開心，聽你的命令。」瑪莎面紅耳赤，吞吞吐吐地回答。

「梅德洛要不要讓我開心，聽我命令？」

「每個人都要，先生。」

「很好！那麼假使我命令妳去把瑪麗小姐帶過來見我，就算梅德洛發現了，又怎麼能夠開除妳呢？」

「拜託別讓她那樣做，先生。」瑪莎哀求。

「關於這件事，只要她膽敢多說一個字，我就開除她。」柯林威風凜凜地說道：「妳放心吧！她不會喜歡那樣的。」

「謝謝您，先生！」她急急忙忙行了個屈膝禮。「我希望盡到自己的本分。」

「凡是我要妳做的，那就是妳的本分。」柯林威嚴依舊十足，「我一定會關照妳的。現在快走吧！」

瑪莎退出了房間之後，柯林察覺瑪麗正像瞅著什麼值得大驚小怪的東西似的直瞅著他。

「妳為什麼那樣盯著我？」他問道：「妳在想什麼？」

「我在想兩件事。」

「哪兩件？快坐下來告訴我。」

「第一件是，」瑪麗坐到大板凳上，對他說：「我在印度的時候，曾見過一個年紀小小的土王爺，渾身披掛的，全都是翡翠、鑽石、紅寶石。他對他的子民講話就像你對瑪莎講話的樣子。他所吩咐的每件事，每個人都必須照做——立刻做。我想，他們要是沒馬上照做，一定會被殺掉的。」

「我馬上會要妳詳細告訴我小土王爺的事。不過，首先快把第二件事說出來。」

「我在想，」瑪麗說：「你和廸肯是多麼不同啊！」

「廸肯是誰？多古怪的名字啊！」

她心想，最好還是把答案告訴他的好。反正，介紹廸肯，也不一定要提到祕密花園。她本身就一直很喜歡聽瑪莎談他的事。況且，她期望能夠談談他。如此一來，就好像能與見不到面的他拉近一點兒距離。

「他是瑪莎的弟弟，今年十二歲。」她詳細地說明著：「他和這世界的其他任何人都很不相同。就好像印度的土著能夠將蛇引近身邊，他也能吸引狐狸、松鼠、小鳥紛紛自動靠近。他用一支笛子吹出非常柔美的曲調，那些動物就會自己跑出來聽。」

他身邊的桌子上擺著幾冊大大的書本，此時他從其中緩緩抽出一冊。「這裡頭就有一張弄蛇人的插圖。」他嚷嚷著：「妳快過來看啊！」

那是一冊漂漂亮亮的圖畫書，裡面有很多色彩非常亮麗的插畫。柯林翻到其中一頁，殷殷地詢問道：「他真能做到嗎？」

「他吹著他的笛子，而它們全都側著耳朵聆聽著。」瑪麗解釋：「但他並不把那技藝稱作『魔術』。他說，這是因為他常常逗留在荒原上，所以了解它們的習性；還說，有的時候他覺得自己本身彷彿就是一隻小鳥或兔子；他好喜歡好喜歡它們。我覺得他向知更鳥提出好多問題，感覺就好像他們彼此用輕柔的嘰嘰喳喳聲音在交談似的。」

柯林靠回他的坐墊，一對眼睛越瞪越大，越瞪越大，臉頰上的兩塊小紅光也益發紅得像烈火在燃燒一般。

「再多告訴我一點他的事。」他說。

「他熟知所有有關鳥巢和鳥蛋的知識，」瑪麗接著又說：「也曉得那些狐狸、水獺和獾都住在哪裡。他替它們保守祕密，以免別的男孩找到它們的洞穴，嚇唬它們。他了解每一樣生活在荒原上的動物和生長在那兒的植物。」

「他喜歡荒原嗎？」柯林問道：「他怎麼可能喜歡上那麼遼闊、那麼荒蕪，又那麼淒淒涼涼的一個地方？」

「那是全世界最美最美的地方，」瑪麗反駁：「上面長著數都數不清的花草樹木，還有成千上萬的小動物每天忙著在那兒築巢、挖洞、鑽穴，吱吱喳喳、啁啁啾啾，或吟吟哦哦地彼此叫喚。樹林裡、地底下、石楠叢間，它們每天忙忙碌碌，而且玩得很快樂。那兒是它們的天地。」

「妳是怎麼曉得這麼一大堆的？」柯林單手支頤，扭過頭來盯著她。

「其實——我一次也沒有真正在那兒逗留過。」瑪麗猛然想到：「只有一次在黑暗中搭乘馬車通過。當時我以為它很醜、很可怕。之後先是瑪莎告訴我好多它的情形，後來又有廸肯。當你親耳聽到廸肯談論它，你會覺得一景一物彷彿都在眼前，耳中好像聽到它們的聲音；你會覺得自己彷彿站在連綿無盡的石楠海裡，陽光灑在身上，隨風飄過的金雀花香聞起來就像是甘醇的蜂蜜——整個大荒原上到處都是蝴蝶飛舞，蜜蜂穿梭。」

「要是你老在生病，就什麼也看不見了。」柯林心煩意亂地表示。他看起來就像一個正在聆聽遠方傳來的一種前所未聞的聲音，卻又聽不出那究竟是什麼的人。

「你老待在房裡當然不行。」

「我不能到荒原上去。」他一副憤憤不平的口氣。

瑪麗先是默默無語，不一會兒便冒出一句魯莽的話來：「說不定可以——總有一天。」

他似是被她嚇了一大跳，身體猛然一震。

「去荒原！怎麼可能？我會死掉！」

「你怎麼曉得？」瑪麗面無表情，冷冷地問道。

她不喜歡他提起死亡時的那副德行，也不覺得他非常可憐。她根本就覺得他幾乎是時時刻刻扛著這張招牌誇大其事，好惹人注意。

「噢！打從我有記憶以來就一直聽到人家這麼說。」他粗暴地表示，「他們老是咬著耳朵，以為我沒注意到，竊竊議論這個問題。而且，他們希望我早點死。」

瑪麗小姐火大極了，氣得咬緊了嘴唇。「要是他們希望我死，我就偏不死。到底有誰希望你死掉？」她詰問。

「所有的僕人——當然還有醫生（編按，柯瑞文醫生是他的叔叔，莊主的弟弟），因為這樣他就可以得到大鶇莊，變成富翁，不再當個窮酸鬼。他嘴裡雖然不敢這麼說，可是每次只要我病況惡化，他總顯得喜孜孜。上次我患風溼痛，他整個人眉開眼笑，嘴咧得開開的。我想我的父親也希望我早點死掉。」

「我不相信！」瑪麗大唱反調。

柯林一聽，再次扭過頭來瞪著她。

「妳不相信？」

他枕著靠墊，彷彿在思考什麼似的，文風不動，悶不吭聲。整個房間陷入一段漫長的沈默。也許他們兩人都在想些一般小孩平常不會想到的奇奇怪怪的事吧。

「我喜歡那個倫敦來的醫生，因為他叫人拆掉那個鐵架子。」最後瑪麗終於開口：「他有沒有說你快死了？」

「沒有。」

「那他說了什麼？」

「他沒有竊竊私語。」柯林回答：「也許他曉得我討厭人家那樣做吧！我聽到他很大聲地說到一件事。他說：『那個少年只要能有活下去的決心就應該能活下去。多振作他一點兒精神吧！』這句話他彷彿是憋著一肚子氣說的。」

「有個人或許能振作你的精神，我來告訴你那是誰吧！」瑪麗深思熟慮地說，她盼望這道難題能夠找個好辦法解決。「我相信廸肯辦得到。他成天都在談論一些生物的事，從來不提死掉或是生病的東西。他老是仰頭望天，觀賞小鳥飛翔——或是俯頭看地，觀察植物的成長。他有兩隻圓得像銅鈴的藍眼睛，老是瞪得大大地東看西看。還有他那張大嘴，一笑起來，笑聲就好嘹亮好嘹亮——他的兩片臉頰紅得——紅得像櫻桃。」

她將板凳拉近沙發。想起那張唇角翹翹的大嘴和張得大大的銅鈴眼，他臉上的表情就跟著千變萬化。

「不過——」她說：「咱們別再談什麼死不死的事啦！咱們來談談『生』。咱們聊聊天談論一下廸肯的事。然後咱們來看你的圖片。」

這是她唯一能找到的最好話題啦。談論廸肯，意味著也將提到荒原、提到小屋，和那十四個住在屋裡，每個星期靠十六先令過活的人——以及那群像小野馬一樣啃著荒原上的青草長胖的小孩。同時，他們更少不得要談到廸肯的母親——還有跳繩——以及陽光普照的荒原——再來就是那些努力撐破黑色土壤，向上伸展的點點小綠芽。這一切都是那樣歷歷如繪，瑪麗忍不住話匣子大開，愈講愈起勁，而柯林則是時而靜靜聆聽，時而插上幾句話。聊著聊著，兩個人開始動不動就像開開心心玩在一起的小孩一樣，沒來由地放聲大笑。笑到最後，兩人簡直不像一個老垮著臉，沒有愛心的小小女孩，加上一個體弱多病，相信自己就快死掉的男孩——而是一對平平常常、健健康康，吵得快要把屋頂掀翻的正常十歲小孩童。

他們聊得那麼痛快，以致兩人都忘了時間，也忘了看圖片的事。他們一整個下午都在為老班、為他那隻知更鳥放懷大笑；柯林甚至一直坐得直挺挺的，好像忘了他那脆弱的背脊。這時，他猛然想起一件事來。

「妳可知道我們兩個都一直不曾想到的一件事——」他說：「我們是表兄妹。」

這話聽起來似乎非常古怪，因為他們兩人已經聊過那麼多的事，卻始終不曾想到這層簡簡單單的關係。柯林的話甫一說完，兩人又立刻笑得更兇。誰教他們已漸漸養成為任何一件事而笑的幽默感？就在彼此的歡笑、嘻鬧當中，房門被推開了，柯瑞文醫生和梅德洛太太相偕走了進來。

柯瑞文醫生著著實實被眼前的畫面嚇了一大跳，踉蹌之中，一不小心便撞著了梅德洛太太，害得她險些兒跌倒。

「我的天！」可憐的梅德洛太太兩顆眼珠瞪得差點兒掉出眼眶，失聲尖叫：「我的天！」

「這是怎麼回事？」柯瑞文醫生趨步上前，直嚷著：「這究竟是怎麼回事？」

這時，柯林的回答彷彿一點也不把醫生的驚慌和梅德洛太太的著急放在心上，使得瑪麗情不自禁又想到那個印度部落裡的小土王爺。瞧他那副目空一切、泰然自若的德行，就好比走進這房間裡的不過是一隻老貓和一條老狗。

「這是我的表妹瑪麗·雷諾斯。」他告訴他們：「我邀她過來陪我聊聊。我喜歡她。以後不管什麼時候，只要我派人找她，她就得過來陪我談天。」

柯瑞文醫生一臉責備地扭過頭望著梅德洛太太。

「噢，先生！」她急急忙忙喘著氣申辯：「我不曉得這事是怎麼發生的。整個府裡頭沒有哪個僕人敢有天大的膽子去多嘴多舌——我全都嚴格命令過了。」

「沒有人對她提過半個字。」柯林說：「她聽到我的哭聲，自個兒找到這裡來了。我很高興她到這裡來。別再大驚小怪，梅德洛！」

瑪麗看見柯瑞文醫生臉上怏怏不樂。只是，很明顯，他不敢和他的病人作對。他坐在柯林旁邊，替他量脈搏。

「恐怕你的情緒有點太過激動了。孩子，激動對你的身體不好。」

「要是她不來，我才會激動。」柯林眼中閃爍著威脅的光芒。「我好多了！她讓我覺得整個人好多了！去叫護士把她的茶連同我的一起端來，我們要一塊兒喝茶。」

梅德洛太太和柯瑞文醫生彼此擔憂地面面相覷。不過，顯然也無計可施。

「他看起來的確好多了，先生，」梅德洛太太斗膽說道。「只是——」她仔細又思考了一下——「今天早上，她還沒進這房間以前，他看起來就已經好多了。」

「她昨晚進入房間，還陪了我大半個夜晚。她哼了一支北印度地方的小曲兒給我聽，哄我入睡。」柯林聲明：「我醒來時就覺得人好多了，馬上要我的早餐。現在我要我的茶。梅德洛，吩咐看護。」

柯瑞文醫生並沒有逗留太久。他見到看護進了房間以後，交代她幾分鐘話，同時囑咐了柯林幾句必須小心的事——他不能說太多話；他不能忘記他有病；他不能忘了自己非常容易疲倦。瑪麗覺得他彷彿有一大串令人不舒服的事必須謹記不忘。

柯林滿臉焦躁，兩隻圍繞著黑睫毛的奇怪大眼睛死死盯著柯瑞文醫生的臉龐。

「我想忘了它。」最後，他終於吐出一句，「她令我忘了它，所以我才希望她常常過來陪我。」

柯瑞文醫生帶著一臉悶悶不樂的表情離開了房間，臨走之前還困惑地瞄了那坐在大板凳上的小女孩一眼。從他剛踏入這個房間的那一瞬間開始，她便又變回那個沈默、拘謹、面無表情的小孩，所以他完全看不出她有什麼吸引力。無論如何，那男孩看起來的確比以前神采奕奕多了——於是，他相當沈重地嘆了口大氣，舉步跨出房門。

「他們老在我沒有食慾時要我吃東西。」看護端來午茶，擱在桌上。柯林說：「好啦！現在只要妳吃，我也會跟著吃。那些鬆餅看起來又熱又可口。告訴我小土王爺的事。」

第十五章　築巢

連續下了一整星期的雨後，高高垂掛的藍天總算再次出現，照耀整片大荒原的驕陽則已相當熾熱。儘管這段期間瑪麗小姐完全沒有機會見到廸肯，仍然是每天過得快快樂樂，開心極了。一個星期的時間似乎並不很長。她每天都到柯林的房間，陪他談天，說說有關印度部族那些土王們，或者有關花園、廸肯，以及荒原上那棟小屋的事，一聊就是好幾個小時。他們一同翻看那些精裝書籍和圖片，有時瑪麗會朗誦一些書上的文章給他聽，有時他也會唸一點兒給她聽。當他被逗樂，或者顯得興致勃勃時，瑪麗覺得除了面無血色，老是歪在沙發上外，他看起來實在一點也不像是個病人。

「妳真是一個狡猾的孩子，竟然做出像那天晚上一樣，悄悄偷聽，溜下了床，追蹤線索的舉動。」曾有一次，梅德洛太太對她說：「不過，這裡人人都很樂意承認，對我們大家而言，這可是一個憑空從天上掉下來的恩賜。自從你們交了朋友以後，他就沒再大發脾氣過，也不再整天哭哭啼啼。原本看護早就煩透了他，都打算辭職不幹了，現在卻說，既然有妳分擔掉一部分，她願意繼續留下來。」說著還笑了兩聲。

在連續一週天天和柯林見面、談話的時間裡，瑪麗對於有關祕密花園的事總是刻意小心翼翼地多所保留。她希望能夠先探查清楚有關他的某幾項特定問題，可是又絕不能直截了當地要他自己回答。首先，由於自己漸漸對他產生好感了，所以她希望搞清楚他是不是一個可以分享祕密的男孩。他的性情雖然和廸肯南轅北轍，卻顯然十分喜愛有一座完全不為人知的花園這個點子，所以她認為或許可以信賴他。只是，她認識他不過幾天，沒有十足的信心。第二件她想知道的是：他是不是一個值得信賴的人——如果真的是——他們是否可以在完全不被人發現祕密花園的情況下，把他帶進園裡去？那位有名的大醫生曾經說過，他必須呼吸新鮮的空氣；而柯林也曾說過，只要是在一座祕密花園裡，他不會介意新鮮空氣的問題。或許他若是能多吸收一點新鮮空氣，認識廸肯、知更鳥，看到花草樹木的生長，就不會成天念念不忘死亡的事。最近瑪麗偶爾會從攬鏡自照的情況下，了解到自己的外表和當初剛從印度來到此地時是多麼不同。現在的樣子好看多了。就連瑪莎也已經看出她整個人的變化。

「這荒原上飄來的空氣已經帶給儂不少益處，」她說：「儂已經不再像剛來時那麼面黃肌瘦、骨瘦如柴，就連剛剛冒出一點的新頭髮也顯得蓬勃而充滿活力，不再是稀稀疏疏的幾根，軟弱地平貼在頭皮上。」

「沒錯，」瑪麗回答：「我的確長壯也長胖了。我相信一定不僅僅是這些好處而已！」

「當然不止！」瑪莎輕掐一下她那圓圓的臉蛋。「儂的臉頰出現一點兒紅潤，看起來要比當初漂亮多啦！」

既然花園和新鮮空氣已經帶給自己這麼多幫助，說不定也能對柯林發生極好的影響。可是，話說回來，假使他討厭讓人家看著他，很可能也不願意見到廸肯。

「為什麼每當有人盯著你看時，你就生氣？」有一天，瑪麗當面詢問他。

「我一直很討厭那種場面，甚至從很小的時候就這樣了。再說，每次當他們把我帶到海邊時，我總是躺在自己的馬車中，所以人人都會盯著我看。一些女士、小姐也會停止漫步，和我的看護交談，然後便彼此交頭接耳地竊竊私語。我知道她們是在說我活不長久了。然後有些女士會輕拍我的臉頰，嘆聲：「可憐的孩子！」有一次，當有個女士正待這麼做時，我便高聲地尖叫了起來，又咬了她的手。於是她就嚇得趕緊跑掉了。」

「她一定認為你像條狗似的發了瘋。」瑪麗一點也不欣賞他的作為。

「我才不在乎她是怎麼想呢！」柯林皺著眉頭說。

「我很好奇，當我闖進你的房間時，你為什麼沒有大聲尖叫，然後咬我？」瑪麗說著，臉上慢慢漾起了笑容。

「我以為妳是個鬼或一場夢。」他說：「你沒辦法咬一個鬼或一場夢境；就算你大聲尖叫，他們也不會在乎。」

「如果是——如果有個男孩盯著你看，你會不會生氣？」瑪麗猶豫不決地問他。

他靠回椅墊，沈吟了一下。

「有個男孩——」他一字一字、彷彿經過字斟句酌地緩緩吐出一段話：「有個男孩這麼做的話，我相信我是不會介意的。那就是那個曉得狐狸住處的男孩——廸肯。」

「我確定你對他一定不會介意的。」瑪麗說。

「既然小鳥和其他動物都不介意了，」他依舊是深思熟慮地慎重說出每個字：「所以我想，那大概就是我應該不會介意的原因吧！他是一個屬於那種逗引動物的魔術師，而我就是一頭男孩動物。」

柯林說完，哈哈大笑，瑪麗也緊跟著笑了起來。事實上，笑到最後，兩人都覺得有一頭藏在自己洞穴裡的男孩動物真的非常有意思，更加笑得東倒西歪了。

其後，瑪麗認為自己再也用不著擔心廸肯的問題了。

＊

天空再度蔚藍如洗的第一個早晨，瑪麗七早八早就醒過來了。燦爛的陽光穿透百葉窗帶，斜斜潑灑進整個房間，令她一見便欣喜若狂地跳下床，飛奔到窗口。她拉起簾子，打開窗戶，一大股清新又芳香的空氣登時撲面而來。荒原上的天空是那麼藍，整個世界就彷彿降臨了奇蹟一樣。瑪麗耳中可以聽到四面八方傳來輕脆細微的鳴啼，就好像有無數的鳥兒正在發聲、試音，準備展開一場盛大的音樂會。她將手兒伸出窗外，掬住一把暖暖的朝陽。

「天暖和了——暖和嘍！」她輕聲叫喊：「這會催得那些嫩綠的芽苞不斷向上抽長、抽長再抽長，也會吹得地底下的鬚根、球根拼命向下、向外鑽，努力吸收全部的養分。」

她跪在窗口，極力對外探長了身子，大口大口、貪心不足地猛吸外面的空氣，直到她想起廸肯的媽媽形容過的那段有關他的鼻尖就像兔子鼻，整天不住輕輕抽動的話來，不禁「噗哧！」一聲，隨即讓爽朗的笑聲打斷她的大力呼吸。

「時間一定還早得很，」她自言自語：「天邊的朵朵微雲都染著淡淡的紅暈。我從來沒看過天空像這樣一幅景象。屋裡還沒有半個人起床，就連馬僮清早餵馬、刷馬的聲音也還沒有聽到呢！」

驀然，一個念頭令她七手八腳爬起來。

「我等不及了！我要去看看那座花園！」

這時她已學會自己更衣，於是花個五分鐘時間換好了一身服裝，穿著長襪，奔下樓梯，來到一扇她知道可以輕易溜出屋外的小側門邊，套上提在手中的鞋子，解開鉸鏈，拔開門閂，開了鎖，拉開小門便一個箭步衝下臺階，站在彷彿已悄悄轉化成一片青蔥的草地上，任陽光沐浴全身，暖暖的芬芳氣流在她的身邊打轉，耳聽得周遭每一叢灌木和每一棵大樹枝葉間都傳出婉囀的鳥啼和清越的蟲鳴。由衷升起的喜悅令她情不自禁握緊了雙拳仰望長空。天色是如此蔚藍、粉紅、柔灰、雪白，交映出滿天盈溢的春光。瑪麗不知不覺想放聲高歌，想吹段嘹亮的口哨。而她知道，知道那無數的知更、雲雀和形形色色繽紛的鶇鳥，也必然無法壓抑內心那股想要盡情放歌的衝動。她繞過叢叢矮樹，踏著小徑，奔向她的祕密花園。

「一切都已變了個樣，」她心中暗暗思忖：「草地更綠，處處都有芽尖從地底冒出，一棵棵植物舒展細嫩的芽苞，綻現出青翠的綠葉。我相信今天下午廸肯一定會過來的。」

連綿的春雨已經為矮牆外那條小徑兩旁的草本植物花床帶來奇妙的影響。密生的植物球根漸漸都在開始競相吐芽、滋長；尤其是狹長的番紅花葉間，更是隨處可以隱約瞥見高貴的艷紫和亮麗的鮮黃色花朵。六個月前，瑪麗小姐說什麼也不可能有機會目睹整片天地正在甦醒的實況，此刻她卻一樣也不致遺漏。

就在她快要走近那扇掩藏在長春藤下的花園門口時，卻陡然被一聲奇特的嘹亮聲音嚇了一大跳。那嘎嘎的山鳥啼聲來自牆頭。瑪麗仰頭一望，只見圍牆上棲息著一隻披著全身藍黑色羽毛、迎著陽光閃閃發亮的大鳥，帶著一副非常聰慧的目光低頭盯著她看。她以前從不曾和一隻烏鴉在這麼近的距離內正面相向，此時心中不免有幾分緊張。不過，一轉眼間，它便已展開雙翅，轉頭朝花園的方向飛去。瑪麗希望它不會逗留在園內。她推開園門，心裡暗暗懷疑它究竟會不會在那裡。等她深入園中，才發現它很可能當真打算在那兒一直待下去，因為它就站立在一株矮小的蘋果樹梢，樹下則趴著一隻通體微紅、尾巴毛茸茸的小動物，兩者的目光都投注於正蹲在草地上辛勤工作的廸肯，那低伏的背部以及滿頭赤褐的捲髮上。

瑪麗拔腿朝他飛奔過去，嘴裡不住叫喊：「噢！廸肯，廸肯——你怎麼可能這麼早就到了！怎麼可能！太陽才剛剛出來啊——」他笑呵呵地站起身來，滿臉淨是毫無保留的飛揚神采，兩顆湛藍的眼眸各似一片小小的晴空。

「唔！我可比它早起得多呢！怎麼還能在床上躺得住呀！今天早上，整片大地已經開始甦醒——已經開始了！萬物都在辛勤努力，四處都是飛禽走獸、鳥叫蟲鳴，小鳥啣泥築巢，花兒吐露芬芳，直把人誘惑得再也捨不得賴在床上，只想跑到戶外。就在朝陽躍上天際的同時，整片荒原都鬧烘烘地洋溢著歡欣喜氣，而我便置身在無邊無盡的野石楠海之中，發了瘋似的一路又吼又唱地直朝這兒奔來。我迫不及待。畢竟，噢！這座花園正躺在這兒等著哩！」

瑪麗用手捂著胸口，氣喘吁吁，活像自己剛奔跑了好幾哩路似的。「噢！廸肯，廸肯！」她說：「我高興得快喘不過氣來了。」

那隻尾巴毛茸茸，趴在樹下的小動物眼見他和一個陌生人交談，立刻站起身來，走到他身旁；那隻停在枝頭的烏鴉也「嘎！」的一聲展翅飛下，安安靜靜站在他的肩膀上。

「這是小狐狸仔子，」他摸摸那通體微紅的小動物的腦袋，介紹說：「它叫隊長。這位是煤灰。煤灰沿途追隨我飛過荒原，而隊長奔跑的速度就像背後有成群的獵狗在追似的。他倆的心情都和我一模一樣。」

兩隻小動物看起來都同樣絲毫也不畏懼瑪麗。這時廸肯信步四下走走。煤灰照樣站在他的肩頭；隊長則安安靜靜地貼近他的身側，亦步亦趨，輕盈地跑著。

「妳瞧！」廸肯招呼：「瞧這些花梗抽得多長了，還有這些和這些。噢，再瞧！瞧瞧這邊這一些！」

他跪在小徑旁邊，瑪麗也跟著跪在他身旁，兩人對著一整叢開得熱熱鬧鬧，有紫色、橘色、金黃色的番紅花瞪大了眼睛。瑪麗彎下了腰、低頭一次又一次地親吻著它們。

「花兒就是如此的不同！」

「噢！你不會像那樣去親一個人的。」她抬起頭來對他說：「花兒就是如此不同！」

他雖然一臉茫然，卻仍面露微笑。「唔！」他說：「有好幾次，我在荒原嬉戲了一整天回家，看見媽媽沐浴著陽光，站在門口，臉上的神情是那麼開心舒坦、怡然自得的樣子，便忍不住像妳剛剛那樣，不停地親吻著她。」

他們從花園的一區跑到另一區，眼前不斷出現許許多多驚奇，由不得他們不時時刻刻提醒自己必須壓低聲音，悄悄耳語。他引領著她看那些原本看似已經死掉的玫瑰花枝上，一顆顆脹得極為飽滿的芽胞。他指著地上那成千上萬穿破潮泥，新生出的小綠點，與她分享。他們一起熱切地將鼻尖湊近地面，用力吸取那暖洋洋的春之氣息；他們鬆土掘地，努力拔草，不時掩著嘴巴，歡天喜地低聲歡笑。最後瑪麗小姐臉也紅了，髮也亂了，兩手弄得髒兮兮。

那天早上，祕密花園裡處處充滿令人喜悅的事，而這其中又有一項最逗人開心。正當他們倆歡歡喜喜，在園內忙碌的時候，驀然一隻胸前紅得耀眼的小鳥嘴裡不知叨著什麼，疾速飛過牆頭，劃過樹梢，飛到一處枝葉茂密的角落。

廸肯一見，連忙動也不動地立正站好，同時像個突然發現自己和同伴正在教堂裡哈哈大笑的教徒似的，一手按住瑪麗的肩膀。「甭動！」他帶著濃濃的約克夏口音附耳低語：「甭大聲呼吸！我前兒個見著他時就知它正在求偶。那正是班．韋勒斯泰的知更鳥。它正在築巢。只要咱們別驚動它，它就不會飛走了。」

他們輕手輕腳地坐到草地上，動也不動一下。

「咱們甭一副好像密切注意它的樣子。」廸肯說：「如果讓它察覺到咱們兩個多事，它就會永永遠遠躲著咱們倆。在這一切結束以前，它會和平常大大不同。它正準備成家。這一陣子它會比較害臊，比較愛鑽牛角尖。它沒空到處去串門子、嚼舌根。咱們必須盡可能保持安靜，試著讓自己看起來像是花草樹木。然後等它漸漸習慣看到我們後，我再吱喳幾句，讓它曉得我們並不會妨礙它。」

雖然廸肯看似老神在在，瑪麗小姐卻一點也不曉得該怎麼樣設法讓自己看起來像花草或樹木。不過，他提起這件古怪事兒的口氣，就像它是全天底下最簡單、最自然不過的事，讓她覺得這對他來說，一定是輕而易舉。事實上，她甚至還小心翼翼盯住了他好幾分鐘，懷疑他是否可能靜悄悄地全身變綠，伸展枝椏，長出樹葉。但他只是像塊石頭似的文風不動，坐在那兒，用低得細如蚊蚋，卻又不知怎麼地，竟能讓她聽得清清楚楚的聲音告訴她。

「它是春天的一部分——這個築巢活動。我敢說，這是從創世紀以來就年復一年、年年都沒有變過的儀式。它們有它們自己的思考和行為模式，我們人最好別去干涉。若是你太好奇，在春天裡可是比其他任何一個季節都更容易失去朋友喲！」

「只要我們嘴裡談它，我就會忍不住直對著它瞧。」瑪麗盡可能輕聲細語：「我們必須談點別的話題。我有件事情想跟你說。」

「如果我們談別的事，那他會比較高興的。」廸肯說：「儂要對我說什麼？」

「唔——你可知道柯林的事？」她附耳低語。

廸肯扭頭注視著瑪麗，問道：

「儂對他瞭解些什麼？」

「我見過他。我這一整個星期天天都去陪他說話。他要我去的。他說，我讓他忘了生病和快死掉的事。」她回答。

廸肯臉上驚訝的表情消失後，立刻換上一副如釋重負的反應。「那就好。」他低呼：「太好嘍！這讓我覺得心裡自在多了。我知道我不可提他的事，可是又不喜歡隱瞞人家的事情。」

「你不喜歡隱瞞住祕密花園的事嗎？」

「我絕對不會提起它。不過我告訴了我媽媽。我說：『媽媽，我有個絕不能說的祕密。儂知道，不是啥壞祕密。就像隱瞞鳥巢所在的地方一樣，是個好的。儂不介意吧，媽媽？』」

瑪麗巴不得每天都能聽到和他母親有關的事，一點也不擔心知道她會說什麼。

「那她怎麼說？」

「就像她平常的作風一樣，」他回答：「媽媽摸摸我的頭，笑著告訴我：『噢！兒子，儂可以愛有幾個祕密就有幾個祕密。我已經認識儂十二年啦！』」

「你是怎麼知道柯林的事呢？」

「每個認識柯瑞文先生事兒的人都曉得他有個可能變成跛子的兒子，也都曉得柯瑞文先生不喜歡人家說他的閒話。人們都非常同情柯瑞文先生，因為他的亡妻實在是個大美人，而且他們又彼此深愛著對方。梅德洛太太每次到大鶇村去時，都會到我們家做短暫的拜訪，而且她不介意當著我們的面和我媽媽講這些事，因為她知道我們都被教養成值得信賴的孩子。儂是怎麼發現他的事的？瑪莎上回回家時煩惱得要命。她說儂聽到他在使性子的聲音，問了好多問題，她真不知道該怎麼回答。」

瑪麗把那夜如何被午夜狂風咆哮吵醒，如何聽到遠方依稀傳來怨憤不平的哭聲，於是手擎蠟燭，依循哭聲的來向，步入幽暗的迴廊一路尋去，終於推開一扇門下隱約洩露出微光的房門，進入一個角落裡陳設著一張精雕細鏤的四腳床的房間等等過程，一五一十地敘述給廸肯聽。

當他聽到瑪麗形容起那張象牙白色的臉龐，以及那對四周長著長長黑睫毛的眼睛，不禁搖了搖頭，感慨地說：

「那雙眼睛遺傳了他母親所有的特徵。只是，據說她的眼裡總是帶著盈盈的笑意。據說柯瑞文先生受不了在他清醒著的時候看見他，因為他的眼睛簡直就如同他母親的翻版，可是搭配在那張可憐兮兮的小臉上卻完全走了樣。」

「你想，他希望柯林死掉嗎？」瑪麗悄悄地詢問。

「不！可是他情願他從未出生。媽媽說，那對小孩子而言是全天底下最糟糕的事。他們爺兒倆都沒有一點點好好活下去的鬥志。柯瑞文先生願意不惜任何花費，替那可憐的小孩買一大堆東西，卻恨不得徹徹底底遺忘世上還有他這麼個小孩。原因是：他害怕有一天當他看著他時，會發現他已經長成一個駝子。」

「柯林自己也害怕得要命，以至於根本不肯把身子坐挺起來。他說他老是在想，萬一他有一天感覺到自己背上多了一團東西，一定會放聲尖叫，把自己叫到死為止。」

「唉！他不該整天躺在床上胡思亂想。」廸肯說：「天底下沒有一個老在牽掛著那種事情的小孩，可能會成長得健健康康的。」

這時狐狸就緊偎著他趴在青青草地上，不時仰起頭來乞討他的撫摸。廸肯低下頭去撓撓它的頸背，悶不吭聲地沈思了一會兒，隨即抬起頭來，環顧周邊的草地。

「當我們初次一同進這園裡時，所有景物看起來都似乎是灰蒼蒼的。現在妳轉頭前後左右觀看一遍，誰敢說這裡不是已經煥然一新了呢！」

瑪麗輕輕喘著氣兒，放眼觀賞。

「哇！」她低呼：「整面灰牆都在逐漸變化當中，看起來就好像有一陣綠色的輕霧正悄悄爬上牆頭。那感覺真像蒙了一層薄薄的碧紗似的。」

「嗯！」廸肯說：「而且還會越來越綠，直到每一絲暗沈沈的灰全部消失。儂猜猜，我心裡頭在想些什麼？」

「我知道一定是很棒的事！」瑪麗迫不及待想知道：「我相信是和柯林有關的。」

「我在想，如果他能到這裡來，就不會老是兩眼沈沈地去觀察背後是否長出肉團；他只會忙著觀察玫瑰枝頭上的花苞如何一朵朵綻放。如此一來，他說不定會變得健康些。」廸肯解釋，「我很懷疑，我們是不是能有辦法說動他離開那個房間，坐著他的小輪椅進到這園子來，躺在樹蔭底下。」

「我自己也一直在想。每次我一和他講話，就會不自覺地考慮這件事。」瑪麗說：「我懷疑他是不是能夠保守祕密，也懷疑我們是不是能在別人都沒看見的情況下把他帶到這裡來。我想，也許你可以幫他推輪椅。醫生說，他必須多呼吸一些新鮮空氣，而且只要他有心讓我們帶他出來，誰都不敢違抗他的命令。換作別人，他一定不肯跟他們出來。況且，如果他肯和我們一塊兒到外面來，說不定他們個個都會很高興呢！他可以下令要園丁們都不許接近，這樣他們就不會發現什麼了。」

廸肯一面搔著隊長的背，一面非常認真地考慮，然後說：「我敢保證，那對他一定會大有幫助。咱們甭當作說他最好根本沒來到這世上。咱們只不過是兩個在花園中欣賞植物生長的小孩，而他將會是另一個。兩個少年加上一位小姑娘，儘量觀賞春天的風光。我敢說，這包準比醫生開的藥方更有效得多哩！」

「他老窩在他的房間，躺在床上太久了，又成天操心他的背，以致整個人都搞得陰陽怪氣的。」瑪麗說：「他從書上學到好多好多事。可是，除了書本以外的東西，他就完全一無所知了。他說，那是因為他從小就一直身體太差，所以才沒有精神去注意那麼多；而且他也討厭出門，討厭花園和園丁。不過，他喜歡聽有關這座花園的事，因為它是祕密的。我不敢對他洩露太多。但他說，他想要見見這座花園。」

「咱們一定會找個時間把他弄出來的。」廸肯表明道：「我絕對可以推動他的小輪椅。儂可曾注意到，正當我們兩個談著話時，知更鳥和它的女伴正在如何辛辛勤勤地工作嗎？瞧它停在那根樹枝上，一副徬徨、猶疑，不知該將口中那根細枝擱在哪裡最合理想的樣兒。」

他發出低低的口哨聲相召喚。知更鳥兒偏過頭來，一副「請教有何貴幹」的樣子注視著他，口中依然叼著那根細枝條。廸肯就像老班那樣對他說起話來，只不過他用的是一副給予友善建議的語調。

「不管儂把它放在哪裡都不會成問題的。」他說：「儂從還沒破殼而出的時候就已經懂得該怎樣築巢。快快去做吧，小伙子！已經沒有多少時間可以浪費啦！」

「噢！我真喜歡聽你對它說話！」瑪麗開開心心地笑著說：「班・韋勒斯泰老愛罵它、取笑它，而它就繞著老班的身邊蹦蹦跳跳，一副每個字都聽得很懂的樣子。我知道它喜歡那樣。老班說它太自負啦，寧可人家拿石子扔它，也不願意被人家忽略。」

廸肯哈哈大笑，接著又說：

「儂知道我們不會多管儂的閒事的。我們兩個本身差不多也就像野生動物一樣。上帝為證，我們也在築巢哩！小心，儂可不要向人家打我們的小報告喲！」

雖然知更鳥的嘴巴叼著東西，沒法子回答，瑪麗從它啣著小樹枝離開樹梢，飛向自己幽暗的小角落時，兩隻滴溜溜的眼珠靈活轉動的樣子，看得出來，它是在暗示說，就算天塌下來，也不會去告他們的密。

第十六章　「我就是不要！」

那天早上，他們發現一大堆事情可做。瑪麗忙到都快過了中午才回屋用餐，又一心急著趕回去工作，壓根兒就把柯林這個人給拋出了腦海，直到最後一刻才終於記了起來。

「告訴柯林我很忙，要在花園裡工作，」她告訴瑪莎，「還沒有工夫去見他。」

瑪莎嚇得面白如紙。

「噢，瑪麗小姐！」她說：「要是我告訴他，他包準會氣得暴跳如雷！」

可是，瑪麗小姐誰都不怕，當然也不怕他！何況她本來就不是一個會犧牲自己，遷就他人的小孩。「我不能再耽擱下去了，廸肯在等著我呢！」她匆匆拋下這句話，就拔腿跑掉了。

下午的時光甚至比早上更迷人、更忙碌。他們幾乎清除光了所有園內的雜草，也替絕大部分玫瑰和樹木修剪好了枝葉，翻鬆周遭的泥土。廸肯帶來一把自己的圓鍬，並且教導瑪麗如何使用她所有的工具。因此，這時候兩人已經可以明顯看出，雖然這片凌亂的可愛園地不太可能變成一座「園丁的花園」，但在春天結束以前，它將會有一副邊幅不修，滿園花草樹木競相竄生、成長的奔放風貌。

「到時候，沿著圍牆周邊將會是桃李爭艷，」廸肯一面全心全力工作，一面說：「蘋果花和櫻桃花都將開滿高高的枝頭，如茵的碧草地間，鮮艷的繁花也會交織成一張相當美麗的花毯。」

追隨廸肯前來的烏鴉和小狐狸都開開心心地忙碌著，知更鳥和它的伴侶就像兩道小小的閃電，不斷疾速來回穿梭。偶爾，烏鴉會振振翅膀，展翼滑翔到獵苑那頭的林地樹梢上，每回飛回園子時必然停在廸肯附近，聒噪數聲，彷彿在陳述自己的遊歷。然後廸肯就會像對知更鳥那樣，對他說上幾句話。有一回，廸肯忙得一開始根本沒空去與它對答，煤灰便索性飛上他的肩膀，用它長長的尖嘴輕啄他的耳朵幾下。忙了半天，瑪麗想要休息一會兒，廸肯也陪她一塊兒坐到一棵大樹下。趁著這段空檔，他從口袋中掏出他的笛子，吹起一段奇異的輕柔小樂章，立即有兩隻松鼠出現在牆頭靜靜聆聽，觀看。

「儂比上次我見到儂時強壯多了！」廸肯在她挖土的時候上下打量了她一番：「儂的外表肯定已經是漸漸變得不一樣了。」

瑪麗心情興奮、精神高亢，整個人顯得容光煥發。她帶著一副歡欣鼓舞的口吻說道：「我現在正一天天日益長胖，梅德洛太太馬上就得再幫我找些大件點兒的衣服穿。瑪莎也說我的頭髮變得濃密多了，不再稀稀梳梳地平貼在頭頂上。」

日漸西沈，暗金黃色的落日餘暉斜斜地穿過枝葉，灑在兩人分手的樹下。

「明天將是一個大晴天，」廸肯說：「我會在太陽高高爬上天空以前就來工作。」

「我也一樣。」瑪麗說。

＊

她飛快地奔回屋裡，想告訴柯林有關廸肯那隻幼狐和烏鴉的事，以及春天帶來的影響。她深信他肯定會很喜歡聽到這一些。因此，當她推開自己房間的門，看見瑪莎拉長著一張苦瓜臉在等候她時，不禁感到掃興萬分。

「怎麼啦？」她問道：「當妳轉告柯林說我不能去時，他做了什麼表示？」

「唉！」瑪莎說：「要是那時候妳去了就好啦！他這會兒恐怕就快大發脾氣了！這一整個下午，我們大家無不想盡辦法拼命地安撫他。他眼睛始終盯著時鐘看，一刻也不肯移開視線。」

瑪麗聽完，馬上緊抿著雙唇。她和柯林一樣，都不是什麼會去替別人體貼設想的小孩，所以怎麼也無法明瞭，憑什麼一個壞脾氣的男生有資格干預她最喜歡的事。她完全不曉得一個終年臥病在床、又極度神經質的人是多麼可憐，也不知道一個不懂得其實他們可以控制自己的脾氣，不用把別人也拖累得疲於奔命、緊張兮兮的人有多麼悲哀。在印度的時候，每當她一鬧起頭痛，便恨不得別人也全跟著頭痛，不然就是惹上同樣麻煩的疾病，而且覺得那是天經地義的。可是，她如今卻認為柯林錯得離譜。

當她進入他的房間時，柯林並沒有坐在沙發椅上，而是整個人直挺挺地躺在床頭，聽到她進來的聲音，也不肯把臉轉過來。這是個壞的開始。

瑪麗於是帶著她與生俱來的倔脾氣，沈著臉，走向他。

「你為什麼沒起床？」她問道。

「早上我一想到妳要來，馬上就起床了。」他依然背對著她，不肯轉過頭來。「下午才叫她們把我抱回床上。我背痛，頭也痛，而且好疲倦。妳為什麼不來？」

「我在花園裡和廸肯一塊兒工作。」

柯林鎖著眉頭，終於紆尊降貴地別過頭來盯著她，說：「如果妳不來陪我講話，而要和那個男孩在一起，我就不許他到這兒來。」

「要是你不讓他來，我就永遠不再進這個房間了！」她也不甘示弱。

「我要妳來，妳就非來不可。」

「我就是不要！」瑪麗回嘴。

「我逼也會把妳逼來！」柯林說：「我會叫他們把妳拖進來！」

「是嗎，小土王爺先生！」瑪麗凶巴巴地告訴他：「他們或許可以把我拖來，但等把我弄進房間以後，卻休想教我開開口。我會咬牙切齒地坐在這兒，一句話也絕不跟你說：甚至會兩眼死盯著地板，看也不看你一下。」

哈！瞧這兩個孩子彼此氣虎虎地怒目相向的樣子，真是誰也不輸誰。假使他們是兩個街頭小男孩，恐怕早已撲向對方，狠狠扭打起來了。但既然他們不是，只好退而求其次，開始展開一場唇槍舌戰。

「妳是個自私自利的東西！」柯林大吼。

「那你呢！」瑪麗不甘示弱：「自私的人永遠說別人自私；只要不肯乖乖被他們牽著鼻子走的人都自私。你比我自私多啦！你是全天底下最自私的男孩！」

「我不是！」柯林搶著表白：「我才不像妳的好廸肯那樣自私，明明知道我只有自己一個人，卻霸攔著妳一直在髒兮兮的泥土地裡玩。管妳愛不愛聽，他最自私了！」

瑪麗眼中噴出怒火，辯駁：「他是全世界最好最棒的男孩！他——他就像個天使一樣！」

她不管！不管這話聽起來也許相當可笑，她還是要說。

「喲——一個十全十美的天使！」柯林惡狠狠地表示他的不屑：「他只不過是個平平凡凡、住在荒地裡的小門小戶人家的普通小男孩罷了！」

「最少他比一個平平凡凡的土王爺強！」瑪麗反唇相譏：「強上一千一萬倍！」

由於她的吵架本領本來就比他更好，吵著吵著，很快便佔了上風。事實上，他這輩子還從來沒跟過一個像他一樣倔強、驕縱刁蠻的人起過爭吵，所以大體上說，這其實是對他相當有好處的，只不過他們兩人都不知道罷了。

吵輸了，他馬上又把臉別開，眨眨眼，一顆豆大的淚珠順著頰邊滑落枕頭。他開始自哀自憐，為他自己——絕不為其他任何人——感到非常難過。

「我才沒有妳自私。因為我老是在生病，而且，我的背上一定有一塊肉瘤正逐漸隆起來。」他說：「何況，我就快死掉了！」

「你不會！」瑪麗毫不同情地反駁。

他憤憤地把兩隻眼睛瞪得像牛眼。過去還從來沒有人敢在他面前這樣說過話。他立刻火冒三丈，但在暴怒之中，又微微浮現一絲喜悅。

「我不會？」他大吼大叫：「我會！我會！妳明知道我會！人人都是那麼說。」

「我不相信！」瑪麗尖酸刻薄地表示：「你不過是為了讓人家難過才那樣說的。我相信你還以此感到自得呢——假使你是一個和和氣氣的好男孩，那還有可能是真的——但你實在是個惹人生氣的討厭鬼！」

柯林顧不得他帶病的背脊，在憤怒中，虎虎生風地一翻身便直挺挺坐起來。

「滾出這個房間！」他一面咆哮，一面抓起枕頭朝她扔去。他的力氣不夠大，枕頭飛沒多遠就掉在她的腳跟前。

可是瑪麗的臉色卻難看極了，立刻高聲對他說：「我這就走，而且永遠不會再回來！」說完馬上轉身走向門口，臨到門邊，又扭過頭告訴他：「我本來打算告訴你各式各樣美好有趣的事。廸肯帶了他的烏鴉和狐狸一塊兒過來，我原本還想把他們的一舉一動全說給你聽呢！現在我半句話也不會告訴你了！」

她大步跨出房門，將門砰然關上，卻詫異地發現那名看護竟然站在門口，彷彿是從剛才就一直在那兒偷聽似的。而更讓她驚訝的是——她竟然在笑哩！

她是一名年輕又俏麗的高大女性，照理說，根本沒有資格當看護的。因為她時常忍受不了她的病人，又老是找藉口要瑪莎，或是願意任何暫代她工作的人替她陪伴柯林。

瑪麗向來對她沒啥好感，於是站在那兒，抬起頭來，呆呆地凝視這手持手帕，掩著嘴角，笑得花枝亂顫的漂亮護士。

「妳在笑什麼？」她問道。

「笑你們兩個小傢伙！」看護說：「對那嬌生慣養得不像個樣的孩子來說，最好的事情就是找個和他一樣驕縱刁蠻的人來和他鬥嘴！」她又掩著嘴巴咯咯地笑了起來，「如果他能有個凶巴巴的姊妹可以常常和他吵上一架，反而能夠讓他得救哩！」

「他會死掉嗎？」

「我不知道，也懶得知道。」看護回答：「像他脾氣那麼暴躁，又那麼歇斯底里，就算沒病，也給鬧出病來了。」

「什麼是歇斯底里？」瑪麗問道。

「在經過和妳這一吵之後，如果等一下他大發脾氣，馬上妳就會見識到什麼叫作歇斯底里了——不過，無論如何，我很高興妳給了他一個歇斯底里的引子。」

瑪麗一路走回自己的房間，感覺到這一整天在花園裡培養出的歡欣鼓舞的好心情全都一掃而空了。她很生氣、很失望，卻一點也不替柯林感到難過。她原本興沖沖，急著趕去告訴他一大堆事情，甚至還打算下定決心，看看能否安心把那天大的祕密全說出來給他聽。去之前她已經開始暗暗認為，就算告訴了他，應該也無妨。可是，這會兒她完全改變了心意。她永永遠遠也不要對他透露半點兒口風，隨他愛悶在房間就悶在房間，永遠吸收不到半口新鮮空氣。就算死掉，她也不管啦！是他活該！她又氣又悶又懊惱，一時之間，幾乎完全忘了廸肯和那悄悄披上一層青紗的大地，忘了陣陣從大荒原上輕輕柔柔吹來的微風。

回房的時候，瑪莎正在裡面等候她，一臉關切又好奇的樣子已經暫時取代原先的煩惱。桌子上擺著一隻打開蓋子的木箱，裡頭裝著滿滿一箱包裝得整整齊齊的小包裹。

「是柯瑞文先生送給妳的，」瑪莎說：「裡頭看起來好像有幾本圖畫書哩！」

瑪麗想起當天她到他的書房見他時，他曾問起：「妳有沒有什麼想要的東西——玩具——洋娃娃——還是書本？」她一面胡亂猜想著他會不會送個洋娃娃給她，一旦送了，又該拿來做什麼用，一面打開箱裡的包裹。他並沒有送她洋娃娃，而是送了幾冊像柯林房裡擺著的那種漂漂亮亮的書本，其中有兩冊是關於園藝的，而且從頭到尾都畫了插畫。除此之外，他還寄了兩、三樣遊戲用具，以及一個上面鏽刻著她的英文名首字母，描成金色的漂亮文具盒，一支金筆，和一個墨水瓶架。

這箱子裡的每一件、每一樣都是那麼精美，看得瑪麗心頭狂喜，氣也全消了。她原本不敢冀望他會記得她，這會兒不由得整顆冷冷的心都暖和了起來。

「我的書寫體寫得比印刷體好多了，」她說：「所以我第一件要用那支鋼筆寫的，就是寫封信向他表達我的內心有多感激。」

倘若這時她和柯林兩人還和和好好的話，一定馬上抱起禮物就衝過去找他，然後兩人就會一起欣賞那些圖片，閱讀點兒園藝書籍，說不定還會玩個幾回合遊戲，讓他玩得痛痛快快的，把什麼自己快要死掉，或者不時伸手摸摸脊椎，試探是否有什麼東西冒出來的事，全部給暫時拋到九霄雲外。
瑪麗最受不了他動不動就疑神疑鬼地摸摸背脊骨。由於每當他這樣做時臉上的表情都那麼害怕，老是害得她也跟著莫名其妙地恐懼不安起來。他聲稱，萬一哪天讓他摸到背上長出什麼東西，即使是很小很小的一團他都會領悟自己已經開始逐漸變成駝背了。他之所以會生出這個念頭，全是因為有一次偶然聽到梅德洛太太在跟看護交頭接耳時，告訴看護小姐，說他父親的背從孩提時代起，便可以隱約看出日後將有佝僂的跡象。於是他便一個人悄悄地在心底想了又想、思考又思考，直到這個觀念根深柢固，牢牢札根在他的心靈裡。除了瑪麗，他從不曾對任何人透露過。其實，在據他們所宣稱的，源於他的歇斯底里所導致的一次次「大發脾氣」的情況中，絕大多數都暗藏著他內心的恐懼。當他對她透露這些心聲時，瑪麗當真打從心底為他感到難過。
「他每次心情一惡劣或是疲倦時，就會開始往那個牛角尖裡鑽。」她默默想著：「而他今天心情真是惡劣透了！也許——也許他一整個下午都在鑽那個牛角尖兒呢！」
她站在那兒，動也不動地低頭盯著地板靜靜思考。
「我是跟他說過我永遠不會再回去了——」她糾起了眉頭，躊躇了片刻，「——可是也許——只是也許——明天早上——我會再回去——只要——他想見我。也許他會再一次拿枕頭扔我——但——我想——我會去。」

第十七章　大發脾氣

那天由於起了個大早，又在花園裡頭辛辛苦苦工作了一整天，瑪麗整個人實在又累又睏，因此才一吃完瑪莎端來的晚餐，她便立刻高高興興地上床去睡了。她人躺在床上，喃喃地自言自語：「明天我會在早餐前先出去和廸肯一起工作，然後——我想——我就會去看看他。」

大概是在午夜時分，睡夢中，她突然被陣陣十分淒厲的恐怖聲音驚醒，連忙一躍而起，跳到床底下。那是什麼聲音——是什麼聲音？不一會兒，她很篤定地認為自己聽出來了。大屋裡頭的幾扇房門開開關關，走廊上腳步來往匆促奔忙。除此之外，更有一個人在一邊尖叫，一邊號啕痛哭。哭聲、叫聲，聲聲都令人毛骨悚然。

就在她凝神傾聽這一聲聲帶著哽咽的淒厲尖叫聲的同時，瑪麗終於恍然大悟，為何人人都寧可選擇對他百依百順，而不願聽一次那種哭叫聲。她趕緊捂住耳朵，感覺到自己陣陣反胃，渾身戰慄。

「我不知道該怎麼辦？我不知道該怎麼辦才好？」她嘴裡不斷自言自語：「我受不了聽到這

種聲音。」

她曾經想到，假使自己能有膽子去見他，不知道他會不會停止尖叫。可是又馬上想起他是如何決絕地把她趕出房間，說不定見了她反而會使情況更一發不可收拾。就算此時她已經更加用力地緊緊捂住耳朵，也還是無法完全堵住那聲音。瑪麗實在太討厭、也太害怕那種可怕的聲音了，聽著聽著，不禁又開始發起火來，恨不得也像他嚇她那樣大哭大鬧一頓，好好把他嚇回去。

過去她除了自己發脾氣，從不習慣看到人家使性子。此時她乾脆放下雙手，一躍而起，用力跺跺她的腳，然後大叫：「他該停停啦！應該有人去叫他停下來！應該有人去揍他一頓！」

就在此時，她聽到有人幾乎已經跑到她這道走廊。沒有多久，房門便被推開，看護小姐闖了進來。只是這回她的臉上絕無半點笑意，反而臉色白得像石灰一樣。

「他又開始變得歇斯底里了，」她慌慌忙忙說道：「這對他的健康是非常不好的。每個人都拿他無計可施。妳就當個好孩子，趕快過去試試吧！他喜歡妳。」

「今天下午他把我趕出房間了！」瑪麗激動得猛跺腳。

這跺腳的舉動看得看護心頭大喜。坦白說，她一直擔心自己到了這兒，可能發現瑪麗正躺在床上，蒙著頭，躲在被窩裡哭泣。

「這就對了！」她說：「妳的情緒高亢，怒氣十足，正好趕快過去罵罵他，給他一點新的材料好好思考一下。去吧，孩子！盡快趕過去吧。」

瑪麗直到事後仔細想了想，才發覺到這件事除了可怕之外，也有好玩的一面——好玩的是，所有的大人竟然都嚇得六神無主，只好來求助於一個小女孩，只因為他們估計，她幾乎和柯林本身一樣壞。

她沿著走廊飛奔過去，愈是接近那聲聲尖叫，愈是心頭火起。等她終於跑到門邊，已經快要氣炸了，立刻一把推開房門，衝了進去，氣虎虎地站在四柱床前，幾乎是咆哮著喝令道：

「住嘴！你給我住嘴！我討厭你！人人都討厭你！我真希望每個人都跑離開這幢大屋，讓你一個人去尖叫到死——你會尖叫到死的；但願你會！」

一個文雅、有同情心的小孩應該不會想到這種事，更絕不會說出這種話。然而，實際發生的狀況，對於這個從來沒有人膽敢制止、膽敢反駁的歇斯底里的男孩來說，聽到這番痛罵之後的錯愕正是最好的事。

原本一直趴在床上，用雙手槌著枕頭，只差沒有跳起來的他一聽到這個凶巴巴的小聲音，馬上急急地把頭扭過來。他的臉色嚇人，臉上紅一塊、白一塊，布滿了淚痕，嘴裡一面咳嗽、一面喘氣。可是霸道的小瑪麗理都不理會。

「只要你再尖叫一聲，我就也大聲尖叫！」她出言恫嚇：「——而且，我可以叫得比你更大聲，還會嚇死你！真的會嚇死你！」

她的一番威脅聽得他目瞪口呆，不知不覺地停止尖叫，最後一口叫聲衝到喉嚨，勉強噙住，險些叫他岔了氣。他的臉上涕泗縱橫，全身不住地抽搐著。

「我停不下來！」他一面喘氣，一面哽咽：「我停不下——停不下！」

「你之所以身體不好，有一半是因為歇斯底里和壞脾氣——純粹歇斯底里——歇斯底里——歇斯底里！」她每說一次那四個字，腳便重重地跺一下。

「我摸到腫塊——我摸到它了！」柯林抽抽噎噎：「我知道那是早晚會有的！我的背上會長出一個駝峰，然後就快死掉了！」說著他又開始蠕動身體，別過臉去，哽哽咽咽地傷心痛哭。不過，好歹倒是真的不再尖叫了。

「你背上沒有腫塊！」瑪麗盛氣洶洶地駁叱：「就算有，也只是一團歇斯底里的腫肉。歇斯底里會讓人的肉腫起來。你那討厭的背一點事兒也沒有——除了歇斯底里以外，啥事也沒有！翻過身去，讓我看看它！」

她喜歡「歇斯底里」這個詞兒，而且隱隱約約覺得那對他似乎有效。他說不定跟她一樣，還是生平第一遭聽到這個名詞呢！

「看護，」她下令：「馬上過來，把他的背翻過來讓我看看！」

一直站立在門邊的看護、梅德洛太太、瑪莎始終半張著嘴，目不轉睛地盯著她，好幾次都緊張得脫口低聲驚呼。看護聽到她的吩咐，戰戰兢兢地走上前來。床上的柯林正上氣不接下氣地哀哀嗚咽著。

「也許他——也許他會不許我翻。」她躊躇不前，小小聲地表示。

然而，柯林終究還是聽到她的話了，嘴裡抽抽噎噎地嚷著：「讓——讓她看！那——那她就會懂了！」

掀開衣服以後的那張背真是瘦得教人不忍卒睹，每根肋骨、每塊脊椎上面的關節都歷歷可數。只是，瑪麗小姐並沒有去數它。她彎下腰，小臉上露出一臉霸道又嚴肅的表情，湊近他的背，細細地檢查，那一副古板嚴厲的模樣，直瞧得看護忍不住抿著嘴、咬著牙，別過臉去，想笑又不敢偷笑。一時間，整個房間靜悄悄的聽不見半點聲響。因為，正當瑪麗順著他的脊椎上上下下、來來回回專注得像那位倫敦來的醫生一樣細心檢查的同時，就連柯林也很努力屏著他的氣，暫停唏噓。

「這裡連個腫塊都沒有，」最後她終於宣告：「連一個針尖兒般大小的腫塊都沒有——除了背脊骨上突出的地方——而你之所以可以摸到，那是因為你太瘦了。我自己的背脊骨也有一塊一塊突出的地方，而且凸得像你的一樣厲害，直到我現在長胖了才開始好些，可是也還沒有胖到可以把它們完全隱藏起來。你的背上連塊針尖兒般大小的腫塊都沒有！要是你再說一聲自己背上長了腫瘤，我一定會馬上放聲大笑奚落你。」

除了柯林自己，沒有人能夠知道這一番粗暴的童言童語對他發揮了多少功效。假使過去他能有任何一個可以互相討論這種內心祕密之恐懼的對象——假使他能有幾個年齡相近的孩子作伴——他就不會終日躺在這座封閉的巨宅裡面，懷著幾乎沒有人留意到的層層恐懼，浸沈在周遭凝重的氣氛中，把自己操煩個半死。可是，事到如今，他都已經像這樣整天掛念著自身的心事，躺在床上想著自己的背痛、疲倦，想了時復一時，日復一日，月復一月，年復一年啦。而今，聽到眼前竟有一個憤怒的小女孩聲聲口口跟他大唱反調，宣稱他的病情並沒有他所想的那麼糟，而他也當真覺得說不定——說不定她說的真是實話。

「我不知道他以為自己背脊骨上長了肉瘤！」看護鼓起勇氣表示：「他的背之所以那麼虛弱，純粹是因為他不願試著好好坐挺起來。要是我曉得的話，一定早就告訴他那兒根本沒有什麼肉瘤了。」

柯林吞了一大口氣，把臉稍微偏向她。

「真——真的嗎？」他可憐兮兮地問道。

「真的，少爺。」

「瞧！」瑪麗也像吃了一顆定心丸。

柯林再度把臉轉過來。方才那一場傷心痛苦的狠命啜泣，讓他這會兒呼吸仍然平順不過來，靜靜地躺在床上，有一口沒一口地做了好幾個深呼吸，豆大的淚珠沿著頰邊滾滾流下，沾溼了枕頭。這淚珠意味著他心頭莫名湧上的一陣如釋重負。

很快地他又把臉轉向看護：「妳真的認為——我可以——活著長大嗎？」很奇怪，這回他的口氣中完全不再有小土王爺的霸氣。

看護小姐既沒有多麼聰明機智，也不是特別軟心腸，不過，她至少可以復述部分倫敦醫師說的話。「你只要好好遵照叮嚀，不要動不動就大發脾氣，而且還要經常到屋外呼吸新鮮的空氣，大概就可以。」

柯林的這頓大吵大鬧終於收場。大概是因為哭得累了，身體又虛，情緒變得溫和許多。他微微朝著瑪麗伸出手來。幸好，瑪麗本身的脾氣也發作完了，態度也軟化下來，也就伸出手去握著他，象徵著兩人已經講和了。

「我要——我要和妳出去，瑪麗！」他說：「我不會討厭新鮮空氣，只要我們能夠找到——」他及時想到那件事是個祕密，趕緊打住自己的話題，沒有說出：「只要我們能找到祕密花園——」而是換成：「只要廸肯能來幫我推椅子，我非常願意出去。我真的好想看到廸肯、狐狸和烏鴉。」

看護幫他重新整理好弄亂的床鋪，抖抖枕頭，拍平它們，然後為他烹煮一杯牛肉濃湯，同時也遞給瑪麗一杯。在經過一番大吵大叫以後，她實在很樂意能有它來填填胃、定定神。梅德洛太太領著瑪莎，兩人都高高興興地悄悄退走了。看護把所有的東西整理一下，讓整個房間看起來舒適溫馨、井井有條之後，也實在很想悄悄離去。她是一名健健康康的年輕女性，最討厭讓人奪走睡眠了，於是便朝著已經把大板凳拉到四柱床頭旁並握著柯林的手的瑪麗，公然打個大呵欠。

「妳得趕快回去睡覺了。」她說：「他只要情緒不是太煩亂，馬上就會睡著了，到時候我也可以回到隔壁房間去睡覺了。」

「你要不要聽我唱那支向印度奶媽學來的歌？」瑪麗湊近柯林的耳邊悄悄地說。

他輕輕拉著她的手，帶著乞求的眼神，將那雙疲憊的眼珠子轉向她。

「噢，我要！」他回答：「那首歌好輕好柔呵！我一定會馬上就睡著了。」

「我來哄他入睡。」瑪麗對呵欠連天的看護說：「妳要是想下去，就先下去吧！」

「也好。」看護努力擠出一副同意得很勉強的樣子。

「那麼，要是他半個小時以內沒睡著，妳再叫我。」

「會的。」瑪麗回答。

看護立即離開房間。她的後腳才剛走，柯林又馬上拉起瑪麗的手來。

「我差點講出來了，」他說：「還好及時煞住。我不會講話，而且會乖乖睡覺。可是妳說，妳有一大堆很棒的事要告訴我。妳是不是——妳想妳是不是已經找到什麼有關進入花園方法的蛛絲馬跡了？」

瑪麗默默打量著他那張可憐兮兮的疲倦小臉龐，以及一雙哭得紅腫腫的眼睛，不覺動起憐憫之心來。

「嗯——噢！」她回答：「我想，應該已經找到了。只要你肯乖乖地睡，我明天一定會告訴你。」

他的手不禁抖得非常厲害。

「噢，瑪麗！」他輕嚷著：「噢，瑪麗！要是我能進那園子去的話，我相信我就一定能長大的！妳可不可以——可不可以請妳別唱印度保姆的歌了，改成像第一天那樣，輕輕柔柔地告訴我妳想像那裡面是什麼樣子？我相信那一定可以使我睡著的。」

「好吧！」瑪麗吩咐：「閉上你的眼睛。」

他閉上眼，安安靜靜地躺在床上。

她執著他的手，用非常和緩、輕柔的語調低聲訴說：

「我想它一定被孤零零地遺棄在那兒很久了——久得讓它裡面所有植物的莖幹都交纏在一起。我想玫瑰一定已經不停地攀爬、不停地攀爬，爬到掛在樹幹和圍牆上面懸垂下來，還爬到草地上——看起來就像一層灰濛濛的霧似的。其中有些已經枯死了，可是還有很多——很多還活著。等到夏天來的時候，它們就會開放成一面面的玫瑰花帳和玫瑰池。我想那時地上一定會長滿從黑黑暗暗的地底下努力鑽出外面來的百合、水仙、細雪花和鳶尾花。如今春天已經展開——說不定——說不定——」

瑪麗發現這單調又輕柔的聲音已令他的鼻息越來越和緩、穩定，於是接著往下說：

「說不定他們正從青草地間悄悄地冒出頭來——說不定那兒會有成簇成簇的紫番紅花和金黃色的番紅花——即使是現在。說不定——說不定灰沈沈的顏色正在變化當中，一層青綠色的薄紗漸漸漫上來，爬呀——爬呀——爬到每一樣景物上。小鳥們紛紛飛來看它——因為它是——如此安全又寧靜。而說不定——說不定——說不定——」這語調真是非常非常地輕柔和緩：「知更鳥已經找到一個伴侶了——而且正在築巢哩！」

這時，柯林已經睡得好熟，好熟。

第十八章 「儂絕不能再浪費時間了！」

隔天早上，瑪麗當然一定起不來。由於太倦太累，她一直睡到日上三竿。瑪莎幫她端早餐來時，告訴她柯林雖然非常安靜，但卻像每次大哭一場，耗盡體力後一樣，病懨懨地，發起高燒。瑪麗一面聆聽，一面慢條斯理地吃著早餐。

「他說他盼望儂盡快過去看他一趟。」瑪莎說：「說也奇怪，他還真是好喜歡儂哩！儂昨天確實痛痛快快訓了他一頓——不是嗎？換成別人，絕不敢那麼做。唉！可憐的男孩！他從小就被姑息慣了，直到把他養成個任性得無可救藥的小孩。媽媽常說，對所有的孩童而言，全天底下最糟糕的兩種情形，一樣就是凡事都不許由他做主——另一樣卻是事事都由著他們，我行我素。她不曉得這兩者哪一個比較糟。昨天儂的脾氣也好不到哪裡去。不過，今早當我一進他的房間，他卻告訴我：『拜託請妳問一下瑪麗小姐，肯不肯過來和我說說話？』天哪，他居然用了『請』字哩！妳願意去嗎？瑪麗小姐？」

「我要先趕快去見廸肯。」瑪麗想了一下，又說——「不，我先去看看柯林，告訴他——我知道我該告訴他什麼。」突如其來的靈感令她加上這一句。

看見戴著帽子出現在自己房間的瑪麗，柯林剎那之間露出失望的表情。此時他人正躺在床上，臉色蒼白如紙，兩眼出現黑眼圈。

「啊，太好了，妳肯過來！」他說：「我頭好痛，全身也都在酸痛，因為我實在太疲倦啦！妳要去哪裡嗎？」

瑪麗走到床頭，彎腰探視，告訴他：「我要去見廸肯，所以不能待太久。不過我還會再來看你的。柯林，這是為了——為了有關花園的事。」

柯林臉上霍然一亮，甚至浮上一點點血色，叫嚷著：「噢！真的嗎？我整晚都夢到它。我聽見妳說什麼有關灰的變成綠的，然後我夢見自己站在一個放眼都是抖抖瑟瑟的綠色小葉片的地方——那裡處處都可見到鳥巢，給人的感覺好柔和，好寧靜。在妳回來以前，我都會一直躺在床上，想著它的事。」

＊

五分鐘不到，瑪麗已經進入花園，和廸肯在一起。這回他的身邊除了跟隨著昨天的狐狸和烏鴉之外，又多帶來兩隻生性溫馴的小松鼠。

「我今早是騎小馬來的。」他說：「唔！跳躍是個好乖的小傢伙——就是那匹小馬！這兩個是我裝在口袋裡帶來的。它叫果核，另外這隻叫果殼。」

當他說出「果核」時，其中一隻松鼠便一躍躍上他的右肩頭；而說出「果殼」後，另一隻松鼠也跳到他的左肩上。

他們坐在草地上。隊長蜷縮著身體，趴在他們腳跟旁邊，煤灰則正經八百地棲息在一棵樹上，監聽他們講話，果核、果殼吱吱喳喳，圍繞著他們遊戲，叫她真捨不得拋下這愉快的感覺去談什麼嚴肅的話題。可是，等她開始講起昨天回去以後的經歷，卻從廸肯臉上神情的變化中，看出他遠比她更同情柯林。他仰望長空，環顧周遭的景色。

「聽，聽聽那些小鳥的聲音——天地間似乎處處都是小鳥——每隻鳥兒都在歌唱、啼鳴。」他感慨地說：「瞧它們疾速飛來飛去，傾聽彼此叫喚的聲音。春天就像世間到處充斥的鳥叫蟲鳴般翩然降臨，綠葉片片舒展，好讓人能欣賞到它們的丰采——還有，噢，我的天哪！這處處彌漫的芳香氣息！」他猛抽著他那愉悅的朝天鼻，用力嗅了嗅：「而那可憐的少年卻躺在一個封閉的房間裡，看不到多少東西，難怪要成天胡思亂想，大驚小怪地尖叫起來囉！唉！天哪！咱們必得趕快把他弄到這外面來才好——咱們必得讓他多看、多聽、多嗅嗅新鮮空氣，讓他多曬曬太陽才好。咱們不能再拖拖拉拉啦！」

每當他一急著關切一些什麼問題時，講起話來便會帶著濃濃的約克夏腔，跑出許多約克夏方言。只是，平常他一定儘量的修正自己的語詞，好讓瑪麗容易聽得明白些。可是，她喜愛他那濃濃的約克夏腔，而且也一直在努力學著說，所以，現在就連她講話時也會帶著一點點約克夏的味道啦。

「唔！咱們必得！」（意思就是：對，的確，我們一定要！）她回答：「我會告訴儂，咱們頭一件事該怎麼做。」廸肯聽了，不禁咧著嘴兒笑，因為眼看這位小姑娘拼命捲著舌頭學說約克夏腔的模樣，實在逗趣極啦！「他對儂著迷極啦！他想見儂，想見煤灰和隊長。等我回屋和他說話時，我會問問他，看明兒個早上儂能不能去見他——同時帶上儂的小動物——然後——在不久的將來，等葉子生得更多，花園長出一、兩個花苞時，咱們再要他出來，由儂幫忙推輪椅，把他帶到這兒，讓他看看周遭的一景一物。」

好不容易說完了話，瑪麗感到非常揚揚得意。她以前從不曾用約克夏腔說這麼長的一大段話，而且沒有漏掉一個必須加重地方口音的地方。

「儂得像這樣帶一點兒約克夏腔對柯林說話，」他笑呵呵地建議：「那準會逗得他捧腹大笑。而笑，是治百病的良方。我媽媽常說，一個人只要每天早上暢笑半個小時，哪怕是快要傷寒病發，都會變得沒事。」

「我今天就要跟他用約克夏腔講話。」瑪麗一聽，也一直笑嘻嘻。

園中本身已到生機勃勃的時節。每一天，每一夜，都好像有魔術師路經此地，唸唸咒語，將地面幻化成一幅幅美麗的圖畫，揮揮魔杖，讓枝頭憑空冒出無數柔嫩的枝條。瑪麗眼觀這滿目天地變化的奇妙，怎能捨得就此離去。尤其是原本跑到蘋果枝頭的果殼、果核已經相繼下了樹，一隻爬到她的裙子上，一隻蹲在樹幹下，同樣帶著一對詢問的目光瞪著她，更教她感到依依不捨。

但她終究還是回大屋裡去了。當她坐到柯林的床沿，他竟也前所未見地像廸肯一樣，抽著鼻子猛吸猛嗅。

「妳身上聞起來像花，還有——還有一些新鮮的東西！」他欣喜莫名地大笑：「這究竟是什麼味道？感覺上，既清涼、又暖和，還有一股甘甘甜甜的芳香味？」

「這是荒原吹來的風。」瑪麗說：「它吹到一棵樹下的草地上，和廸肯、和隊長、和煤灰、和果核、和果殼一塊兒坐在草地上。是春天、加戶外、加陽光，全都混在一起，才會聞起來這等棒！」

她竭盡所能地多用約克夏語詞，多帶點當地腔。而除非你能親耳聽別人說，否則永遠不可能知道約克夏腔有多濃。柯林聽著聽著，不禁大笑了起來。

「妳在做什麼？我以前從來沒聽過妳像這樣說話。那腔調聽起來多滑稽！」

「我再讓儂聽一丁點兒約克夏口音。」瑪麗得意揚揚：「瑪莎、廸肯說得比我地道多嘍！可儂瞧，我也能模仿出三分樣呢！儂聽到這口音，難道一丁點兒都聽不出是約克夏腔嗎？虧儂自個兒還是個土生土長的約克夏男孩哩！唉！不知道儂覺得羞不羞。」

說著說著，她也放聲大笑，兩人笑得肚皮發疼，停不下來，笑得房間裡頭起了陣陣迴音，連推開房門打算進來的梅德洛太太都又縮回走廊上，站在那兒聽得目瞪口呆。

「噢，我的天呀！」這會兒連她自己都操起濃濃的約克夏口音了，因為反正身邊沒人，而她又是如此錯愕。「誰多咱曾聽過這個！誰多咱曾想到有這一刻！」

房裡的兩個小孩似乎有聊不完的話可談；尤其是柯林，好像凡是有關廸肯、隊長、煤灰、果核、果殼和那隻名叫跳躍的小馬的話題，他便怎麼聽也聽不厭倦似的。

回來之前，廸肯已經帶她繞進林子裡去見過那匹小馬了。它是一匹體格瘦小的荒原小駒，兩邊眼皮上方覆著捲捲的濃毛，臉龐俊秀，天鵝絨般柔軟的鼻頭老愛往人家身上磨磨蹭蹭。由於平日嚼食的是荒原上的野草，跳躍顯得瘦骨嶙峋，但身上、腿上的肌肉卻結實得彷彿鍛鍊成鋼似的，感覺上格外強健有力。在遠遠望見廸肯的一瞬間，它立刻昂揚起頭，發出輕柔的嘶喚，舉步朝他輕盈奔近，把長長的頸子擱在他的肩頭。而後廸肯湊近它的耳邊，對它說話，它也用奇特的小小嘶嗚，加上吐氣、鼻息，與他對答。最後廸肯又要它舉起小前蹄，讓瑪麗握一握，同時用它絲絨般柔軟的口鼻親親她的臉頰。

「他真的聽得懂廸肯所說的每一句話嗎？」柯林問道。

「好像是哩！」瑪麗回答：「廸肯說，不管是什麼動物，只要你和它誠心誠意交朋友，它就能夠明白你的心意。不過，你一定要先和對方結交成朋友。」

柯林沈默了一下子，兩隻奇怪的灰色眼睛看似呆呆地凝望著牆壁。不過，瑪麗曉得他是在想事情。

「真希望我能和什麼東西交朋友，」最後他說：「但我沒有。我沒有可以交朋友的對象，而且又受不了人們。」

「你受不了我嗎？」瑪麗問道。

「不！我受得了。不但受得了，甚至喜歡妳。這真是一件罕見的事。」

「班・韋勒斯泰說我跟他很像。」瑪麗表示：「他說他敢保證我們倆都同樣的暴躁。我想你也會喜歡他的。我們三個是同一型的人——你、我和班・韋勒斯泰。他說我們兩個長得都不怎麼中看，而且個性就和外表一樣乖戾。可是，我覺得自從認識知更鳥和廸肯之後，就不再那麼乖戾了。」

「妳也覺得自己好像很討厭別人嗎？」

「嗯！」瑪麗回答得倒很乾脆，「如果我是在見到知更鳥和廸肯之前就先見到你，一定會對你深惡痛絕。」

柯林伸出他瘦弱的手碰碰她。

「瑪麗，我真後悔曾經說過要把廸肯趕走的話。」他說：「當妳說他像個天使時，我好討厭妳，還取笑妳。可是——可是也許他真像個天使哩！」

「唔！其實那樣子形容好可笑！」她坦白承認：「其實他長了一隻朝天鼻，一個大嘴巴，身上的衣服縫縫補補，講話還帶著好濃的約克夏腔！只是——只是假使真有個天使降臨在約克夏，住在大荒原——假使世上真有個約克夏天使——我相信他一定會像廸肯那樣瞭解綠色植物，懂得和野生動物交朋友；而那些動物也都曉得他是朋友。」

「我不會介意廸肯注視我的！我想見他。」

「那太好了！因為——因為——」

她的腦海中突然閃過一個意念，認為應該是可以告訴他的時候了。

柯林也體會到一定是即將發生什麼不尋常的事。

「因為什麼？」他迫不及待地高聲詢問。

瑪麗一方面非常想講，一方面又極度不安，急得站起來走到他旁邊，握住他的雙手。

「我可以信賴你嗎？我信賴廸肯；因為鳥兒們全都信賴他。我可以信賴你嗎——絕對——絕對信賴？」

她的神情是那般鄭重，使得柯林不由得降低了音量，喃喃回答：「嗯，可以！」

「很好！那麼明天廸肯會過來看你，而且還會帶著他的動物們。」

「噢！噢！」柯林喜不自勝地叫嚷。

「但這還不是全部呢！」瑪麗激動得臉色都白了，「底下還有更好的消息。那座花園真的有扇門可以進去，已經被我找著了。是在那堵被長春藤覆蓋的圍牆間。」

倘若柯林身體稍微好一點，恐怕早就大呼小叫、高喊：「萬歲！萬歲！萬萬歲！」

然而，他卻只是個身體虛弱，精神狀態又近乎歇斯底里的孩子，因此他只能把眼睛瞪得好大、好大、好大，張著嘴巴猛喘氣。

「噢，瑪麗！」他帶著半哽咽的聲音嚷嚷著：「我可以去看它嗎？我可以進入園子裡嗎？我可以活著進去嗎？」他緊握著她的雙手，將她一把拖向前。

「你當然可以看見！」瑪麗氣急敗壞地責備他，「你當然可以活著進園子。別傻啦！」

因為她的態度是如此冷靜，如此理所當然又孩子氣，柯林見了，不由得恢復理智，開始為自己的亢奮而自嘲。幾分鐘後，瑪麗又已坐回她的板凳，為柯林描述那座祕密花園的風貌。柯林如癡如醉地靜靜聆聽著，渾然忘記自己正渾身酸痛，疲倦得很。

「那只不過是妳想像中的樣子罷了！」最後他終於提出：「瞧妳說得好像親眼見到了似的。喏！早在妳第一次告訴我時，我就說過這句話。」

瑪麗猶豫了一、兩分鐘，終於決定大膽說出實情。她說：「我親眼看過了！也進去過了。幾個星期以前我就已經找到鑰匙，進入花園。但是我不敢坦白告訴你——我不敢！因為我好怕你不值得我信賴——百分之百地信賴！」

我想孩子們能夠從孩子身上學到的道理，她說：『就是一個人硬要搶下一整粒橘子是很不智的——一粒剝了皮的橘子。要是你硬要去搶，恐怕會落到連個籽兒都吃不到。況且橘子籽兒也太酸太苦了。』」

「真是位精明敏銳的婦人。」柯瑞文醫生說著，披上他的大衣。

「唔！她時常會有這些充滿智慧的話出現。」梅德洛太太心中十分受用地回應，「我好幾次對她說過：『噢，蘇珊！要是妳不是蘇珊，要是妳不要說著說著就跑出濃濃的約克夏腔，我真要說妳是位智者。』」

＊

那一夜，柯林一覺安睡到天亮。醒來以後，他安安靜靜地躺在床上，臉上不知不覺露出了笑容——笑，是因為他沒來由地感到好舒服、好舒服。一覺睡醒真是件非常美妙的事。他翻個身，從從容容地伸了個懶腰。他感覺那一條條從小到大，一直把他捆綁得死死的繩子好像突然間自行鬆綁。他不曉得如果柯瑞文醫生知道了，一定會說這是因為他神經放鬆，得到休息的緣故。他不再乾躺在床上死盯著牆壁，但願自己根本沒醒來。相反地，他心靈中充滿了昨天和瑪麗探討過的一個個計畫，腦海中浮現出花園、廸肯，以及他那一群野生動物的畫面。十分鐘不到，當他聽見走廊上瑪麗劈哩啪啦跑到門口的聲音，整個人便完全霍然清醒了。不一會兒，她已進入房間，帶著滿身清早處處彌漫的清新氣息直奔他床前。

「妳出去過了！妳出去過了！妳身上有好好聞的樹葉芳香味！」他直嚷著。

她已經跑了不知多久，跑得頭髮散亂，髮絲飛揚。早晨的空氣洗亮了她的氣色，讓她臉上出現微微的紅暈。只不過，他沒看出來。

「好漂亮呀！」這一路衝來，讓她跑得有些上氣不接下氣。「你這輩子一定沒看過那麼漂亮的東西！它來了！前天早上我還以為它已經來了，結果它現在才到。現在它真的來了！它來了——春天！廸肯說的！」

「真的嗎？」柯林不知自己的一顆心正怦怦直跳，只是一翻身坐挺起來，大叫：「快開窗戶吧！」

他半是歡欣雀躍，半是滿腦子充滿了幻想，笑嘻嘻地說：「也許我們可以聽見金色喇叭吹奏的聲音！」

儘管他是哈哈笑著說的，瑪麗還是馬上衝到窗前，不一會兒就把整扇窗戶打開，一股新鮮的空氣夾帶著滿滿的芳香和鳥啼，瞬間衝過窗戶，直灌入整個房間。

「那就是新鮮空氣。」瑪麗說：「快躺下來深呼吸幾口。廸肯在荒原上的時候都是這麼做的。他說他感覺到那新鮮的空氣會流經他的血管，讓他長得好強壯，說他彷彿覺得自己可以永生不死似的。來，快呼吸，再呼吸！」

她只是照著廸肯說的復述了一遍，但卻著實迷住了柯林。

「永生不死！他真的那樣覺得嗎？」他遵照她的話，一口接著一口深呼吸，直到感覺全身有股新奇的感受，體驗到莫名的心曠神怡。

這時瑪麗又來到他的床邊。

「外面的土地上，好多植物都在快速往上長。」她一古腦兒對他描述：「花朵兒紛紛綻放，每棵植物都長出好多嫩芽，綠紗也幾乎完全蓋掉灰樸樸的簾幕。鳥兒們唯恐進度落後，紛紛趕著築巢；有些甚至為了在祕密花園中搶奪地盤而打起架來呢！玫瑰花株一叢叢長得活跳跳，小徑邊、樹林裡，都長出好多好多櫻草，而我們播灑下去的那些種子也都長出綠芽來了。廸肯還帶著狐狸、烏鴉、松鼠，以及一頭剛出生不久的羔羊來。」

說到這裡，瑪麗停下來喘一口氣。生下不久的羔羊是廸肯三天之前在荒原上的金雀花叢間發現的。它躺在母親旁邊；那頭母羊已經死掉了。這並不是廸肯第一次發現失去母親的小羊，他很清楚應該如何處理。他脫下自己身上的夾克裹著它，把它抱回小屋，放在爐火邊，餵它溫牛奶。它是一隻軟綿綿的小東西，有著一張又傻又憨、又討人喜愛的小臉龐，對照一副小小的身軀，四條腿兒便顯得格外長。今早廸肯是親手把它抱在懷中，同時將它的奶瓶和其中一隻松鼠一塊兒塞在一邊口袋裡穿過荒原的。當瑪麗接過了它，坐到樹下，把暖烘烘縮成一團、四肢無力的小東西放在自己腿上時，內心喜悅得根本都說不出話來。一頭小羊羔子——小羊羔子！一頭活生生的小羊羔子就像是個小嬰兒般地躺在她的腿上！

她眉飛色舞地描述那頭羊羔的模樣。柯林靜靜聆聽，做著深呼吸。就在這時，看護進來了，猛然看見敞開的窗戶，不禁微微嚇了一跳。過去她每次都得在溫暖的天氣裡，密不通風地悶在這個房間內，只因為她的病人深信，打開窗戶會讓人感染風寒。

「你確定不會覺得冷嗎，柯林少爺？」她詢問。

「不！」她聽到的回答是：「我要多做幾個深呼吸，吸入一點新鮮空氣，這樣身體才會壯起來。我要起床，坐到沙發吃早餐。我的表妹要和我一起用餐。」

看護的嘴角偷偷噙著笑意，退出房間，吩咐廚房準備兩份早餐送上樓。她發現僕人宿舍區內的氣氛比病人房裡熱鬧多了。這會兒人人都在寄望樓上傳來什麼新鮮事兒呢。他們個個拿著那個不受歡迎的小隱士當取笑的題材，就好比廚子說的，他「總算找到他的主子，而且對他大有好處呢！」家裡的僕人、僱傭早就厭倦透了他的「大發脾氣」。已經有家有眷的男管家更曾不止一次主張，那號病患最好「好好躲著別出來！」

等兩份早餐都送上樓，柯林也被抱到沙發上後，這位少爺又擺出他那副最威風的小霸王姿態對看護宣告：

「今天早上，一個男孩和一隻狐狸、一隻烏鴉、兩隻松鼠，以及一隻剛出生的小羊羔要來看望我。等他們一到，我要你們立刻帶他們上來，不許在僕人宿舍區裡逗弄那些動物，多耽擱時間。我要在這裡會見他們。」

看護微微發出一聲驚呼，趕緊藉著一聲咳嗽想掩飾。

「是的，少爺。」她回答。

「我來指示妳該怎麼做。」柯林擺擺手，補充說：「妳可以交代瑪莎帶他們上來。那名男孩名叫廸肯，是她的弟弟，也是一名逗弄動物的高手。」

「但願他的動物不會咬人，柯林少爺。」

「我告訴了妳他是個高手！」柯林嚴峻聲明：「高手調教出來的動物是不會咬人的。」

「在印度也有很多專門逗弄蛇類的弄蛇人，」瑪麗說：「他們可以把他們馴養的蛇的頭放進自己嘴巴裡面。」

「噢，我的天！」看護渾身顫抖。

在涼風習習的早晨空氣擁抱下，這對男孩、女孩一塊兒吃起早餐。柯林的早餐內容非常豐富，一旁的瑪麗帶著一副看得津津有味的神情盯著他，並且鄭重宣稱：

「你一定會像我一樣，漸漸地胖起來的。我剛從印度來的時候，看到早餐，一點胃口都沒有，可現在每天卻都吃得盤底朝天呢！」

「今天早上我的食慾也很好。」柯林說：「也許是因為新鮮空氣的緣故吧！妳想廸肯什麼時候才會來呢？」

他並沒有等太久。就在不到十分鐘後，瑪麗突然舉起一隻手來，告訴他：「你聽！有沒有聽見一隻烏鴉的叫聲？」

柯林側耳聆聽——果然聽到了。那真是全天底下在室內所能聽到的最古怪的聲音，一種「嘎——嘎——嘎——」的又粗又啞的聲音。

「聽到了。」他回答。

「那就是煤灰。」瑪麗說：「再聽！有沒有聽見一聲小小、小小聲的咩——！」

「噢，有！」柯林興奮得脹紅了臉。

「那就是初生的小羊羔。他來嘍！」

廸肯那雙常在荒原上奔跑的長靴又厚又寬鬆，儘管他已經很努力小心著不弄出一點兒聲響了，穿過迴廊時，依舊把地板敲得「劈劈啪啪」。瑪麗和柯林兩人聽見他的腳步聲越來越近，越來越近——終於，他通過掛著繡帷的那扇門，踏上單獨通往柯林房間的這條鋪著柔軟地毯的小走道。

「如果您願意，少爺……」瑪莎推開房門宣佈：「如果您願意見他們的話，少爺，廸肯和他的動物們來啦！」

廸肯面露他那一臉最天真爛漫的爽朗笑容走進房內，懷抱著那頭初生的小羊羔，身邊跳跳躍躍跟著小紅狐。果核站在他的左肩，煤灰立在右肩，外套口袋中則露出探頭探腦的果殼的腦袋和爪子。

柯林緩緩地坐挺起身子，目不轉睛，傻傻地盯著，盯著——就像瑪麗初次見到他時一樣；只是，柯林的凝視中更多了一份喜悅和不可思議。

坦白說，雖然他已聽過種種關於這個男孩，以及他那些對他既親近、又非常友善，以至於幾乎和他融成一體的狐狸、烏鴉、松鼠、小羊羔子……的描述，卻仍然無從了解他究竟長得像什麼樣子。柯林這輩子從來沒有跟任何一個男孩講過話，是以內心湧起無限好奇、喜悅，一時之間竟忘了開口說話。

但是廸肯卻一點兒也不覺得扭捏或羞澀；就如同他和那隻烏鴉首次見面時，他也不曾因為它不懂他的語言，只顧一語不發，呆呆盯著他而感到尷尬一樣。所有小動物在沒摸清你的底細以前，全都是那副樣子。他走到柯林的沙發前面，輕輕地把小羊羔放在他的腿上。不一會兒，那小傢伙便自動往他身上那溫暖的睡袍挪動，並用它的鼻尖不斷在它的皺褶裡廝磨，同時頂著細細密密捲毛的小腦袋也片刻都靜不住地輕輕往他的懷中鑽。你說，遇到這種場面，還有哪個人能夠忍得住不開口？

「它在做什麼？」柯林嚷著：「它想要什麼？」

「它要媽媽？」廸肯眼裡、嘴邊，整張臉上都漾滿了笑意：「我在帶它來之前稍微讓它餓了一會兒肚子，因為我知道儂一定會想親眼看見它吃奶。」

他蹲在沙發旁邊，從口袋裡掏出一支奶瓶。

「來吧，小東西！」他將那顆長滿了細細白毛的小腦袋輕輕扳向自己：「儂要的在這兒呢！儂可以再吸一些，然後就要離開這天鵝絨做的絲袍子嘍！快吸吧！」他將那奶瓶的橡皮頭塞進那拼命往前推的嘴巴。小羊喜孜孜地一口一口努力吸吮起來。

接著，他們就不用擔心不知該從哪裡聊起了。小羊填飽了肚子，不一會兒便睡著了。柯林和瑪麗開始你一言、我一語地提出一大串問題，而廸肯也一一為他們解答。他告訴他們，自己是如何在三天前的早晨，東方天際剛露魚肚白的時候發現那隻小羔羊。話說那天早上，他正好站在大荒原上靜靜聆賞一隻雲雀的歌唱，觀看它在空中飛繞、盤旋，越飛越高，越飛越高，直到映著蔚藍的晴空，化作一個小斑點。

「我幾乎都快瞭望不到它的蹤影了，但耳中卻依然聽見它美妙的歌聲。正當我心裡頭暗暗納悶小傢伙明明都已經不知飛到天邊海角了，啼聲為何卻還能傳得那麼遙遠時，卻猛然又聽見遠處的金雀花叢間依稀傳來某種聲音。那有氣無力『咩——咩——』的聲音讓我恍然大悟，一定有隻剛出生不久的小羊羔正在挨餓；而我又曉得只要有母羊在，它的小孩是絕不會餓到肚子的。於是我趕緊四處尋找。唉！那可真是一頓好找啊！我在金雀花叢之間鑽進鑽出，不知搜尋遍多少簇花樹，結果卻好像沒有一次撞對路。幸好最後總算在荒原高處的一塊岩石旁邊瞥見一點白白的東西，急忙爬到上頭，找到這隻又凍又餓，已經虛弱到只剩下半條小命的東西。」

就在他侃侃而談的同時，煤灰不時堂而皇之地經由那扇敞開的窗戶飛進飛出，然後「嘎——嘎——」幾聲，評論窗外的風景；果核、果殼也都一溜煙跑到外面的大樹林，見一棵是一棵地在每棵樹幹爬上爬下，探索枝葉間的祕密。隊長則是蜷著它的身體，匍匐在坐於壁爐氈上的廸肯身邊。

三個人一同觀看園藝書裡的插畫。廸肯每看到一種花卉，都能說出它們在本地的俗名，並且清楚地知道其中有哪些是已經可以在祕密花園中看到它們的芳蹤了。

「我不知道這個印在書上的名字應該怎麼唸，」他指著一幅底下註明「耬斗菜」的花卉說：「不過，我們都叫它鴿子草；另外那幅是金魚草——兩種花都生長得很快、很茂盛，可以當作花籬笆來種。不過，這種卻是園藝品種，花朵較大，花容也更壯觀。花園裡面就長了好幾大簇鴿子草，等待花開之後，看起來必定像一張藍色大花床，而花床上也必定會見到好多白色蝴蝶在翩翩飛舞。」

「我要去看！」柯林直嚷著：「我要快一點去親眼看看它們！」

「噢！儂當然一定要去看囉！」瑪麗於是一本正經地宣告：「而且儂絕不能再多浪費一點時間了。」

第二十章 「我會一直活到永永遠遠……」

不過，他們終究還是不得不多等了一個星期。因為，最初是老天突然颳起了三、四天強風；緊接著，柯林又出現一點兒快要感冒的跡象。

兩件事情接踵而至，要是換成從前，他一定早就大發雷霆了。幸好這回他們有好多神祕兮兮、又特別需要小心謹慎的計畫要做，而且廸肯每天都會過來探望他一下，雖然有時只是短短幾分鐘，但他會告訴柯林，這幾天大荒原裡、小徑上、灌木叢間、小溪岸旁都有些什麼事發生。他必須在小心不去提及鳥巢、田鼠和田鼠窩的情況下，一一為他描繪水獺、河鼠和獾的家是什麼樣子。而當柯林聽到這每一點、每一滴都描述得栩栩如生的細節，眼前彷彿看見那些動物的家園，明瞭整個地下世界是在如何興奮、如何熱切、如何迫不及待的情況下緊張忙碌著，那他又怎麼能不激動得快要渾身顫抖了呢？

「它們就像我們一樣。」廸肯告訴他：「只不過這些小動物必須每年重新建造它們的家園。為了完成自己的新家，它們每天都得四處奔走，忙得天昏地暗。」

然而，最最吸引柯林的話題還是莫過於策劃應該如何在充分保密的情況下，將他送進祕密花園。他們必須在轉過矮樹叢的某個特定的轉角，進入通往長春藤密布的圍牆外面那條步道時，就絕不能再讓人看見柯林的那臺輪椅，以及瑪麗、廸肯的身影。

隨著日子一天一天過去，柯林投注在那座圍繞神祕氣氛的花園上面的情感就越集中，越覺得它的魅力沒有任何東西可比。他們絕對不能讓任何事情破壞這個計畫，不能讓人猜疑到他們藏著祕密。他們必須讓人以為柯林之所以想和瑪麗、廸肯出去，純粹只是因為他喜歡他們，同時也不反對他們注視他。

這三個小孩每天喜孜孜地討論他們要走的路徑。他們要走這條小徑，再轉那條，穿過另一條，再在噴泉花園的花床之間繞，假裝好像正在欣賞那些經由園丁領班婁奇先生精心規畫的花圃。他們要表現出一副冷冷靜靜的模樣，這樣別人才不會覺得整件事情都神祕兮兮。他們要折入灌木叢間的小徑，讓人家看不見他們，直到順利到達圍牆外。

瞧他們那副孜孜矻矻，鄭重其事討論每一項細節的樣子，真像戰爭時期，軍中將領齊集，在妥善研擬行軍路線。

有關病人的房間裡正發生種種新奇又莫名其妙的事件這項流言，自然已經散布遍僕人宿舍區，竄入馬廄，流到園丁們之間。然而，儘管如此，當有一天婁奇先生接到柯林少爺傳來的吩咐，要他在不許被外人撞見的情況下立即到他的房間報到，因為少爺本人盼望和他說話的命令時，仍然不禁感到訝異萬分。

「咳！咳！」他一面匆匆更換外套，一面自言自語：「這究竟是怎麼一回事哪？咱們那位高高在上，從不許人家多看他一眼的小主子竟然會傳喚一個他連正眼都不曾瞧過一回的下人。」

婁奇先生自然也有他的好奇心。他雖然連瞄都不曾有過機會瞄到那個小男孩，有關他的長相是多麼怪異、瘋狂的脾氣一發多麼不可收拾等等誇張的閒話倒是聽過一籮筐。他最常聽到的閒言閒語就是那小男孩隨時可能會死，而且還有一大堆壓根兒不曾見過他的人曾經繪形繪影，形容過他的背駝得有多厲害，四肢有多虛弱。

「這宅子裡最近有不少變化正在逐步發生哩，婁奇先生！」梅德洛太太邊說邊經由後樓梯間上樓，直接來到那道通往迄今為止仍是神祕套房的走廊。

「但願是往好的方向變化，梅德洛太太！」他回答。

「反正再變也不可能再壞了。奇怪的是，那三個小孩湊在一起倒是其樂融融，相處得很和諧。假使你等一下發現自己置身在一座小動物園中，而瑪莎．索爾比家那個廸肯的態度竟然比你、比我都更安心而且自在，你可千萬不要覺得太驚訝。」

正如瑪麗私心底下一直暗暗相信的，有關廸肯的一切當真是種奇蹟。婁奇先生剛一聽他的名字，嘴角便浮現出相當溫和的笑容。

「那個孩子不管是進了白金漢宮，或是煤礦坑底，態度都會是同樣自在從容，而且那絕不代表就是目空一切。總之，那個孩子著著實實是個好少年。」

或許是因為他心裡已有充分的準備，否則說不定真的會被嚇一大跳呢！梅德洛太太剛把房門推開，就有一隻氣定神閒，棲息在一把精緻的高背椅椅背上的大烏鴉，聲音宏亮地「嘎——嘎」一聲，宣告訪客的來到。雖然事先已經過梅德洛太太好意提醒，他還是險些兒被這突如其來的聲音驚嚇得狼狽不堪，猛往後跳。

那小霸王既沒躺在床上，也不是歪在沙發上，而是坐著一張搖椅。一頭小羊一副羔羊跪乳模樣，搖著尾巴，屈膝跪立在搖椅旁。廸肯則跪坐在地，手拿一支奶瓶在餵它。一隻松鼠站在廸肯弓著的背上，專心一意地啃一顆堅果。那個從印度來的小女孩則坐在一張大板凳上靜靜旁觀。

「柯林少爺，婁奇先生來了。」梅德洛太太通報。

小霸王扭過頭來，上上下下審視他的隨從——至少園丁領班是這麼覺得的。

「哦，你就是婁奇，對吧？」他說：「我找你來，是因為有幾句重要的話要交代你。」

「遵命，少爺！」婁奇懷疑自己會不會接到要他把遊苑裡的橡樹統統砍掉，或把幾座果園全改造成花園的指示。

「今天下午我要坐著我的椅子出去。」柯林說：「當我呼吸新鮮空氣已經習慣了，說不定往後天天都出去。所以，在我出去的時候，府裡的每一個園丁全都不許靠近花園圍牆外的那條長步道；一個人都不許。我會在兩點左右出去，到時候你必須把他們全部事先遣走，直到我傳話要他們可以回去工作才准回去。」

「遵命，少爺！」婁奇先生聽到自己可以保住橡樹，果園也都能夠安然無恙，真是大大地鬆了口氣。

「瑪麗，」柯林轉頭問她：「妳說妳在印度講完了話，想叫別人離開時都說些什麼？」

「你就說：『你可以下去了。』」瑪麗回答。

於是，小霸王揮揮手，下令：「你可以下去了，婁奇。不過，記住，這件事非常重要。」

「嘎——嘎——」烏鴉聲音粗啞，但還不算太不客氣地扯著嗓門附和。

「遵命，少爺！謝謝你，少爺！」婁奇先生回完話，便隨著梅德洛太太離開房間。一到走廊，這位天性善良的好好先生立即露出滿面笑容，只差沒有大笑出聲。

「老天！」他形容：「他那副舉止可真有貴族派頭，不是嗎？讓人見了，準以為他是什麼皇室成員——比方說是王子、駙馬什麼的。」

「哼！」梅德洛太太抗議：「是我們從小就太捧著他，任憑他把每個人全踩在腳底下，結果他就以為人人都是天生下來要伺候他的。」

「或許等他長大了，自然就會擺脫那種壞習氣了；只要他活得夠久。」

「有件事倒是可以十分確定，」梅德洛太太回答：「如果他活得夠久，而那印度小女孩又能長住這兒，我敢打包票，她一定能夠教會他，正如蘇珊·索爾比說的，並非全天底下都只屬於他一個人，同時他也應該會漸漸明瞭，屬於他的那一份應該有多大。」

房間裡，柯林正靠在他的椅背上。

「一切都安全啦！」他說：「今天下午我就可以看到它——就可以進去裡面嘍！」

廸肯帶著他的動物回到花園，瑪麗則繼續留在房裡陪伴柯林。她覺得他應該並不會很累，但在午餐送來以前，他卻一直非常沈靜，用餐的時候也始終一語不發。她不知道原因何在，於是開口問他：「你的眼睛好大啊，柯林！每當你在想事情的時候，它們就瞪得像碟子一樣。你現在到底在想些什麼呢？」

「我忍不住要想像它看起來會是什麼樣子？！」

「花園嗎？」

「春天！」他說：「我在想我以前其實從來沒有見過春天。我從小幾乎足不出戶。就算出去了，也從來沒有好好看過春天的樣子，甚至從來不會想到它。」

「印度根本沒有春天，所以我也壓根兒沒有見過。」

儘管終日封閉在自己的房間，又從小一直病厭厭的，柯林的想像力還是比瑪麗豐富。至少他曾經花了一大堆時間，用在看那些奇妙的書和圖片上。

「那天早上，當妳大呼小叫地衝進房間，直嚷著『它來啦！它來啦！』的時候，帶給我一種十分奇異的印象，感覺就好像有什麼東西正排成一隊壯盛的行伍，鼓號齊奏，一路浩浩蕩蕩前來似的。我的書中就有一幅類似那樣的插畫——一大群人，大大小小，頭頂花環，身披花圈，手持著花樹枝，沿途歡笑、舞蹈，成群結隊地吹奏著樂器前進。所以我才會說：『也許我們可以聽見吹喇叭的聲音！』並且要妳趕緊打開窗戶。」

「多好玩呵！」瑪麗說：「實際上的感覺也正是那樣子呢！再說，要是所有的花朵、葉子、綠色植物、小鳥和野生動物都一起手舞足蹈，從眼前通過，哇，那該是多麼壯觀的一隊陣容啊！我敢說它們一定連歌帶舞，吹著口笛，飄來陣陣音樂聲。」

兩個小傢伙齊聲大笑；並不是因為這個念頭太可笑，而是因為兩人都喜歡它。

不久，看護上來幫柯林打點好外出的一切準備工作。她注意到，當她幫他更衣的時候，他不再躺得硬梆梆的像根木頭，甚至也努力七手八腳地想讓自己更順利地穿好衣服，而且嘴裡一直不斷地和瑪麗說說笑笑。

「他今天心情很好，先生，」她告訴前來為柯林做一下出門前檢查的柯瑞文醫生：「精神好得整個人看起來都有力氣多啦！」

「下午等他回屋子裡以後，我會再過來探視他一趟。」醫生說：「我必須看看出去外面對他到底合不合適。真希望，」他壓低了嗓門，悄悄地透露道：「假若他肯答應讓妳同行就好嘍！」

「我寧可放棄機會，乖乖照他的意思留在屋裡。」看護的語氣突然變得十分堅決。

「我並不是真打算去向他提議。」醫生顯得有點緊張，「這次我們就先試驗看看吧！廸肯是個連初生的小嬰兒我都敢放心託付給他的少年。」

府裡最強壯的一名僕役負責把柯林抱下樓，把他放到屋外已經有廸肯守候在一旁的輪椅上，幫他蓋好毯子，枕好椅墊。然後小霸王揮揮手，告訴他和看護：

「你們可以下去了。」

於是，兩人趕緊一溜煙跑回屋裡，躲在那兒偷笑。

廸肯開始以穩定而緩慢的速度推動輪椅，瑪麗小姐緊跟在輪椅一旁；柯林則靠著椅背，仰頭望著天空。弧形的天幕讓頭頂上方的天空顯得特別高，一朵朵純潔的小白雲看起來就像白鳥展翼，優雅地滑翔在那碧藍如水的晴空下。一陣陣微風輕柔地從荒原吹來，帶來一襲襲野地獨特純淨的清香氣息。柯林不斷挺著胸膛，大口大口地呼吸那氣息，兩隻眼睛瞪得大大的，彷彿在聆聽什麼——不用耳朵，而是用那一對大眼睛聆聽。

「這裡聽得到好多嚶嚶嗡嗡，曲折婉轉，還有彼此召喚的聲音哪！」他興奮的說：「而那風兒吹來的陣陣芳香又是什麼氣息呢？」

「是荒原上綻放的金雀花。」廸肯回答：「唔！在這難得的大好晴天裡，野花叢間都已經見得到好多蜜蜂穿梭其間了呢！」

在這一行人路過的小徑邊，連個人影都見不到。事實上，不管是大園丁、小園丁，都早被他們的領班支開了。但他們仍按原訂計畫，有模有樣地在灌木樹籬間繞進繞出，又沿著噴泉花床兜了一個大圈子，一切都只為了體會那種神祕兮兮的氣氛和樂趣。但等最後他們終於踏上沿著圍牆外的長步道時，三個人卻都莫名其妙地隨即感受到接近目標的刺激和興奮，開始交頭接耳，竊竊私語。

「到了，」瑪麗悄悄地說：「到了！這就是我當初一直滿肚狐疑，來回走來走去，猜想裡面是什麼景象的地方。」

「真的嗎？」柯林嚷著，兩道好奇的目光迫不及待地對準長春藤綠簾搜索。「可是我什麼都看不到啊！」他壓低了聲音：「一扇門都沒有。」

「我當初就是這麼想的。」瑪麗回答。

緊接著是一段鴉雀無聲的沈默，然後椅子下的輪子又開向前轉動。

「那就是班・韋勒斯泰工作的園子。」瑪麗介紹。

「真的嗎？」柯林說。

再往前推進幾碼路，瑪麗又悄悄地細語：

「這就是知更鳥飛過的牆頭。」

「真的嗎？」柯林不禁嚷嚷：「噢！我真希望它能夠再飛過來！」

「而那裡，」瑪麗帶著鄭重的神情指著一大叢紫丁花樹，喜悅地表示：「正是它站立在一小垛土堆上，指點我鑰匙藏在哪兒的地方。」

柯林忙忙坐挺起身子。

「哪裡？哪裡？那裡嗎？」他直嚷嚷著，兩隻眼睛瞪得像小紅帽故事裡頭，當小紅帽質疑大野狼眼睛不太對勁時，她的眼睛瞪得那般的大。

廸肯停下輪椅，靜靜地站立一旁。

「在這兒，」瑪麗走向貼近長春藤下的花床，說道：「這是當它飛上牆頭對我吱吱喳喳時，我走過來和它交談的位置。而這裡就是長春藤被風掀起的角落。」她邊說邊抓住懸垂的綠簾。

「噢！真的——真的嗎？」柯林興奮得微微喘氣。

「這是門把，這就是園門了。廸肯，推他進去——你趕快推他進去！」

於是，廸肯用穩定、有力、乾淨俐落的一推，將他連人帶椅送進了花園。

柯林雖然興奮莫名，卻仍急忙靠著椅墊，掩住雙眼，什麼都不去看，直到奇蹟般地進入園中，輪椅嘎然靜止，園門關上，這才放開雙手，像當初瑪麗和廸肯第一次進入園子時那樣，一顆腦袋轉來轉去，轉來轉去，不斷地東張西望。

牆頭、地表、樹梢，臨風搖曳的細條和嫩枝已悄然掩上一層碧油油的綠。大樹底下的青草地間、涼亭裡頭的灰花盆中，以及滿園遍地，處處都點染著星星斑斑的金黃、紫和雪白。大樹頂上常可看到一點粉紅或瑩白，枝葉間也可窺見撲撲振動的翅膀。細微婉轉的歌喉、嚶嚶嗡嗡的鳴聲，花香、葉香、草香瀰漫園中，而春日午後暖暖的陽光便如一隻慈愛的手般輕輕撫摸他的臉。一抹淡淡的紅暈不知不覺遍佈滿他的全身——包括他那象牙白的臉和脖子、雙手以及人們可以看見的每個部分——使得他整個人看起來都是那麼的不同於以往。站在一旁的瑪麗和廸肯都不由得帶著驚奇的目光呆呆地凝望著。

「我會好起來的！我一定會好起來的！」他聲聲高呼：「瑪麗、廸肯，我一定會好起來的！我會一直活到永永遠遠……永生不死！」

第二十一章　班・韋勒斯泰

人生在世，最奇妙的事之一便是偶然——只是偶然有人會十分堅定地相信自己將永生不死。有時候，當一個人在溫和肅穆的黎明時光下得床來，走出房間，獨自一人站在戶外，不斷將頭往後仰、再往後仰，觀賞那蒼白無色的天空緩緩變化，逐漸染上紅暈，然後發生千奇百怪的景象，直到一輪紅日亙古不變地猝然躍上東方天際，那壯麗輝煌的一瞬幾乎要令人放聲大叫，幾乎令人心跳停止。

就在那短短的一剎那間，這千年萬代，每天早上都會出現的奇景，很可能令人偶然興起這樣的感受。而有時，當一個人獨自佇立在日落黃昏、寧靜無聲的樹林中，神祕的深沈金光斜斜穿透枝葉，遍灑自己身上，樹枝下彷彿有某種聲音在一遍一遍，緩緩訴說什麼讓人想聽卻又怎麼都聽不清晰的話語時，也會讓人湧起這樣的感覺。

之後，有時候當夜幕低垂，四周寂靜無邊，天際的無數繁星卻張望人間，守候著你時，也會讓人堅定地相信自己將活到天長地久。有時是一聲遙遠的音樂聲令人動起這個念頭；有時卻是某人眼中的一個眼神。

當柯林置身於那隱密花園的四堵高牆間，乍一見到、聽到、感受到春的氣息，內心便陡然湧現這樣的感受。就在那個下午，天地萬物彷彿都在竭心盡力對一個男孩表現它們的關愛，努力展現自己最鮮艷奪目、最淋漓盡致的姿采。也許是出於上天崇高聖潔的美意，春神來了，同時也把所有塞進那座花園的花草綠意全都一併帶來。

廸肯不止一次在瀏覽眼前景致的途中暫停腳步，文風不動地站在那兒細細觀賞，眼中的驚歎之色也愈來愈濃。他搖搖頭，歎道：「噢！太美啦！我已經十二歲，快十三歲了；十三年來，不知有幾千幾百個下午，但沒有一個有我今天在這兒見到的這麼美。」

「是啊！的確好美！」瑪麗由衷地發出喜悅的感歎：「我敢說，這是全世界有史以來最美好的一個下午。」

「儂倆人可認為，這是——」柯林如癡如夢，小心翼翼地探問：「這一切看起來彷彿都是特地為俺發生的。」

「我的天哪！」瑪麗讚賞地高聲喝彩：「好濃好正的約克夏口音啊！儂說得一級棒——不蓋儂哩！」

歡樂的氣氛洋溢滿園。瑪麗、廸肯將輪椅推至一株已經滿頭開遍了白花，群蜂穿梭其間——

合作奏出春之樂章的李樹下。它那枝葉垂落的樹頂，真像是一頂國王的寶蓋——神仙國王的。附近的櫻桃樹群也都株株花開正盛，幾棵蘋果樹含著朵朵待放的粉、白花苞，偶爾也可看到其中幾朵已經完全綻放開來。藍天在寶蓋花枝的萬千縫隙間被切割得細細碎碎，仰頭望去，正像無數顆神奇的眼睛正俯視著他們。

廸肯一面推著柯林到處觀賞，一面和瑪麗這裡一點、那裡一點，多少進行一些零星的整理工作，並不時帶回幾樣東西讓他細看。比方說——一些剛要綻放的花苞，幾朵仍然緊緊閉合的嫩芽苞，數根葉兒才剛轉綠的柔枝，一根掉落在青草地上的啄木鳥羽毛，以及幾枚已經孵出雛鳥的空蛋殼。

廸肯將輪椅前進的速度控制得慢慢的，並且時時暫停，好讓柯林可以看到每一樣剛從地表鑽出，或從樹上垂下的美妙事物。那感覺就像被人威嚴隆重地引領著巡行整個神奇王國，而國王和王后並熱忱地向他展示全國所有的神祕財寶。

「不知道我們是否能有機會見到知更鳥？」柯林說。

「再過一小陣子，儂就會時常看到它了。」廸肯告訴他：「在雛鳥剛剛破殼而出的那段期間，它將會每天忙得天旋地轉，頭昏眼花。儂將會看見它頻頻啣著蟲子飛來飛去。每當一回到鳥巢，窩裡嘰嘰喳喳的小鳥爭鳴就會吵得它左右為難，不知道該將第一隻蟲子先往哪張大嘴巴裡放。媽媽說，每當她看見一隻知更鳥為了填飽他所有孩子的肚子所做的工作量後，就會覺得自己像個成天無事可做的貴婦人。」

這話逗得三個人都咯咯直笑個不停，卻又猛然想起不能被人家聽見他們的聲音，趕緊都又摀住自己的嘴巴。幾天以前，瑪麗和廸肯就已對柯林千叮萬囑，務必輕聲細語，壓低自己的音量。他很喜歡這種神神祕祕的做法，也很努力配合。只是遇到情緒正高喜悅、高亢的時候，想努力將笑聲壓得像和人講悄悄話一樣低可實在真難。

這個下午的每一秒、每一分都充滿了新奇的見聞，每一個鐘頭太陽都越變越金黃。正當輪椅繞行一週，又被推回國王寶蓋下，廸肯席地而坐，從口袋裡掏出他的短笛時，柯林突然看見某樣他先前根本無暇注意到的東西。

「那邊有棵非常老的樹，不是嗎？」

廸肯、瑪麗同時隔著草地望向那棵樹，三個人之間霎時陷入短暫的沈寂。

「是的。」廸肯率先打破沈默，低低的聲音中隱含著一股非常溫柔的感情。

瑪麗默默凝望著大樹思考。

「它的每根樹枝全都灰沈沈的，而且整棵樹上見不到一片葉子。」柯林接著又問：「它是不是徹徹底底枯死了？」

「唔！」廸肯承認。「不過，玫瑰枝蔓已經爬遍它的全身，等待綠葉滿枝。花朵盛放的時節，就可以幾乎把每一吋枝木都給遮蓋起來了。到時候它看起來就不會像已經死掉，反而會是全花園裡最美麗的一個角落。」

瑪麗依舊目不轉睛地盯著那棵樹木思索。

「我看它好像有一根大樹幹斷了！」柯林又說：「不知道是怎麼斷掉的？」

「那已經是好多年前的事了！」廸肯回答。「噢！」他突然如釋重負地精神一振，搭著柯林的肩膀說：「快看！是知更鳥。就在那裡！它正在替它的伴侶覓食。」

柯林差點兒就錯過這次機會。不過，總算還很幸運地瞥見一眼那胸襟艷紅，口裡不知啣著什麼，箭一般疾射而過的小東西。它穿過綠葉，一頭衝進枝葉密集的隱匿處，再也看不見身影。柯林靠回椅背，輕笑了兩、三聲。

「它是在幫它的另一半送下午茶呢！現在時間也許已經差不多五點了，連我自己都想喝杯茶了呢！」

就這樣，瑪麗、廸肯安全過關了。

「是魔法把那隻知更鳥送來的！」事後瑪麗背地裡對廸肯說：「我知道是魔法！」因為她和廸肯都一直在擔心柯林會問起有關那棵在十年前斷掉的樹幹之事，兩人也早就一起討論過應對之策了，當時廸肯還愁得直抓頭皮。

「我們必須裝作一副它和別棵大樹並沒有什麼不同的樣子。」那時候他說：「可憐的男孩！我們絕不能告訴他，它是怎麼斷掉的。萬一他提到任何有關它的事，咱們得——咱們得儘量裝出開開心心的表情。」

「噢！咱們就那樣做。」瑪麗附和著說。

然而，事到臨頭，她可不覺得自己凝望著那棵樹的時候臉上有半點兒開心的表情。在那短短的一小段工夫間，她腦海裡一直在想、一直在想，廸肯說過的另一件事不知道到底有沒有可能實現。當初他說這番話時，臉上一直帶著困惑的神情搔著頭髮，只不過越講，那雙藍色的大眼睛裡就越增添安心舒暢之色。

「柯瑞文太太生前是位非常可愛、迷人的少婦。」他猶豫了大半天才終於開口：「媽媽認為，也許她會像所有離開世間的母親一樣，時常回到大鶇莊附近盤桓。嗯！她們必須回來。說不定她就一直流連在她喜愛的這座花園裡；說不定是她設法要我們工作；說不定是她慫恿我們把他帶進來。」

瑪麗始終認為他所稱的是魔法。這小女孩是個虔誠的魔法信徒。私下裡，她十分相信人們之所以那麼喜歡廸肯，連附近的野生動物也都知道他是個朋友，全是因為他對他們施了魔法的緣故——當然，是好的魔法。她真的、真的非常懷疑，有沒有可能是他在柯林問到那危險問題的節骨眼兒上，適時施展他這項天賦，召來知更鳥。她覺得那一整個下午都有魔法在不斷運作，使得柯林整個人變得好像脫胎換骨了似的，讓人一點也聯想不到他會是那個前幾天還拼命搥打自己的枕頭，叫得聲嘶力竭的瘋狂男孩。就連他那白得像象牙般的膚色也似乎變了。

從他剛一進入園中，臉上、手上、脖子上便淡淡煥發的紅光，到現在始終都沒有散去，看起來再也不像是個牙雕蠟塑的孩子，而是個有血有肉、活生生的小男生。

他們看見知更鳥接連來回兩、三趟，每趟都帶回一點兒東西給它的伴侶。這份下午茶激發了柯林的聯想，不由得讓他感覺到，他們自己也需要嘗一點兒。

「快去找個僕役，要他拿個籃子，裝些茶點，送到石楠圍籬那邊。」他說：「這樣一來，妳和狄肯就可以去把它提過來了。」

這是個很不賴、也很容易實現的主意。茶點帶到後，他們首先把白布鋪在地上，然後斟好熱騰騰的茶，取出奶油土司和小鬆餅，一頓痛痛快快的大吃大喝就此展開了。幾隻滿園穿梭覓食，忙著養家活口的小鳥暫停工作，飛過來查探他們在做些什麼，隨即紛紛圍攏過來討些碎屑帶回窩裡。果殼、果核各自含著滿口小餅乾片兒竄到大樹上，煤灰則取走整整半個奶油鬆餅，躲到角落裡，啄幾下，偏頭檢視幾眼，翻過面來，扯開沙啞的嗓門，「嘎——嘎——」評論幾聲，最後終於決定一大口把它——吞進肚子裡。

午後時光一分一秒過去，太陽的金色光環漸漸暗淡了。蜜蜂都已回窩，鳥兒們的出入也不再那麼頻繁。瑪麗、廸肯收拾好了點心籃子，坐在草地上。柯林靠著椅墊，滿頭濃密的捲髮被風吹得往後翻，臉上泛著的是幾乎和常人沒啥差別的血色。

「我真希望這個下午永遠別過去！」他說：「但我明天還要再回來，後天也是；還有大後天、大大後天——」

「你要呼吸好多好多新鮮空氣，不是嗎？」瑪麗說。

「嗯！我要吸收大量新鮮的空氣。現在我已經看到春天是什麼樣子，以後我還要看看夏天。我要觀看每一樣生長在這兒的動植物，我自己也要在這兒成長。」

「儂一定會的。」廸肯說：「再過不了多久，咱們絕對會讓儂像其他人一樣，可以在這花園中到處走動、挖土、整理花木。」

柯林激動得面紅耳赤，直嚷著：「走動！挖土！噢——我行嗎？」

廸肯帶著審慎的目光上下打量他一眼。不管是他或瑪麗，過去都從來不曾問過任何和他的兩條腿有關的問題。

「儂當然行！」他堅定地表示，「儂有儂自己的腿，和別人並沒有兩樣。」

瑪麗聽得心頭七上八下。幸好接下來柯林的回答，終於讓她安了心。

「其實它們並沒有真正害過什麼病，只是長得實在太細太沒力氣啦，一想站起來就直抖個不停，所以我就不敢試著真正站起來。」

瑪麗和廸肯同時放心地大大鬆了一口氣。

「只要有一天儂不再害怕，自然就可以站得住。」廸肯恢復樂觀的口吻，「而且儂一定會很快就不再害怕了。」

「真的嗎？」柯林靜靜地靠在椅墊上，彷彿獨自在心靈中揣摩著什麼情境似的。

一時之間，整座花園真的寂靜得連片樹葉掉在地上都可聽得見。夕陽漸漸西下。這段時間本來就是大地回歸平靜的時刻。算起來，這一整個下午他們可真是過得忙碌又興奮。靜靜坐在椅上的柯林看起來就好像正無限滿足地休息，就連廸肯那些小動物們也都自動停止四處活動，聚攏在他們身邊歇一會兒。煤灰停在一根矮樹枝上，縮起一條腿，眼睛半開半合。瑪麗不禁偷偷地想著，它看起來似乎就像快要打起鼾來似的。

就在這片寧靜無聲中，柯林猛然半抬起頭，發出低低的聲音，驚慌地嚷著：「那人是誰？」

廸肯、瑪麗一聽，嚇了一大跳，急忙七手八腳站起來，異口同聲地低低驚呼一聲：「誰？」

柯林指著高高的圍牆，激動地低呼：「瞧！快瞧一瞧！」

瑪麗、廸肯扭過頭去望向圍牆，只見踏在一把矮梯頂上的班．韋勒斯泰正一張臉越過牆頭，怒氣沖沖地瞪著他們，甚至對準瑪麗的方向揮舞他的一隻拳頭。

「若非我是個王老五，倘若儂是我自己親生的小娃兒，」他大叫：「我一定會好好地修理儂一頓！」

他往上踏高一階，一副隨時準備生龍活虎地跳下來找她算帳的架式。但等她當真朝他走過去時，他又顯然已經過三思，仍舊站在階梯上頭，揮著拳頭，對她擺擺樣子，同時臭罵她一頓：「俺太小看儂啦！打俺第一眼看到儂時就受不了儂啦！儂這老板著一張小苦瓜臉的小丫頭片子，成天東問西問，哪兒不該儂去偏往哪兒刺探。俺真不曉得當初怎麼會讓儂黏得那麼近的。要不是那隻知更鳥——臭鳥——」

「班．韋勒斯泰，」瑪麗總算找到插句話的空檔了，站在下面，微微喘著氣兒對他大叫：「班．韋勒斯泰，就是知更鳥報路給我進來的呀！」

老班氣得怒髮衝冠，恨不得馬上跳下來揍她一拳。

「儂這壞小丫頭！」他低頭大聲叱罵：「竟把自己的錯兒往一隻小鳥身上推——它也只不過是隻啥都不懂的小傢伙——它報路給儂——它！噢——儂這個小鬼！」——她聽得出他接下來講的話，全是教好奇心逼得脫口而出的——「儂究竟是用啥法子進這園子裡來的？」

「真的是知更鳥替我報路的。」瑪麗固執地抗議：「它不曉得自己在做什麼，但就是做了。你這樣老站得高高地朝我揮拳頭，我沒辦法告訴你。」

就在這一剎那間，他原本盯著她腦袋的目光瞥見有團東西朝他們這個方向移動過來，不禁詫異得張大嘴巴，高舉在半空中的拳頭也猝然停止揮動。

原來柯林在剛一聽見他那火爆的聲浪時，只是驚訝萬分地坐挺了脊梁，像著了魔似的呆呆聆聽，但到了半途卻漸漸地回過神來，專橫地號令廸肯說：「推我過去！快把我推到牆角，停在他面前。」

而這——這正是造成班．韋勒斯泰一眼望見便張大嘴巴，呆呆地說不出話來的原因。他眼中見到的是一部塞滿華麗坐墊的輪椅，正似宮廷馬車般，堂而皇之地朝他直奔而來。椅上的小霸王身穿華服，靠在椅背上，兩顆周邊長滿一圈長長黑睫毛的大眼睛中帶著一股貴族般頤指氣使的威風，伸出一隻瘦削的手傲慢地指向他。輪椅就停在班．韋勒斯泰的鼻尖正下方。難怪——難怪他會張大嘴巴，呆在那裡了。他聽見那小霸王詰問：「你知道我是誰嗎？」

你瞧——瞧老班那副兩眼發直的模樣！他整個人活像見了鬼似的，一雙紅眼死死盯住眼前的小男孩，嚥下一大口氣，好一會兒都說不出半句話來。

「你知道我是誰嗎？」柯林帶著更加專橫的口氣逼問：「回答我！」

老班・韋勒斯泰揚起一隻青筋畢現的老手，揉揉眼睛，又揩揩額頭，帶著一股五味雜陳的心情顫顫地回答：「儂是誰？噢——我當然知道——有儂那雙和儂母親一模一樣的眼睛骨碌碌地瞪著我——我當然知道？天曉得儂是怎麼能來到這兒的。不過，儂是個可憐的小跛子啊！」

柯林一時忘了他的背脊很脆弱，滿臉通紅，像根彈簧似的，「砰——」地一下挺直上身。

「我不是跛子！」他暴跳如雷地大吼：「我才不是！」

「他不是！」瑪麗也義憤填膺地朝著牆頭高喊：「他的背上連一顆針尖兒大的肉瘤都沒有！我看過了，根本沒有——一粒也沒有！」

老班再次舉起手指了指額頭，兩道目光直直地盯著他，彷彿怎麼看也看不夠。他的手在顫抖，嘴在顫抖，連聲音也一樣在顫抖。他只不過是個一無所知又一根腸子通到底的老頭兒，只能記住一些從人家那裡聽到的傳言。

「儂——儂沒駝背？」他聲音沙啞地問。

「沒有！」柯林大吼。

「儂——儂沒跛腳？」又是一次沙啞的顫抖聲。

這太過分啦！那股常常驅使柯林大發脾氣的力量這時改以一種全新的形式一衝而上。直至目前為止，還沒有任何一個人曾指稱他是個跛子——即使是相互竊竊議論也沒有——然而，透過班・韋勒斯泰這老人家的語氣，誰也能聽得出來，大家心裡早就以為那是連懷疑都不用懷疑的事實了。小霸王氣得忍無可忍，胸中的怒焰和受辱的自尊在在令他除了目前、當下之外，什麼也顧不得了，一股過去從未曾有過、近乎異於尋常的力量瞬間主宰了他整個人。

「過來！」他一面動手扯開蓋在腿上的毯子，一面衝著廸肯大吼：「過來！過來！馬上過來！」

廸肯急忙大跨一步，站到他旁邊。瑪麗臉上血色盡失，屏著氣，緊張兮兮地看著他們。經過一陣激烈又短暫的掙扎，柯林摔掉毯子，在廸肯的扶持之下，把兩隻瘦瘦弱弱的腳伸到青草地上，抖抖索索地站立起來。柯林站得直挺挺的——直挺挺的——就像箭一樣，而且整個人看起來高得出奇——他的頭往後仰，一雙奇異的眼眸放射出光芒。

「看著我！」他趾高氣昂地喝令班・韋勒斯泰：「好好看著我——你好好看著我！」

「他挺得和我一樣直！」廸肯高呼：「他挺得和全約克夏任何一個少年一樣的直！」

班・韋勒斯泰的反應古怪得教瑪麗不知從何揣測起。他緊緊握著雙手，激動得喉頭哽咽，不勝唏吁，風霜密布的皺紋老臉上剎那間涕泗縱橫，衝口而出的第一句話便是：「噢！那些傢伙說的全是謊話！儂固然瘦得像塊薄板，白得像條鬼魂，可儂一點兒都沒駝。儂還可以長成一個神神氣氣的男子漢哩！上帝保佑儂！」

廸肯用力握住柯林的手臂。不過，那男孩本身卻連一點兒快搖搖晃晃的跡象都還沒出現哩！他站得越來越挺，兩隻眼睛瞪著老班的臉，宣稱：

「在我父親不在家的時候，我就是你的主人，你必須服從我的命令。這是我的花園，不許你大膽地胡亂對人提起一個字！快走下梯子，繞到長步道那邊，瑪麗小姐會過去把你帶進來。我要和你談話。我們不想讓你加入，可是現在既然被你發現了，你就必須和我們一塊兒保守祕密。快過來呀！」

班・韋勒斯泰那張皺巴巴的老臉依舊滿布淚痕，兩道視線彷彿再也捨不得從這直挺挺站在眼前，昂揚著頭的清瘦少年身上移開。

「噢——孩子！」他喃喃應道：「噢——我的好孩子！」隨即猛然記起自己的身分，急忙遵照園丁的禮儀，舉手碰碰帽子致敬，嘴裡連聲答話：「是的，少爺！是的，少爺！」然後服從命令，爬下短梯。

第二十二章　當夕陽西下

眼看老班的頭已隱沒在牆頭下，柯林立即扭頭吩咐瑪麗：「快！去接他進來。」

瑪麗飛奔過青青草地，衝向長春藤覆蓋的園門。

廸肯機警的目光始終停留在柯林身上。雖然他已撐得面紅耳赤，表現大大出人意表，卻始終沒有出現一點快要摔倒的徵兆。

「我可以站著。」他仍昂揚著頭，口氣顯得相當自豪。

「我不是告訴過儂了，只要儂不再害怕，就可以馬上做到啦——」廸肯回答：「而儂已經不怕了。」

「對！我已經不怕。」柯林說。

這時——瑪麗說過的某一段話突然重新翻出他的腦海，令他緊急詢問：「是你施了魔法造成的奇蹟嗎？」

廸肯彎彎的嘴角漾開愉悅的笑容，告訴他：「是儂自己創造的奇蹟；就和讓這些植物從土裡冒出來的奇蹟一樣。」他一邊說著，一邊還用腳下厚厚的長靴輕碰一下草地裡的一簇番紅花。

柯林低頭俯視它們。

「噢——」他緩緩說道：「世上再沒有比那更了不起的魔法了——再也沒有！」

「我要走到那棵樹底下。」他指著一株距離他幾呎遠的大樹：「在老班進來以前，我要走到那邊站好。如果我願意的話，不妨靠在樹幹上休息休息，等我想坐下來時我會坐下。但在那之前，我要先站著。請你幫我從椅子上先拿條毯子帶過去。」

在廸肯的扶持之下，他步履出奇穩健地直走到那棵樹底下，背倚樹幹，筆直挺立，乍看之下，不會曉得他是利用它來幫忙支持自己的身體。

老班進了園門，一眼望見他站在那兒，而身邊的小瑪麗卻嘀嘀咕咕地，不知道暗自在叨唸些什麼。

「儂在說啥？」他隨口問一句，可全副注意力卻都投注在男孩那瘦長筆挺的身材和驕傲的臉上，捨不得移開半分。

但她並沒有告訴他，其實她嘴裡一直不斷在小小聲唸著的是：「你辦得到！你辦得到！我告訴過你，你辦得到！你辦得到！辦得到！你辦得到！」

她說這番話的對象是柯林；因為她想要施展魔法，讓他的腳繼續像此刻那樣站立下去。她絕不忍心看見他在班・韋勒斯泰面前洩了氣。他到現在都做得很好。望著他，瑪麗突然覺得他瘦歸瘦，看起來還是很俊美。他的眼睛狠狠地盯住班・韋勒斯泰，那股專橫味兒教人見了，直想笑出聲來。

「看著我——」他下令：「仔仔細細地看著我！我是個駝子嗎？我有跛腳嗎？」

班・韋勒斯泰雖然還沒有完全擺脫激動，但多少已經稍微平靜一點了。

「不！」他帶著幾乎和平常一模一樣的口氣回答：「沒那回事。全是因為儂自己老躲著不肯見人，莫怪人家以為儂又跛又軟弱無能。」

「軟弱無能！」柯林忿忿地叫嚷：「是誰這麼認為？」

「一大堆笨蛋！」班回答：「這世上到處都是些只會空口說白話的呆瓜，除了撒謊，啥事兒也幹不成！儂到底是為了啥，非要一年到頭把自個兒關著不見人？」

「人人都說我快死啦！」他簡慢地回答，「我才不！」

這堅決的口氣教老班又忍不住從頭到腳、從腳到頭，上上下下，仔細打量他一番。

「儂會死？」他「嘿！嘿！」笑了兩聲，「沒那回事！儂膽氣十足得很！剛剛我一瞧見儂三兩下就站起來的樣子，就曉得儂一點兒毛病都沒有。快坐下來，小主人，坐到毯子上！我全聽儂的命令。」

一股錯綜複雜的關愛、一陣精明細心的體貼，交織成他這種令人捉摸不定的古怪態度。剛剛瑪麗一踏上長步道見著了他，便一古腦兒滔滔不絕地對他說了一大段話。首先，她告訴他，最重要的一件事是柯林的健康正逐漸好轉——逐漸好轉。而這全是花園的功勞。千萬記得，任何人都別讓他想起什麼駝背啦、死掉啦的事。

小霸王紆尊降貴地坐到鋪在樹下的那張毯子上，垂詢：「韋勒斯泰，你平常在花園裡都負責做些什麼？」

「上頭交代什麼，俺就幹什麼。」老班回答：「俺是多蒙人家好心才給留下來的——因為她喜歡我。」

「她？」柯林不明白。

「儂的媽媽。」

「我的母親？」柯林默默環顧一下四周：「這是她的花園，不是嗎？」

「噢——正是啊！」老班也四下張望著說：「她最愛的就是這裡。」

「現在它是我的花園了。我喜愛它！以後我每天都要來。」柯林宣佈：「但這事必須保密。我的命令是：不許讓任何人曉得我們到這兒來。廸肯和我表妹已經努力工作一陣子，讓它活過來了。以後我有時也會召你來幫忙——不過，你必須挑沒人瞧見的時候才過來。」

班・韋勒斯泰咧著乾巴巴的老嘴微笑。

「俺一直都是趁沒人看見的時候進來的。」

「什麼？」柯林驚呼：「什麼時候？」

「俺上回進這花園子時，」他摸著下巴，左顧右盼，「已經都快兩年前的事啦！」

「可是這裡已經十年沒有任何人進來過啊！」柯林大呼小叫：「況且又沒有門！」

「俺不是任何人！」老班若無其事地回應：「再說，俺也不是從門進來的。俺是翻牆過來的。可兩年前起俺這風溼痛叫俺力不從心啦！」

「儂進了園子，還做了些修修剪剪的事！」廸肯嚷著：我就一直想不透，這兒怎麼能保持得住這個樣子哩！

「她是那麼喜歡它──那麼喜歡！」老班緩緩說明：「而且又是那麼年輕漂亮的一個小婦人！有一次，她對俺說：『班！』是笑著說的：『要是有一天我病了，或者走了，你可得好好看顧我的玫瑰花。』後來她過世以後，上頭就命令再也不許人進來啦。可俺還是來了！」他那口氣中透著一股頑固、不服氣。

「翻牆過來──一直到鬧起風溼痛，來不了啦──我每年都做一點兒工作。這是她所交代過的呀！」

「要不是儂每年來整理，它就不能像現在這樣活跳跳的嘍！」廸肯說：「難怪！難怪！」

「真是多虧你了，韋勒斯泰！」柯林說：「那你一定曉得如何保守祕密嘍。」

「噢——俺曉得。」老班回答：「再說，對一個患了風溼痛的老頭來講，從門進來到底方便多啦！」

這時候，柯林伸手將先前瑪麗扔在附近草地上的花鏟撿起來，臉上浮現一抹古怪的神情，開始動手掘土。雖然他那枯瘦的手根本沒幾兩力氣，可是，眼前在其他三個人目不轉睛地凝視下——尤其瑪麗更是屏著氣，露出一臉關切——他仍用力將鏟子的前端插進土裡，成功地翻出少許的土來。

「你辦得到！你辦得到！」瑪麗喃喃低語：「我告訴過你，你辦得到的！」

廸肯圓滾滾的大眼睛中充滿了熱切的期待與好奇，但嘴裡並沒有多說一句。

班．韋勒斯泰則是帶著一臉關切的神情，望著他手中的動作。

柯林繼續努力。在成功地剷起幾鏟滿滿的土壤後，他欣喜若狂地用最純正的約克夏口音說：「儂說儂會讓我像別人一樣在這兒到處走動——儂說儂會讓我能夠挖土。那時我想儂大概是想逗我開心才說的。這會兒才是第一天呢，我就能走路——而且現在正在挖土。」

老班聽著他的話，嘴巴張得像碗一樣大；聽到最後，卻樂得呵呵呵地笑起來。他說：「噢！

儂講這話聽起來夠聰明的啦！儂是個地道的約克夏男孩，而且儂還挖土哩！想不想種點什麼哇？俺可以給你一株種在盆子裡的玫瑰花。」

「快去拿來！」柯林挖得更帶勁兒了。「快！快！」

老班壓根兒忘了自己患有風溼痛，跑得像是兩隻腳下裝著輪子似的。柯林更是拼命地向下、向四周把那洞拓得更大，任誰見了，都不會相信那是出自於他這第一次挖土的人那隻又白又瘦的手。瑪麗悄悄跑出園外，提了一桶水來；廸肯插手幫忙，將洞挖得更深；柯林本身則繼續將挖出的泥土一遍一遍重複剷得非常鬆軟。他仰望長空，整張白皙的臉龐已因從事這第一次接觸的運動，微微泛起紅潤的光芒。

「我想要在太陽完全——完全下山以前把它弄好。」他說。

瑪麗覺得，或許那太陽是專為這個原因才特地多停留一會兒的。班·韋勒斯泰從花房裡頭抱來一盆玫瑰，努力邁動他那蹣跚老腳，盡快地跑過來。他的心情也漸漸跟著興奮了起來，蹲在洞旁，打破那個泥盆子。

「來，孩子，」他把玫瑰交到柯林手上：「親手把它放進土裡去；就像國王每到一個新的地方必做的一樣。」

柯林雙手微微顫抖，把玫瑰花株放進土洞，還用手扶著一會兒，好讓老班把土填好、壓實，整張臉龐脹得更紅了。瑪麗雙手雙腳跪在地上，伸長了脖子看著。煤灰也飛下枝頭湊趣，瞧瞧他們在做些什麼。果殼、果核都站在一株櫻桃樹上，吱吱喳喳地咬耳朵。

「種好嘍！」柯林終於宣佈，「而太陽才剛剛滑落到半天邊呢！扶我站起來，廸肯。我想站立著看它完全落下。那是魔法的一部分。」

廸肯扶著他，而那魔法──或者，不管它是什麼──也賜予他無限的力量，因此當太陽真正滑落天際，結束這奇妙又可愛的下午那一刻，他的的確確是腳踏實地地站立著──在大家歡樂的笑聲中。

第二十三章　魔法

他們回到屋內時，柯瑞文醫生早已等候好一會兒了。等著等著，甚至開始懷疑是不是該派個人到各花園小徑之間尋找一下比較好。好不容易總算等到柯林被帶回來了，這可憐的醫生趕緊煞有介事地上瞧、下瞧，左看、右看，仔細檢查他有沒有傷著、累著。

「你不該在外面逗留那麼久的，那會把你累壞了！」他好意地說。

「我一點也不覺得疲倦，反而舒服透了！」接著，柯林又表示：「我明天不管早上、下午，都要出去！」

「恕我不能答應。」醫生回答：「這恐怕不是什麼明智之舉。」

「企圖阻止我更不是明智之舉！」柯林一臉嚴肅地告訴他：「我要走了。」

就連瑪麗都已老早發現，像他現在這樣全然不曉得老是頤指氣使地命令人東、命令人西的行徑有多莽撞、多可惡，正是他最大的特色之一。他這一生都像生活在一座與世隔絕的荒島上，一向稱王稱帝，也沒有別人可以互做比較，自然養成眼前這種我行我素，過去一向目中無人的瑪麗何嘗不也是像他這個樣子。只是，自從來到大鶇莊以後，她便逐漸發現自己的行為、態度不但和一般人不同，而且也非常不受歡迎。正因為有了這項發現，她自然而然認為，如果能夠和柯林好好溝通一下，一定是件非常有意思的事。

於是，在柯瑞文醫生離開以後，她便坐下來，帶著好奇的目光注視了他好一會兒，企圖讓他主動詢問她為什麼要那樣子盯著他。她的期望自然沒有落空。

「妳為什麼一直盯著我？」他問道。

「我在想，柯瑞文醫生真可憐！」

「我也覺得。」柯林平靜地說，但口氣中不無幾分得意，「現在我既然不會死掉，他就休想得到大鶇莊了。」

「我當然也很同情他這一點。」瑪麗表示：「不過，剛剛我在想的其實是：這十年來他都必須彬彬有禮地應對一個完全不懂禮貌的小男孩，實在可憐得要命！換作是我，我就絕對辦不到。」

「我很沒禮貌嗎？」

「假使你是他自己的小孩，而他又是那種會打人的家長，那一定早就狠狠地痛揍你一頓了。」瑪麗說。

「可是他不敢。」

「對！他是不敢！」瑪麗從相當客觀公平的角度思考此事，「從來沒有任何一個人敢做一樣你不喜歡的事，因為你就快死了。你真是個可憐的東西！」

「但是，」柯林倔強地宣稱：「我再不要當個可憐的東西！我也不要讓人家繼續那樣子認為。今天下午我就自己站起來了。」

「你就是老愛隨心所欲，為所欲為，才會那麼陰陽怪氣。」瑪麗大聲說出她的想法。

「我陰陽怪氣？」他蹙起眉峰，扭過頭來詰問。

「沒錯──」瑪麗回答，「怪極了！但你用不著發火！」她公正不阿地補充道：「因為我也一樣──還有班．韋勒斯泰。不過，自從我開始喜歡人們，自從發現那座花園以後，我就已經不像以前那麼古怪了。」

「我才不想當個陰陽怪氣的人呢！我不要！」柯林又帶著一臉堅定，蹙起眉峰。

他是一個性情非常高傲的男孩。瑪麗看見他躺在床上靜靜想了一會兒以後，嘴角便浮現一絲美麗的微笑，隨即緩緩擴散到整張臉龐。

「只要我天天去花園，就一定不會再陰陽怪氣了。」他說：「那園子裡有魔法──好的魔法──妳知道的，瑪麗。我深信那裡一定有。」

「我也相信。」

「就算那不是真正的魔法，我們也可以假裝是。那裡存在著某樣東西——確實存在。」

「那是魔法，」瑪麗說：「但不是黑魔法，而是像雪一樣純淨潔白。」

他們始終把它稱作「魔法」。緊接下來的幾個月，園子裡也彷彿真有魔法存在似的——那神奇的幾個月——光輝燦爛的幾個月——令人驚訝得合不攏嘴的幾個月。

噢！您瞧瞧那些發生在園子裡的事！假使你有一座花園，就會曉得，想一一描述發生在園子裡的變化，起碼得記滿一大本書。最初，整片園子每天都有大批青青綠綠的東西從草地間、花床裡、牆壁的隙縫中冒出頭來，好像永永遠遠都不會有終止的一天似的。然後，那些綠綠的東西開始結出花苞，開始綻放花瓣，開始展現出從深到淺、從藍到紫、從白到黃到炫麗的艷紅，五顏六色，燦爛繽紛，每一吋土地，每一個洞穴，每一處轉角都開遍了生趣盎然的花朵。

老班親自照料它們開花，親手刮除園牆磚縫間的青苔，固著上一包包土壤，好讓可愛的攀藤植物能有個攀附、札根的地方。草地間，鳶尾花、白百合成簇成簇地開放。綠色植物相啣相接搭成的涼亭，裡面開滿一床一床或藍或白、花容壯盛的風鈴花、耬斗菜和大飛燕草，嬌艷的花姿叫人看得叫人連眼神都會醉了。

「她最喜歡它們了——她！」老班說：「她說那一大片像天空般淡淡藍藍的花顏，放眼望去，真叫人心曠神怡！」

廸肯和瑪麗播下的那些種子就好像有花仙子在加以細心照料、殷勤呵護似的，長得欣欣向榮。五顏六色、綺麗繽紛的罌粟花朵，花瓣如絲緞般放射光華，微風一吹，便波波搖曳，艷冠群芳。而那些歲歲年年，已不知在這園中繁衍出多少支系、後代的花卉，紛紛對這批新客不知如何到達此處大感驚奇。園裡的玫瑰——那些玫瑰蔓藤呵！把頭伸出了青草地，纏繞住樹木枝幹，一圈一圈爬上半空，再從它們的枝條上懸垂下來，爬上牆頭，鋪滿在牆垣上，最後像座小瀑布似的順著牆壁一條條垂掛——它們時復一時，日復一日，漸漸復甦。新新鮮鮮的綠葉，新新鮮鮮的花苞——而那些花苞——起初小小、小小的，然後慢慢鼓脹，最後奇蹟似的凸出花瓣，綻放開來，散發出醉人的芳香，隨著輕風陣陣，瀰漫著整座花園。

這一切柯林全都目睹了。每天早上他都被抱出屋外。只要不是下雨的日子，他便每一個小時都逗留在花園裡，因此園中的每一步變化都盡收他的眼底。就連陰天，他的心情也是高高興興的。因為這時他便可以躺在青草地上，「觀看萬物生長。」他說。他宣稱，只要你觀察得夠久，就一定能看到花苞撐開萼片，整朵鮮花一瓣瓣綻放開來。另外，你還可以認識那些擔負著不知是什麼、但顯然十分嚴肅的任務，忙著滿地東奔西跑的小昆蟲。它們有時運送著幾片草梗，或者羽毛、食物碎屑，有時爬到草葉尖端，彷彿把那當成可以俯看整片園地的樹梢似的。一隻用它那像小精靈的手般長著長長指甲的爪子，翻起自己洞穴地道末端的泥土，最後終於鑽出地面的小鼴鼠吸引了他一整個早上的注意。螞蟻的習性，蜜蜂的習性，小鳥、青蛙、植物、金龜子生活和成長的習性，提供他一個全新的探索領域。這一點一滴的知識他全都可以向廸肯請教。除此之外，那男孩還額外傳授給他一些諸如狐狸、水獺、雪貂、松鼠、鱒魚、河鼠，以及獾……等等的生活形態和習慣，於是他便有了無窮無盡的題材可以與人討論並思考。

而這才只不過是整個奇蹟、魔法的一小部分呢！曾經一度雙腳踏地站立起來的事實，常常縈繞在柯林的腦海之中，想了又想。而當瑪麗對他透露出，在那節骨眼兒上，她始終在一旁暗暗唸著：「你辦得到！你辦得到！」的咒語時，他更是激動萬分，對的確有魔法這回事深表同意，而且以後也不斷地提起。

「這世上當然有許多神奇的魔法，」有一天，他很有智慧地說道：「只不過人們不曉得它究竟是什麼樣子，也不知道該如何施展。也許其實就只是需要從經常把期望發生的好事掛在嘴上，直到有一天它當真實現了開始。我正準備試著做做實驗呢！」

隔天早上，他們一到祕密花園，他馬上派瑪麗去傳話，要班．韋勒斯泰過來。老班盡速趕到，發現小土霸王正站在一棵樹下，看起來非常神氣活現，但同時也笑容可掬。

「早安，班．韋勒斯泰。」他打了個招呼，「我要你和廸肯、瑪麗小姐排成一排站好，聽我說話，因為我有很要緊的事告訴你們。」

「噢——噢——少爺！」老班舉手輕碰額頭，表示敬禮。（童年時代，他曾經逃家出海，所以會行水手的禮，使用像他們一樣的回話方式。這是他隱藏了好久好久的幾項符咒之一。）

「我準備做個科學實驗。」小土霸王說明：「等我長大以後，要做很偉大的科學研究，而我把現在進行這項實驗作為一個開始。」

「噢——噢——小少爺！」雖然這是老班第一次聽到什麼「偉大的科學研究」這個名詞，卻仍然毫不猶豫地馬上滿口答應了。

這也是瑪麗首次聽到這個名詞。但即使如此，她也已經開始漸漸了解到，柯林的脾氣古怪歸古怪，卻早就從書上讀到過許多很不尋常的知識，而且本身又很具說服力。每當他揚起頭來，用那兩隻奇異的眼睛盯著你時，雖然人只不過才十歲多，快要進入十一歲，卻似乎仍會令人幾乎不由自主地相信他。而此時此刻，因為他突如其來地感受到學大人一樣講話的魅力，所以講起話來也就更具有說服力了。

「我準備從事的偉大的科學研究是有關魔法的。」他說：「魔法是一種偉大的東西。但除了在古書中的少數幾個人能了解它，已經幾乎找不到半個人懂得一點皮毛了。瑪麗懂一點兒；因為她生在有不少魔術師、幻術師的印度。此外我相信廸肯也懂一些魔術，只不過也許他不曉得自己懂罷了。他能迷惑動物和人們。倘若他不是個能迷住動物的人，那我就根本不會允許他來見我了。我深信任何事、任何物都有魔法，只不過我們沒有足夠的辨識或感受力去好好掌握它，運用它來為我們完成事情——就像利用電、馬或水蒸汽那樣。」

這話說得太像那麼一回事了，老班不禁越聽越激動，再也不能保持安靜了，急忙立正站好，必躬必敬地附和：「噢——噢——少爺！」

「在瑪麗剛發現這座花園時，它看起來就像已經完全枯死了。」演講者繼續他的長篇大論，「這時開始有某種力量推動植物鑽出土壤表面，令一切無中生有。前一天，某些東西還不存在，第二天就冒出來了。我以前從來沒注意觀察過什麼東西，而這現象令我感到十分好奇。從事科學研究的人一向總是好奇的，而我以後要當科學家。我成天自己問自己：『這是什麼？那是什麼？』這是非常重要的訊息，絕不可能毫無意義。我不曉得它正式的名稱，因此我稱它『魔法』。我從來不曾看過旭日東升，但廸肯和瑪麗看過。從他們對我形容過的樣子，我深信那也是魔法。是有一種力量推它向上，牽引著它。自從我來到花園之後，有時我穿過樹葉縫隙仰望天空，便會有一股莫名其妙的快樂感受，彷彿有什麼東西在推揉、擠壓我的胸膛，好讓我的呼吸加速。魔法總是無時無刻不在推、拉、壓、擠，好讓萬物從『無』中生『有』。不管是樹葉、樹木、花朵、小鳥、狼獾、狐狸、松鼠，或是人，一切都是魔法創造出來的。因此它一定是圍繞在我們四周，無所不在。我要做個實驗，設法取得一些魔法，用在自己身上，讓它推動、牽引我，使我變得強壯。我不知道該如何著手，但也許只要大家不斷想著它，呼喚著它，它就會來到。也許那就是可以取得它的方法當中最稚嫩的一種。在我第一次試圖站立起來時，瑪麗一直不斷急促地喃喃自語：「你辦得到！你辦得到！」於是，我真的辦到了。當然，在那同時，我自己也在努力嘗試。但她的魔法確實幫了我──還有廸肯的。每天早晨，每個黃昏，以及每個白天，只要記得，我一定要經常把：『魔法在我體內！魔法令我康復！我會長得像廸肯一樣壯，像廸肯一樣壯！』掛在嘴上。你們三個人也必須這麼做。這是我的實驗。你願意幫我嗎，班・韋勒斯泰？」

「噢──噢──少爺！」老班滿口答應：「噢──噢，當然──」

「假使你們每天都像受訓的新兵那樣，固定經常做這件事，我們就可以看看結果會發生什麼現象，實驗有沒有成功。當你學習一件事、一樣知識時，一定是嘴裡反覆唸著它的內容，時常在腦海中思考，直到它永遠常駐你心。我認為魔法的事也一樣。只要你持續不斷呼喚它到你眼前幫你，它就會和你融為一體，永遠成為你的一部分，同時協助你做任何事。」

「我以前在印度時，曾聽一位軍官告訴我母親，當地有很多魔法師會把一段話掛在嘴上一，遍又一遍反覆吟誦，直到唸了千遍萬遍。」瑪麗說。

「俺也聽過傑姆・費達沃滋的老婆常把同樣的一段話掛在嘴邊唸上千遍萬遍──大叫『傑姆

是酒鬼。』」班．韋勒斯泰說：「果然，報應到了。他乾脆狠狠地揍了她一頓，然後跑到藍獅酒吧去痛痛快快地大喝一場，喝到爛醉如泥。」

柯林鎖著眉頭想了幾分鐘，然後綻露笑容，說道：「唔！她的咒語果真產生了效用。她施展了錯誤的魔法，所以到最後他才會揍她。假使她當初用的是正面的魔法，那他就會好言好語地誇她幾句，根本不會跑去喝得爛醉如泥；說不定——說不定還可能買頂新帽子送給她呢！」

老班小小的老眼中流露出讚賞的味道，笑呵呵地對他說：「少爺，儂不但是雙腳筆直而已，腦筋也挺聰明的。下回俺見到貝絲．費達沃滋時就要稍微暗示一下魔法可能帶給她的好處。要是儂的科啥試驗真行得通，她包準會樂翻天啦——傑姆也一樣。」

廸肯一直站在旁邊聆聽他們的長篇大論，兩隻圓滾滾的眼睛閃動著奇妙的喜悅神采。果殼、果核分別站在他的兩側肩膀上；他的懷中抱著一隻白兔，不斷地輕輕撫摸，白兔則伏著兩隻長耳朵，盡情享受被人疼愛的感覺。

「你想這實驗行得通嗎？」柯林問他，很想知道他心裡在想些什麼。每次他一見到廸肯露出滿臉快活的爽朗笑容看著自己，或注視他其中的某隻「小動物」，總經常忍不住很想知道他的腦海裡究竟有些什麼念頭。

此刻他便面帶微笑，而且笑得比以往都更加燦爛。

「唔！」他回答：「我認為可以。它會像陽光照在種子上面一樣發揮很大的作用。這當然一定行得通。要不要咱們從現在就開始呀？」

柯林一聽，開心極啦！瑪麗也一樣。

柯林根據從書上看來的那些對魔法師的印象，以及插圖的內容，猜想他們應該先全部盤腿坐在那棵枝葉已經相互結成一頂寶蓋的大樹底下。

「這感覺就像坐在寺廟裡一樣。」柯林說：「我很疲倦了，我要坐下。」

「唉！」廸肯說：「儂不該先從說儂疲倦開始。儂說不定會破壞魔法。」

柯林扭頭盯著他——盯著他那雙天真無邪的圓滾大眼睛，緩緩說道：「你說得對！我必須只專注地想到魔法。」

當他們四個人圍成一圈，盤腿而坐時，氣氛顯得異常莊嚴隆重又神祕。老班覺得自己好像被拉進來出席什麼祈禱會似的。平常他每次參加他自己所謂的什麼「天使的祈禱會」，總覺得彆扭極了，但這次是為了小霸王的事，他不但不覺得討厭，反而覺得能有幸被召來助一臂之力是件值得感激的事呢！瑪麗小姐內心欣喜若狂。廸肯懷中抱著兔子，或許還唸了什麼別人聽不到的咒語，因此當他像其餘的人盤腿坐下以後，烏鴉、狐狸、松鼠、小羊也都緩緩圍攏上來，彷彿出於自己的意願一般，插進四人之間的空位，和他們一起圍成一個大圓圈。

「小動物們來了！」柯林莊嚴肅穆地說：「它們想幫助我們。」

瑪麗覺得，柯林的神采看起來真是漂亮極啦。他彷彿自覺是一名祭司般高高地昂起頭，奇異的眼眸中射出兩道令人讚歎的光芒。陽光穿透綠葉寶蓋，照在他的臉上。他宣佈：「現在我們要開始了。瑪麗，我們需不需要像回教的苦行僧一樣，前後擺動身體？」

「俺的身體已經沒法兒前後擺動啦，」老班說：「俺患有風濕痛。」

「魔法會把它們趕跑。」柯林一副大宗師的口吻，「不過，我們可以先等到它們跑了以後再來擺動，現在我們只先吟誦。」

「俺沒有辦法吟誦任何東西。」老班有點兒尷尬地說：「俺只試過那麼一次，他們就把俺趕出教會的唱詩班了。」

沒有人笑他。他們全都太認真、太虔誠了。

柯林臉上甚至沒有露出一絲不悅。他滿腦子想的都只是魔法而已！

「那就由我來吟誦。」他說著，便開始像脫了胎、換了一個人似的吟誦起來：「陽光照耀——陽光照耀。那是魔法。花兒生長——根莖茁壯。那是魔法。生存就是魔法——強壯就是魔法。魔法在我心中——魔法在我身上。它在我心中——它在我身上。它在我們每一個人身上。它在老班．韋勒斯泰的背脊骨上。魔法——魔法——快來幫助我們吧！」

他反覆吟誦好多遍——雖然沒有上千，但已經非常非常多遍。瑪麗聽得恍惚入迷，從一開始就覺得它的旋律好美又好奇特，真希望他一直吟誦下去。老班開始覺得身心舒服透了，彷彿進入一個十分宜人的夢境。花叢間傳來的蜜蜂嗡嗡的歌唱伴著吟誦聲，渾然一體，朦朦朧朧地醞釀出一種催眠的效果。廸肯懷中抱著酣然熟睡的白兔，一隻手放在小羊背上，盤腿而坐。煤灰已經擠走他肩上的一隻松鼠，合上他的灰色眼瞼，緊偎著他的頭而站立。

終於，柯林停止了他的吟誦，宣佈：「現在，我要繞著花園走一圈。」

原本一顆腦袋直往下垂的老班，急急地猛抬起頭來。

「你睡著了！」柯林說。

「有那麼回事！」老班含含糊糊地應道：「儂的布道精采極啦——不過，俺得趕早點兒回去集合。」看起來他還沒有完全清醒。

「你不是在做禮拜。」柯林說。

「俺不是。」老班抬頭挺胸，「誰說俺是啦！俺每一個字都聽得清清楚楚。你說魔法在我的背脊骨上。醫生說那是風濕。」

小霸王一揮手。

「那是負面的魔法！你一定會好起來的！現在你可以回去做你的工作了。不過，記住啊！明天還得再回來。」

「俺真想看著儂在花園走一圈。」老班嘀嘀咕咕地說。

那嘀咕倒沒有什麼不友善之意，但畢竟是嘀咕。

事實上，這頑固的老頭兒對「魔法」不「魔法」的，只是半信半疑，因此老早打算要是被人遣走的話，就乾脆爬到短梯上越過牆頭看著。如此一來，要是他的小主人絆著、摔倒的話，好歹他也可以趕快跑回來扶他一把。

小霸王並不反對他留下，因此遊行行列很快就排好了。柯林本身走在前頭，兩旁分別是廸肯和瑪麗，老班排在後面，小動物們則一路尾隨著他們。小羊、幼狐緊緊黏著廸肯，白兔大步跳躍前進，偶爾還會停下來啃點兒青草；煤灰則儼然端起人的架子，跟在最後押陣，自覺有點責任必須照料他們。

這列行伍雖然移動速度緩慢，卻很威嚴，每走幾步便會停下來歇息一會。柯林靠著廸肯的手臂，但緊隨在後的老班也會暗地裡特別提高警覺，小心翼翼地盯著。不過，柯林本身卻偶爾會鬆開廸肯的臂膀，單獨行走個幾步。他的頭始終抬得半天高，看起來非常的自滿。

「魔法就在我身上！」他一路不斷地吟誦：「魔法讓我強壯！我可以感受得出！我可以感受得到！」

看起來的確似乎是有股什麼力量支持著他，替他打氣。他曾經坐在涼亭的椅子上，也曾在草地裡坐下過一、兩回，更有好幾次就在小徑上暫停前進，靠著廸肯的肩膀休息；但在沒繞完整座花園以前，他就是怎麼也不放棄。等他回到那棵寶蓋樹下時，雙頰早已通紅，臉上流露出揚揚得意之色。

「我辦到了！魔法發揮了作用！」他高聲歡呼：「這是我的第一項科學發現。」

「到時候柯瑞文醫生會怎麼說？」瑪麗衝口而出。

「他什麼也不會說！」柯林說：「因為誰也不會告訴他。這將是我們最大的祕密。在我還沒強壯到可以像一般男孩那樣行走、奔跑以前，我們一個人都別向他們透露。我將每天坐著輪椅到這邊來，每天坐著它被推回去。我不要別人在背後交頭接耳或問一大堆問題，也不要在實驗完全成功以前讓我父親得到一點兒訊息。這樣等他有一天回到大鶇莊時，我就可以筆直地走進他的書房，對他說：『我來了！我和其他男孩一樣；我全身上下半點兒毛病都沒有！我將會活到長大成人！這全是透過一項科學實驗完成的。』」

「他一定會以為他在做夢。」瑪麗嚷著：「他一定不敢相信自己的眼睛。」

柯林滿臉飛紅，露出勝利的笑容。他已經成功地讓自己相信自己必定會健康起來。不過他並不知道，這可以算是已經打贏了半場以上的勝仗。而最最能夠鼓舞他鬥志的一個念頭莫過於想像他父親看到自己有個脊椎挺直、身體強壯不輸給其他父親的兒子時，他臉上的那副表情了。在過去那段憔悴病損的日子，痛恨當個連親生父親都害怕看到的病懨懨的駝背小孩，始終是他最暗淡的記憶之一。

「到時候他就不得不相信，在奇蹟發揮作用之後，而我還沒有開始從事科學發明以前，我要做的事情之一便是當個運動員。」

「再過一個星期左右，咱們就可以送儂去打拳擊了。」老班說：「儂將會打敗貝爾特，一路當到全英國拳王。」

柯林立刻嚴峻地盯著他，警告道：「韋勒斯泰，這太放肆啦！你可別因為進了祕密花園就沒半點兒顧忌。無論魔法的功效有多大，我都不會變成個拳王的。我要當的是科學發明家。」

「俺抱歉——真抱歉，少爺！」老班碰碰額頭行禮，「俺應該明白這不是件可以開玩笑的事兒。」可是他的眼中卻閃著光芒，心底偷偷高興得很哩！既然叱責意味著那男孩體力、精神都很好，那他就算多被叱責幾句也甘心。

第二十四章 「就讓他們笑吧！」

祕密花園並不是廸肯唯一耕作的一片園地。在大荒原上那座小屋的四周，有一小片被一堵粗糙石垣圍起來的土地。每天一大清早和日落黃昏天快全黑時，還有沒和柯林、瑪麗見面的日子裡，廸肯都忙著在這兒替他的母親種些馬鈴薯、甘藍菜、白蘿蔔、香草、藥草等等作物，並勤加整理、灌溉。在成群小動物的陪伴下，他做得好極了，而且似乎再怎麼工作也不厭倦。每當一面挖土、除草的時候，他便一面吹著口哨，或哼唱些約克夏大荒原上的歌曲，或者和煤灰、隊長，以及已經向他學習過，前來幫忙的弟弟妹妹們聊天。

「要不是有廸肯整理這片菜園子的話，」索爾比太太說：「咱們的日子絕不可能過得像現在這樣舒適。不管是啥東西都很樂意為他生長。他種的甘藍、蕪菁幾乎有人家的兩倍大，而且有別人家都沒有的甘甜。」

每次只要她一能挪出點空兒的時候，總愛走到外面，和他話話家常。晚餐之後，天色還有很長一段時間才會完全暗下來。趁這段自己一天裡最清閒的時光，她便會坐到矮石垣上，一面看著廸肯在園中工作，一面聽他敘述那一整個白天的點點滴滴。她喜愛這段時光。屋外的這片園子並非全都只種蔬菜，廸肯偶爾會帶個幾包小小包的花種子，在醋栗樹叢，甚至甘藍菜間播種些香花植物，或是用石竹、三色堇以及一些自己可以年年採摘種子、隔年再播，或者根柢可以長久存活，每逢春天便及時開出一簇簇美麗花朵的植物，將滿地的木犀草區隔成一畦畦。他們家的矮石垣是全約克夏最漂亮的東西之一，因為他已經在每一處裂縫中都連土塞進荒原上的指頂花，美麗的花朵幾乎把整道石牆遮蓋得都看不到幾顆石子了。

「媽媽，」他總是這樣說：「其實一個人要想讓他的作物長得快，唯一要做的就是真心和它們做朋友罷了。它們就像那些小動物，渴了就給它們水喝，餓了就給它們一點兒食物。它們和咱們一樣，希望能活得好好的。要是它們死掉的話，我準會覺得一定是我太壞，對待它們太冷淡，否則不會那樣子。」

也就是在這一段日落黃昏的時光裡，索爾比聽到所有發生在大鶇莊內的事情。起初她聽到的只是「柯林少爺」愛極了和瑪麗小姐往屋外跑，接觸真實的陽光和土地，而這對他大有益處。可是，過不多久，兩個孩子之間便已達成共識，認為廸肯的母親也可以「得知祕密」，因為他們根本用不著擔心她會洩密。

於是，就在一個美麗寧靜的黃昏裡，廸肯一五一十地對她說出整個故事。從埋在地下的鑰匙，到紅襟知更鳥，以及整片灰樸樸、看起來已毫無生機的園地，還有瑪麗小姐原本打算永遠不洩露這個祕密的事，都沒有一樁遺漏。緊接著是廸肯的到來，瑪麗如何對他說出祕密，柯林少爺的懷疑，並在最後如何戲劇化地把他帶進那塊不為人知的領域，加上班・韋勒斯泰那張憤怒的臉意外出現在圍牆上方窺望他們，柯林少爺突如其來的憤怒激發出來的力量等等插曲，一段段曲折的情節，叫索爾比太太那姣好的面孔都為之改變了好幾次神情。

「噢，老天！」她輕呼：「那小姑娘來到大鶇莊真是一件好事。這是她的成就，也是對他的拯救。啊！站起來啦！想想，咱們竟全都以為他是個癡癡呆呆的可憐的男孩，全身沒有一塊骨頭是直的哩！」

她針對他說的內容問了一大堆問題，兩隻藍眼珠中充滿了沈思之意。

「莊園裡的人對這件事有啥反應——如今他既然已經變得那麼健康、快樂，也不再挑人毛病了？」她詢問道。

「他們根本不知道該做什麼反應。」廸肯回答，「每天每天他的臉越變越圓，神情不再那麼凌厲，臉色也紅潤多了。可是，他還是照舊挑剔、抱怨。」說著說著，他笑嘻嘻地露出一副覺得好玩極了的表情。

「老天！這是為啥？」

妯肯咯咯笑道：「他是為了不想讓大家臆測紛紛，才故意這麼做的。假使醫生知道他已經發現自己可以站起來，恐怕會寫信去通知柯瑞文先生。柯林少爺希望老爺能直接由他那兒得知這個祕密，所以每天都在努力鍛鍊自己那兩條腿的魔法，期望等到他父親回來的那一天，直接大步走進他的房裡，讓他瞧瞧自己能站得和別的男孩一樣直。因此，他和瑪麗小姐都認為，最好能偶爾無病呻吟一下、鬧鬧脾氣，這樣別人才不會起疑心。」

他的話還說不到一半，媽媽早就低聲直笑個沒完了。

「噢！」她說：「我敢說那對小男生、小女生鐵定玩得不亦樂乎。他們倆會為了保守這個祕密而演出一大堆戲。對兒童來說，再也沒有啥事能比演戲更有意思的嘍！來，告訴我，他們都怎麼做，孩子。」

妯肯擱下除草的工作，眼中閃著詼諧的光芒，對她一一詳述——

「柯林少爺每次出來都先讓僕役抱下樓，到了屋外，坐上輪椅再離開。只要人家稍微有個閃失，就會被他罵了個狗血淋頭。他每天裝得一副無依無助、沒人幫忙就動彈不得的樣子，把頭垂得低低的，非到我們已經脫離大家的視線絕不抬起來，而且每次人家要把他放到輪椅上時就一定咕咕噥噥，表現得好像非常焦躁的樣子，和瑪麗小姐一搭一唱，玩得不亦樂乎。每次只要他一呻吟、抱怨，她就會在一旁說：『噢，可憐的柯林！這真的把你弄得很痛嗎？你是不是真的這麼虛弱啊，可憐的柯林？』——麻煩的是，有時候他們會差點兒忍不住爆笑出來，以致我們才剛一進入沒人看得見的花園裡，他們倆就放開聲一直笑、一直笑，笑到連氣都喘不過來，而且還必須把臉擠進柯林少爺的坐墊裡，免得萬一附近有園丁在的話，聲音太大，會被他們聽見了。」

「他們笑得越多，對自己就越好。」索爾比太太本身也一直在笑。不管什麼時候，什麼日子，對孩子來說，開開心心地大笑，永遠比藥丸更有益於健康。那兩個孩子包準能夠長得圓圓潤潤的啦！

「他們現在就正逐漸胖起來呢！」廸肯說：「他們每天餓得肚子咕嚕咕嚕叫，可是又不曉得要怎樣弄到足夠的東西吃才不會惹人閒話。柯林少爺要是老叫人家多送點兒食物來，人家就根本不會相信他是個病人了。瑪麗小姐說，她可以把她的份兒分些給他。可是他說，她要是老挨餓的話，就一定會瘦下去；而他們倆必須一塊兒胖起來才行。」

索爾比太太聽說那兩個孩子竟碰到這樣好笑的難題，更是忍不住笑得前仰後合。一旁的廸肯也陪著他一塊兒大笑。

「聽我說，孩子！」好不容易控制住了笑聲，索爾比太太開口說：「我想到一個法子可以幫助他們。以後儂早上過去找他們時，就帶一桶新鮮牛奶，另外我再幫他們烤一條鄉村麵包或者加點兒葡萄乾在裡面。這是一般小孩子都愛吃的。新鮮牛奶和麵包是最好、最有營養的東西。這樣他們在花園裡的時候，就可以先填點兒肚子，等進了屋子再吃府裡準備的精美食物，就保證能夠吃得很飽啦！」

「噢——媽媽！」廸肯敬佩地說：「儂真是位好了不起的媽媽！儂每次遇到事情，都一定能想出辦法。昨天他們兩個都快煩惱死啦！他們怎麼也想不出該怎麼樣才能多要到一點食物——他們覺得肚子裡頭老在大唱空城計。」

「他們兩個現在正是長得飛快的時期，何況又正好遇到身體正逐漸恢復健康。像這樣的孩子，食物就等於是他們的肉和血，跟兩匹小狼沒啥不同。」媽媽銜著正面帶笑容的兒子微微一笑，「唔！不過，他們顯然是完全樂在其中。」

這位令人愉快又了不起的母親說得一點也沒錯，尤其是她所說的「演戲」將是他們一大樂趣這件事更是對極了。

柯林、瑪麗發現那是他們每天最刺激的娛樂管道之一，而當初之所以想到用「假裝」來逃避人家的懷疑，完全是受到柯瑞文醫生和那位大惑不解的看護無意中說出的話所影響。

「柯林少爺，你最近胃口好了很多哩——」有一天，那看護對他提起，「以前你常常一口東西都不吃，而且非常挑嘴，很多東西都不合你的意。」

「現在我無論什麼都吃了。」柯林剛答完，就瞥見看護帶著一臉好奇地打量著他，猛然想起，也許自己暫時還不該表現出太健康的樣子才好，急忙補充道：「至少不是那麼經常覺得很多食物不合口味。全是拜新鮮空氣之賜。」

「或許是吧！」看護臉上仍然流露出一副猜他不透的表情。「不過，我必須和柯瑞文醫生討論討論這個問題。」

「瞧她盯著你細細端詳的那副樣子！」等她一走，瑪麗立刻說：「就好像她覺得一定有什麼蹊蹺需要查明似的。」

「我絕對不會讓她查清任何事情。」柯林說：「目前這個階段，我們還絕不能讓任何人知道真相。」

那天早上，柯瑞文醫生來的時候，似乎也顯得相當疑惑不解。他問了一大串問題，簡直快把他給問得不勝其煩。

「你常到外面的花園逗留許久，」他問道：「究竟都上哪兒去了？」

柯林擺出一副他最愛擺的懶得理會的傲慢神情，說：「我不會讓任何人知道我去了哪兒。我去一個我喜歡的地方，同時下令不准任何人干涉或靠近，也不許任何人望著或盯著我看。這些你是知道的！」

「你似乎整個白天都逗留在戶外？不過，我想這對你並沒有形成任何害處──我想，確實沒有。看護說你的食量比以前大了好多。」

「也許，」柯林腦海中突然靈光一閃：「也許那是一種不正常的胃口吧！」

「我不這麼認為，你的食物似乎很合你的胃口；」醫生表示：「你正迅速地長出肉來，臉色也比以前好多了。」

「也許——也許我是在浮腫、發高燒吧！」柯林假裝一副垂頭喪氣、悶悶不樂的樣子。「那些快要死掉的人經常都會——變得不太一樣。」

柯瑞文醫生握握他的手腕，捲起他的袖子，摸摸他的手臂，一面搖搖頭，若有所思地說：「你沒發燒，而且像你現在這樣長出來的肉也是健康的。孩子，你大可以這樣繼續保持下去，用不著談什麼死不死的。如果你父親得知你這項明顯的進步，一定非常非常高興。」

「我不要他知道！」柯林反應激烈，「要是萬一我情況又惡化了，那只會讓他更加失望罷了——說不定我今晚就又惡化了；我說不定又會發起來勢洶洶的高燒。我現在覺得好像就快開始啦！我不要人家寫信告訴我父親——我不要——我不要！你在惹我生氣；你知道那對我很不好。我已經開始覺得全身發燙了。我討厭被人家寫在紙上討論，就像我討厭被人家盯著看一樣——討厭死啦！」

「噓——噓——好孩子！」柯瑞文醫生安撫他：「沒有經過你的允許，誰也不會在信上提到你的一字一句。你對這類事情太敏感了。還有，你可千萬別氣壞了身體，把你身上現在可以看到的成果都給氣跑嘍！」

他從此絕口不再提要寫信給柯瑞文先生的事，並在會見看護時，私下提醒她，千萬別在這病患面前犯了這項禁忌。

「那男孩的身體情況進步神速，」他說：「甚至快得幾乎有點不正常。但，當然啦，他現在做的都是以前我們怎麼勸都勸不了他去做的，只不過現在卻自動自發罷了。然而他的情緒還是非常容易激動。切記切記，絕對不要說任何話觸怒了他。」

看護說的話、醫生的提議，讓瑪麗、柯林兩人提高了警覺，憂心忡忡地湊在一起商量對策。於是，就從那一刻起，他們兩人擬訂了「演戲」計畫。

「我必須被迫大鬧一場脾氣。」柯林遺憾地說：「雖然我很不想，也沒有那麼難過的心情足以讓我發太大的脾氣。說不定根本連小小的脾氣都發不起來。現在我既沒有如鯁在喉、想要大哭大叫的感覺，而且又老想到一些美好的事，可怕的陰影再也不來找我了。可是，既然他們都討論到要寫信告訴我父親了，我就非採取一點兒行動不可。」

他決心從此刻起要吃少一點兒。可惜，很不幸的是，這絕妙的主意卻很不容易辦到。每天早上他一醒來總是胃口奇佳，而包含家庭自製的麵包和鮮牛奶、荷包蛋、覆盆子果醬和乳酪塊在內的一頓豐盛的早餐又都已擺好在沙發前的桌子上。瑪麗天天過來陪他吃早餐。兩人一旦坐到餐桌旁——尤其是如果桌上還有幾片薄薄的美味火腿片兒蓋在熱烘烘的銀烤盤蓋下滋滋作響，溢出香噴噴的味道——就只有彼此無可奈何地互相對看了。

「我想我們今天早上就把它全吃了吧，瑪麗！」最後，柯林總是下這樣的結論，「午餐我們再少吃一點兒；晚餐乾脆退回去一大半。」

可是，結果他們每餐都吃得盤底朝天，甚至連口湯汁都沒得送回去。

「我真希望，」柯林甚至還這樣感嘆：「我真希望那些薄薄的火腿片兒能切厚一點！再說，每人一個鬆餅，不管給誰吃也都嫌不夠。」

「對一個快死掉的人足足有餘！」第一次聽他說這番話時，瑪麗回答：「可是，對正要活下去的人來說，分量就太少了。有時候我一聞到荒原上吹來的石楠和金雀花那種清新的芳香，從這扇敞開的窗戶大量撲進來，就覺得能夠吃下三倍的分量。」

那天早上，在三個人已經痛痛快快地在園子裡玩了將近兩個小時之後，廸肯突然跑到玫瑰樹叢後面，提了兩個小桶子出來，一個裝著滿滿的新鮮牛奶，上頭還浮著些乳酪，另一個則是幾塊用一條乾淨的藍白色餐巾包好的葡萄乾麵包。由於經過仔細包裹，麵包還是熱熱的。看啊！瑪麗和柯林是多麼驚喜呵！而索爾比太太又是多麼設想周到！這婦人實在太慈祥、太聰明啦！那些麵包是那麼溫暖可口！還有一桶新鮮香濃的牛奶哩！

「她的魔法和廸肯的一樣棒，」柯林說：「才會讓她想到那麼多的好方法來做事——非常非常美好的事。她是個神奇的人！轉告她，說我們都很感激，廸肯——感激涕零！」

他有時候嘴裡會冒出一些只有大人才會使用的詞句，而且喜歡得不得了，因此有時候還會刻意強調：「告訴她，說她對我們實在太慷慨了，我們感激得無法用言語表達！」

說著，他一下子把自己那尊貴的風範拋到九霄雲外，完全像每個剛做過大量運動、呼吸過荒原的空氣，早餐又是早在兩個多小時前吃的飢餓小男孩一樣，狼吞虎嚥地抓起麵包就往嘴裡塞，大口大口喝著牛奶。

這不過是許許多多同樣體貼、可愛的意外之喜的一個開端。往後他們逐漸想到，索爾比太太一家有十四口要吃飯，再像這樣天天得多填飽兩個小孩的胃，對她來說，恐怕是極為沈重的負擔。於是，他們主動要求出一點兒自己的零用錢，作為買材料的費用。

廸肯在瑪麗第一次發現他正吹奏笛子給野生動物聽時的那片林子找到一個可以供人用石子堆個小火爐烤馬鈴薯、雞蛋的小洞穴。那片林子就在花園外的遊苑裡。說起來，那可真是令人振奮的一大發現哩！烤雞蛋是他們嘗都不曾嘗過的珍餚美味，而在熱得非常燙手的馬鈴薯上面灑上一層鹽巴，夾些鮮奶油，除了可口，又很能填飽肚子之外，更簡直就可以進供給森林之王了。他們可以買來一大堆雞蛋和馬鈴薯，愛吃多少就只管吃多少，一點也不會覺得像是在硬生生從十四口人的嘴裡把食物搶走了。

在每個亮麗的早晨，他們都會圍個圓圈坐在那提供一頂遮陽寶蓋的李子樹下，進行神祕的魔法實驗。短暫的花期結束後，李子樹梢就只剩下滿頭濃濃密密的綠。每次儀式結束，柯林必定會做他的散步運動；整個白天，也都盡可能活用他一點一滴新增添出來的力量。他的身體一天比一天強壯，走起路來一天比一天穩，走動的範圍也同樣一天比一天大。在這同時，他對魔法的信仰也一天比一天更強烈——老實說，這當然也是可想而知的嘍！每次只要他覺得多增添了一點體力，就會多進行一點試驗。最後廸肯更對他示範了一套最棒的方法。

在有一次缺席不到的日子隔天，他對柯林說：「昨天我進大鶇村去幫媽媽辦點兒事，在藍牛客棧附近遇見全荒原區最強壯的小伙子鮑勃．哈爾士。他是角力冠軍，而且可以跳得比誰都高，把對手摔得比誰都遠，還曾千里迢迢跑到蘇格蘭去參加好幾次比賽。在我還很小很小、是個小娃兒的時候，他就認識我了，做人又很友善，所以我便向他請教了幾個問題。人家都稱他是位運動家，於是我想到了儂，柯林少爺。我問他：『鮑勃，儂是怎麼把肌肉練得像那樣鼓鼓的？儂是不是有另外做啥特別的運動，把自個兒練得這樣強壯？』他說：『唔！沒錯兒，孩子！我的確有。有一次，一名來到大鶇村做表演的男子曾經示範給我看，怎樣訓練我的手臂、大腿，還有身上的每一寸肌肉。』那時我就問道：『如果是一個長得瘦瘦弱弱的小男生，也可以用那些方法把自個兒練得壯碩一點嗎，飽勃？』他笑哈哈地說：『儂就是那瘦瘦弱弱的小傢伙嗎？』我說：『不！但我認識一位患了好久的病，現在正漸漸康復起來的小少爺，我希望能學到一些招數教教他。』我沒說出儂的名字，他也沒問。他做人就像我剛說的那樣和善，馬上就好心地站起來示範給我看。我就在一旁模仿，直到他說，我真是打從心眼兒裡記熟了。」

柯林一直興奮地靜靜聽他從頭說到尾，這時不禁驚喜地嚷道：「你能教給我嗎？好不好？」

「好！當然好！」廸肯說著，隨即站起身來：「但他交代說，儂剛開始動作時，得放溫和一點兒！還有，小心別練得太累！每次做完，都要休息過後才能再做，並且記得深呼吸，同時也不能練習過度。」

「我一定小心！」柯林催促：「教我！教我！廸肯，你是全世界最神奇的男孩了！」

於是，廸肯站起身來，在草地上緩緩地演練了一遍一整套動作簡單的肌肉運動。柯林瞪著骨碌碌的大眼睛仔細看著，並依樣畫葫蘆地比劃一些坐著就可以練習的動作，不一會兒更立起他那一雙已經可以站得穩穩的雙腳，和緩地跟著廸肯操練。瑪麗也跟著學習。唯有站在枝頭上的煤灰因為只能靜做壁上觀，卻不能加入他們的陣容一塊兒表演，煩得索性飛下地面，心浮氣躁地繞著他們的腳跟旁，一蹦一跳地亂轉。

從那時候起，練習體操便和魔法一樣，成為他們每天必做的功課之一。除了越練體力越好，可以練得更久，食量更是大增。結果便是尬肯每天早上提來放在樹叢後的小桶子，裡面的食物總是七早八早就被搶吃光了。幸好他們還有那個洞穴裡的小石爐，而索爾比太太每次也都把材料準備得非常豐富，所以，沒多久，看護、柯瑞文醫生和梅德洛太太就又被屋裡這兩個小孩表現出來的樣子給弄得滿頭霧水了。因為既然你每天都有一整桶新鮮香濃的牛奶，加上燕麵蛋糕、麵包、石楠花蜜和乳酪可以享用，又可以隨時自己烘烤些雞蛋、馬鈴薯充飢，當然早餐就算只吃、一兩口也不要緊，午餐、晚餐一副愛吃不吃的樣子也都無所謂了。

「他們每天幾乎吃不到兩口東西。」看護說：「再這樣下去，什麼營養都不吸收，準會餓死。可是，您看看他們的氣色和身材！」

「看！」梅德洛太太憤憤地大叫：「唉！我都快被他們整得頭痛死嘍！這兩個孩子真是一對小撒旦！前一天還把盤底吃得空空，隔一天就對廚子不知費盡多少心血，特地烹調出來的最合小孩口味的佳餚不屑一顧。昨天那一道精美可口的嫩雞肉配麵包醬，他們竟然還嘗不到一大口呢——那可憐的婦人絞盡腦汁幫他們倆做了一道創意布丁，結果——退回來啦！她簡直都快哭嘍！整天直擔心，萬一那兩個孩子哪天真給餓死了，她會被怪罪不小哩！」

柯瑞文醫生過來仔仔細細端詳了柯林半天。在聽到看護報告男孩近日的狀況，端來她早上特地保留下來，幾乎連碰都沒碰過的早餐時，露出一臉擔心的表情——可是，等他坐到沙發旁為柯林做檢查時，那才真教煩惱呢！這一陣子他因事到倫敦出公差，將近有兩個星期沒有看到他的小病人了。一般來說，當小孩身體開始健康起來時，通常都是進步神速。柯林臉上已經不再死氣沈沈，白得像蠟一樣，反而有些紅潤的光澤；一雙漂亮的眼睛顯得更為清亮，眼皮下、兩頰邊、太陽穴附近瘦得凹下去的部位也都長出肉來了。他的雙唇比以前更豐厚，也更有血色，曾經暗淡無光的捲髮看起來就像從頭皮上彈出來似的，變得又柔軟、又有活潑的生氣。事實上，就模仿一個確實帶病的小孩來說，他的扮相真不好。柯瑞文醫生捧著他的下巴左瞧右瞧，一面深入思考。

「我很遺憾聽到說你什麼都不吃！」他說：「那可不行！到時你會失去所有已經獲得的元氣——你前陣子胃口增加得非常快呀！就在前些日子，你的食量還很不錯哩！」

「我告訴過你，那是一種不正常的食慾！」柯林回答。

坐在附近的瑪麗發出一聲奇怪的聲音，因為她本來都快爆笑出聲了，拼命壓抑的結果是險些兒岔了氣。

「妳怎麼啦？」柯瑞文醫生扭過頭盯著她。瑪麗趕緊裝出一臉嚴峻的表情。

「是有點兒想打噴嚏，又有點兒想咳嗽，」她帶著一副高高在上的責備口氣：「結果哽在喉嚨裡了。」

「可是，」事後，她告訴柯林說：「我忍不住啊！因為你沒多久前才吃掉一個大馬鈴薯，還有你狼吞虎嚥地把那些塗著果醬、又夾了乳酪的厚麵包塞進嘴裡時嘴巴鼓鼓的樣子，突然全都一下子湧進我的腦海裡。」

「那些孩子有可能背著人家弄到食物嗎？」柯瑞文醫生私下詢問梅德洛太太。

「除非他們從土裡掘，或者嚼樹葉，爬到樹上採果子，否則絕不可能。」梅德洛太太回答：「他們成天逗留在屋外，除了彼此之外又沒見著任何人。況且要是他們想吃什麼和送上去的不一樣食物，也只需要吩咐一聲就可以了呀！」

「唔！」柯瑞文醫生表示：「那麼既然不管是啥食物都不合他們的口味，我們也就沒有必要太庸人自擾啦！這男孩整個人都已經像脫胎換骨了似的。」

「那女孩也是。」梅德洛太太說：「自從身上多長出些肉來了以後，她就開始出落得像個小美人似的，臉上那種尖酸嚴厲的醜表情也不見了。過去她是全天底下最陰鬱、脾氣又很壞的小女孩，現在倒是成天和柯林少爺兩個笑得東倒西歪，像對小瘋子似的。也許他們倆就是這樣笑胖的吧！」

「也許是。」柯瑞文醫生說：「就讓他們笑吧！」

第二十五章　簾幕

祕密花園中的花海陣容越開越龐大，隨著每天清早的到來，園內披露的新奇蹟也越來越多。

紅襟知更鳥的窩中已經出現好幾枚鳥蛋，它的太太更日夜坐在上頭，用它那羽毛豐厚的小胸膛和一對小心翼翼的翅膀謹慎地呵護著它們，替它們保暖。最初它整天顯得緊張兮兮，知更鳥也一副不惜和入侵者打上一架的樣子時時警戒著。在那幾天，就連廸肯也會刻意不去接近那個角落，一直等到他似乎不知將什麼神祕的咒語悄悄傳送到他們的心靈中，告訴他們，凡是存在於花園裡的生物都和他們很類似，所以也都非常明瞭目前發生在它們身上的美妙境遇，曉得那些鳥蛋在它們心目中是何等美麗，何等高貴莊嚴，令它們夫妻倆心頭生出無限溫柔關愛，整天戰戰兢兢，心醉神迷。假使園子裡有任何一個人不知道，只要有一顆鳥蛋被人拿走或遭到傷害，整個園中世界都會天旋地轉、徹底崩垮——假使有任何一個不曾感受到這層氣氛而做出了不該做的事，那麼就算是在一年四季裡最燦爛明媚的春季，園內所有的歡樂氣氛也都會一去不回了。但他們全都知道，也都感受得到，而知更鳥和它的太太也曉得他們全都知道。

最初那知更鳥對瑪麗和柯林可以說是防得分秒都不敢鬆懈。基於某種神祕的理由，它知道自己用不著去防備廸肯。打從它那滴溜溜的黑眼珠第一眼看見廸肯開始，它就知道，廸肯不是一個陌生人，而是一隻只差沒長尖嘴、羽毛的知更鳥。他會說知更語（那是一種非常非常明確，絕不會被誤認為其他族類的語言）。對知更鳥說知更語就像對法國人說法語一樣天經地義。廸肯本身每次遇到知更都用知更語和它交談，因此雖然他在與人類說話時是用一種嘰哩呱拉的怪腔怪調也都無關緊要。它認為，廸肯之所以用那種嘰哩呱拉的語調和人家交談，純粹是因為他們智慧太低，無法聽懂羽族的言語。他的舉止動作也都是知更鳥的方式，從來不曾因為一個太過突如其來、感覺似乎具有危險或威脅性的舉動，而把他們給嚇著了。

隨便哪隻知更鳥都能了解廸肯，因此他的存在根本不構成困擾。但話說回來，防衛另外那兩個孩子似乎就很有必要了。首先，那個男孩動物進花園時就不是靠自己的腿。他是坐在一種帶著輪子的東西被推進來的，身上還覆蓋著野獸的皮。這件事本身就已經非常可疑了。其次，當他開始站起來向別的地點移動時，用的又是一種奇奇怪怪，從來不曾看過人家使用的方式，而且還得要別人扶著。那隻知更鳥本身常常悄悄地隱身於某叢灌木籬中，憂心如焚地觀察他的舉動。他以為那慢吞吞的動作很可能像貓一樣，意味著那男孩正準備飛身撲起。每次貓兒預備突然飛撲捕捉什麼前，總會先貼著地面，以非常非常緩慢的動作，無聲無息地躡足前進。

知更鳥一連幾天都在和它太太討論此事，可是過後就決定再也不要去提這個話題了。因為知更鳥太太的反應是那樣恐懼，讓它十分擔心，那恐怕會對它們的蛋造成什麼損傷。

後來男孩開始自己一個人走，甚至移動的速度也愈來愈快了。這對它來說，可真是卸下了心底的一塊大石頭。然而，有很長的一段時間——至少知更鳥本身感覺那是很長的一段時間——這男孩始終是造成它焦慮不安的一大根源。他似乎很喜歡走路，但卻又經常走著走著便坐下來，或躺著休息一下，然後再重新站起來開始走動，時常把他搞得心中惶惶不安。總之，男孩的舉動十分異於常人。

終於有那麼一天，知更鳥想起當初自己跟在雙親身邊學飛時，也時常會做出一些類似的事。它總是每次只飛個短短幾碼距離，就不得不暫時停下來休息一會兒。於是，它偶然聯想到這男孩也是在學飛——或者該說是——學走路。

它把這項推測說給自己的太太聽，並告訴它，日後它們的小鳥在學飛時，說不定也會出現相同的行為。這使得母知更鳥不但完全安了心，甚至變得對他的事興致勃勃的，常常把頭探出鳥巢外緣，觀察男孩學習的情形，從中得到莫大的樂趣——儘管它總認為蛋禽比他機靈得多，學習速度也會比他快好多倍。但話說回來，人類本來就比蛋笨拙得多、遲鈍得多，而且其中絕大部分似乎從來不曾學過飛翔，不是嗎？總之，誰也不曾在空中或樹梢遇過他們啊！

經過一小陣子，那男孩移動的姿勢漸漸和別人差不多了，可是三個孩子卻都時常會做出一些不太尋常的事。他們經常站在樹下，用一種既非走、也非跳，更不是坐下的方式運動他們的頭、手或雙腿。每天每天都會隔一段時間便從頭到尾做一回。知更鳥卻怎麼也沒法對它太太說清楚他們究竟在做什麼，或者嘗試做些什麼。它只能說，它深信蛋們絕不會做出像那樣東搖西擺的動作。不過，由於那個能說非常流利的知更語的男孩也和他們一起做，所以鳥兒們可以百分之百確信，那絕不是具有危險性的動作。當然，不管知更鳥或是知更鳥太太，都從來沒聽過角力冠軍鮑伯·哈爾士的大名，也不曉得他那些用來把肌肉鍛鍊得一條一條凸起來的運動是怎麼回事？

知更鳥族和人類是完全不同的兩種動物；它們的肌肉都是從甫一破殼而出就開始在運動，所以總是自然而然就一天比一天結實。假使你也像它們一樣，餐餐都飛來飛去覓食，肌肉根本就沒有萎縮的可能了。就在那名男孩開始像另外兩個那樣可以又走又跑，一塊兒挖土、除草的同時，花園角落裡的那個鳥巢中的氣氛也就變得十分安寧、平和。

恐懼已成為過去。既然知道蛋的安全就像鎖在銀行保險箱裡一樣牢靠，就沒有必要整天憂心忡忡了。再說，能夠天天目睹那麼多奇奇妙妙的事在園子裡進行，也實在是件賞心悅目的事。

甚至每逢陰雨天時，那些蛋的母親還會感到很無聊呢，因為遇到這種時候，孩子們就不會到花園裡來了。

但即使在陰雨天裡，瑪麗、柯林也不見得就會過得很無聊。像是有天早上，外面的雨正淅淅瀝瀝下個不停，柯林被迫繼續窩在沙發上，免得萬一站起來到處走動的話會被人撞見。歪著歪著，他漸漸覺得有點悶得不耐煩了，正巧瑪麗突然有了個靈感。

「現在我是一個道道地地的小男孩了，」柯林剛剛才講過：「我的雙腿、雙手，全身上下都充滿了魔法，實在沒有辦法一直保持安安靜靜地不動。妳知道嗎，瑪麗？當我今早醒過來時，天色還非常早，屋外的鳥兒都在大聲高歌，所有生物也彷彿都在歡呼著——就連樹木和一些我們不能真正聽到聲音的東西也都一樣——我覺得自己彷彿也非得跳下床去，高聲大呼幾聲不可。假使我當真那麼做，想想會有什麼結果呵！」

瑪麗笑著回答說：「看護和梅德洛太太都會飛奔過來，然後認為你一定是瘋了，所以就派人去請醫生來。」

柯林自己也咯咯跟著笑。他猜想得到大家會是怎樣的一副表情。「我真盼望父親早點兒回來；我想親口靠訴他。我天天都在思考這件事——但是我們不能再繼續像這樣下去太久了。我沒有辦法忍受安安靜靜躺著不動，或是假裝、做戲。何況我們兩個的外表都大大改變了。唉！真希望今天不是下雨天。」

正是在這一瞬間，瑪麗腦中突然靈光一閃，神祕兮兮地問他：「柯林，你可知道這屋子裡共有多少房間？」

「我想——大概百來間吧！」他回答。

「有上百個從來沒人進去過的房間。」瑪麗告訴他：「有一個下雨天，我跑去一間一間做調查，雖然差點被梅德洛太太發現，結果還是沒有半個人知道。回程時我迷了路，走到你房間外的走廊盡頭。那是我第二次聽到你的哭聲。」

柯林像彈簧一樣猛地彈坐起來，說：「上百個沒人進去的房間；聽起來就像一座神祕花園一樣。或者我們該一間間去仔細瞧一瞧。妳可以用輪椅把我推過去，誰也不會知道我們跑哪兒去了。」

「我正是這麼想的。反正也沒有人敢跟蹤我們。那邊有好幾道可以供你奔跑的長廊，我們還可以做我們的訓練操；另外還有一個印度式的小房間，裡面擺滿了象牙刻的大象。那上百個房間裡，各式各樣的風格都有。」

「拉鈴吧！」柯林吩咐。

護士來後，他下達指示：「我要我的輪椅。瑪麗小姐和我要到屋子裡沒有人使用的那一頭去。因為要經過一些梯子，約翰可以一直推我到畫廊，然後就必須離去，留下我們單獨行動，直到我召喚他過來。」

從那天早上起，下雨天不再淨是一些無聊、可怕的日子了。在雜役推著輪椅進入畫廊，然後遵照命令告退後，柯林、瑪麗兩人便彼此開心地相視而笑。

瑪麗先去確定約翰是真的往回走向他自己樓下的工作區之後，柯林便大大方方地從輪椅上站了起來。

「我要從畫廊這頭跑到另一頭。」他說：「然後我要跳跳躍躍。接著我們就做鮑伯．哈爾士的訓練操。」

他們不但做了這些操練，另外還做了其他許多事。他們一一看過所有畫像，發現那個相貌平平，身穿綠色織錦緞，食指上立著一隻鸚鵡的小女孩。

「這些人，」柯林說：「一定都是我的親戚。很久以前他們曾住在這裡。那個手上立著鸚鵡的女孩，我相信一定是我的大、大、大、大姑媽。她看起來跟妳長得好像，瑪麗——不是現在的妳，而是像妳剛來時的樣子。妳現在比以前豐滿多了，也好看多了。」

「你也一樣。」瑪麗說著，兩人一起開懷大笑。

他們來到那個印度房間，打開櫥櫃，拿著那些象牙雕刻小象玩得不亦樂乎。接著又找到那用玫瑰色織錦帳子布置的小姐閨房，看到被老鼠啃出一個洞的椅墊裡，小老鼠們都已經長大跑掉了，整個洞裡空空如也。他們看了比瑪麗第一次遊歷此處時更多的房間，也有更多新發現。他們發現新的迴廊、新的轉角和階梯，以及兩人喜歡的新古畫，和一些稀奇古怪、不知做什麼用的老古董。那個早晨真是一場奇妙的饗宴，而在一棟和別人共同居住，卻又感覺彷彿彼此相距無限遙遠的房子裡四處漫遊，更是一件迷人的事。

「幸好我們來啦！」柯林有感而發：「我從不知道自己居住在一幢這麼大、又這麼古怪的老宅第裡面。我喜歡它。以後我們每次下雨天都可以四處逛逛，包準能夠每次都發現一些奇特的新角落和新事物。」

一整個早上見到那麼多新東西，發現那麼多樂趣之後，兩個小傢伙自然都胃口大開，所以回到柯林的房間以後，再也不可能碰都不碰食物，就把它們給退回去了。

看護把餐盤端回樓下廚房時，故意把它們往小餐檯上重重一放，好讓廚子注意到那兩個小傢伙不但將盤中食物一掃而空，就連湯汁也刮得一滴都不剩。

「妳瞧瞧！」她說：「這是一幢神祕大屋，而那兩個小孩就是屋裡最神祕的東西。」

「要是他們每天食量都像這樣的話，」強壯的年輕僕役約翰評論：「那麼他如今的體重有一個月前的兩倍大，也就不值得太大驚小怪嘍！我應該趁早辭了工作，省得哪天把我的肌肉給拉傷啦！」

那天下午，瑪麗注意到柯林的房間發生一件新奇的事。其實她早在前一天就已經察覺到了，卻一直默默不置一語，因為她以為那種改變不過是個偶然。今天她照樣一句話也沒去提它，只是坐在那兒，兩眼定定地直盯著爐架上方的那幅畫像看。而之所以能夠這樣仔仔細細欣賞它，全是因為帶子已經被拉到兩旁了。這便是她所注意到的變化。

「我知道妳希望我告訴妳些什麼；」在她目不轉睛地凝望幾分鐘後，柯林打破沈默，「每次妳希望我告訴妳一些什麼事時，我心裡頭總會自動察覺。妳在好奇那張簾幕怎麼會被拉開了。以後我都不會再把它放下來了。」

「為什麼？」瑪麗忍不住要問。

「因為如今看到她的笑容再也不會令我生氣了。兩天前的夜裡，我在明亮的月光照耀下醒來，感覺上彷彿奇蹟正充滿整個房間，讓一切都變得那麼亮麗輝煌，於是再也不能靜靜地躺在床上。我起身眺望窗外。這整個房間是那樣明亮，簾幕上面投射著一束月光，令我心中不知為何蠢然一動，不禁要走過去拉動那根繩子。她帶著盈盈的笑意俯視著我，就彷彿非常高興見到我站在那兒。這使我覺得好喜歡注視著她。我想要時時刻刻都看到她那快樂的笑容。我想，她在世的時候，或許也一定是個擁有魔法的人吧！」

「你現在的相貌變得跟她好像！」瑪麗說：「有時候我都會覺得，說不定是她的鬼魂進入你這個男孩的軀殼中。」

「如果我當真是她的魅影——那我的父親就一定會喜歡我了。」

「你希望他喜歡你嗎？」瑪麗探問。

「我以前一直好恨他不喜歡我。假使他能漸漸喜歡我的話，我大概會告訴他有關魔法的事吧——我想那或許會讓他更開心吧！」

第二十六章 「是媽媽！」

他們對於魔法的信仰是一件恆久不變的事。自從那天早上唸過咒語後，柯林就不時會對他們做些關於魔法的演講。

「我喜歡演講。」他解釋道：「因為等我長大，做了一些偉大的科學發現後，我就不得不針對它們發表演講，所以這算是在做練習。由於我現在還小，所以只能做短短的演講。再說，要是萬一讓班．韋勒斯泰覺得他是在上教會的話，那他一定會睡著。」

「說到演講，最棒的一件事兒，」老班回敬：「就是有人可以站在那兒，隨他愛講啥就講啥，誰也不能反駁。有時候，俺對演講真是提不起半點勁兒來。」

可是，等到柯林當真站在他的樹下發表長篇大論時，老班的兩顆眼睛卻像恨不得永遠把他裝在自己的瞳孔裡面那樣，帶著挑剔的寵愛眼神上上下下地打量他，一秒鐘也捨不得把視線移開。吸引他的其實不是演講的內容，而是那男孩眼看著一天站得比一天更直、挺有力量的雙腿，抬得高高的小腦袋，以及曾經一度尖尖的下巴和凹陷的雙頰長出肉來的樣子，而那對眼眸之中更已經開始不時浮現他記憶裡常在另一雙明眸皓眼中閃動的熠熠光彩。有時當柯林察覺到老班那意味著內心感觸良深的熱切目光一瞬不瞬地盯著自己時，內心不免好奇他究竟在沈思默想些什麼。

有一次，當他看見老班又彷彿看得入迷時，便直接開口問道：「班．韋勒斯泰，你在想什麼事啊？」

「俺在想，」老班回答：「照俺判斷，儂這一星期包準，又添了三、四磅。俺在看儂的小腿肚和肩膀，真想把儂放到磅稱上秤秤看。」

「那是魔法，還有——還有索爾比太太的那些麵包、牛奶，和其他等等東西的功勞。」柯林說：「你瞧，這科學實驗已經成功啦！」

那天早上，廸肯來得太晚，來不及聽到這篇演講。等他來的時候，整張臉上已經跑得紅通通的，逗趣的臉龐顯得比平常更加容光煥發。

由於下過雨後他們都會有更多的野草要拔，因此廸肯一來，四個人就忙著馬上理頭工作。每次下完一陣暖暖春雨，他們總會多出一大堆活兒要做，因為溼潤的氣候不僅利於花卉，同樣也利於雜草生長，所以他們必須趕緊趁著它們的根還未札得太牢時，連根拔除那些細細小小的小草葉。這些天來，柯林除草的技術和速度已經不下於其他任何人，而且還可以一面拔草，一面發表他的演講。

「當你工作——親身工作——的時候，魔法的功效會發揮到最大。」這天早晨，他如此說著，「你可以感覺到它存在於你的骨頭、你的肌肉裡。我打算閱讀一些有關骨頭和肌肉的書籍。不過我最想的是要寫一本有關魔法的書籍。我現在就在構想了。我時時都能發現一些新的事。」

他才說完這話沒多久，就放下手中的鏟子站起來，沈默了好幾分鐘。他們看得出他是在像以往經常做的那樣，正構思著底下接著要發表的長篇大論。在他扔下鏟子，突然立正的那一瞬間，瑪麗、廸肯感覺到彷彿是有一個突如其來的強烈念頭叫他那麼做。他把自己的身體挺立到最高，並且歡天喜地地猛然揮出雙臂，臉上泛著熠熠紅光，奇特的眼睛瞪得又圓又大，眼裡充滿了喜悅。突然間，他徹徹底底明瞭了一件事。

「瑪麗！廸肯！」他大叫：「快仔細看看我！」

他們倆暫時放下手邊的工作，注視著他。

「還記得你們第一次帶我來這兒的那個下午嗎？」

廸肯正非常認真地上上下下審度著這個男孩。身為一個能夠逗引動物的魔法師，他可以觀察出很多別人觀察不到的事，而這其中有很多他從不曾提出來掛在嘴上。此刻他便在眼前的男孩身上看到一些這一類徵兆。

「唔！我們記得。」他回答。

瑪麗雖也拼命地仔細觀察，但卻默默不語。

「就在此刻，」柯林說：「我自己突然一下子全記起來了——在我注視著自己的手正拿著鏟子挖掘東西的時候——於是，我必須趕緊站起來看看那是不是真實的。它是真實的！我好了——我全好啦！」

「唔！儂是全好嘍！」廸肯說。

「我好啦！我好啦！」柯林興奮得滿臉通紅。

過去他早就隱約知道此事，也一直在期盼它，感覺它，仔仔細細思考它。但就在剛剛那一瞬間，突然某種感覺一湧而上，衝貫他的全身——一股令人興奮欲狂的堅信和瞭解，來得又是如此強烈，教他忍不住放聲高呼。

「我將永永遠遠長生不死！」他發出嘹亮的嗓音，高喊著：「我將發現成千上萬、無數的事情！我將發現種種有關人類、動物、植物，所有生物的奧祕——就像廸肯——還有我永遠永遠也不會停止製造魔法！我好了！我好啦！我覺得——覺得彷彿有一種衝動想要大喊大叫些什麼——什麼感激、歡樂的語言！」

正在附近整理一簇玫瑰花叢的老班回過頭來，瞄了他幾眼，用他最冷淡的聲調咕咕噥噥地建議道：「儂不妨可以唱個讚美詩。」

他本身對於讚美詩既沒有什麼好感，提出這項建議的口氣也不是特別虔敬。

可是，柯林天生就具有研究精神，對讚美詩這個名詞又正好一無所知，立即詢問：「那是什麼？」

「我敢說，廸肯包準能唱給儂聽。」老班回答。

廸肯報以他那平日專門吸引動物的微笑：「那是人們做禮拜時唱的歌。媽媽說，她相信雲雀每天早晨一起床就會唱讚美詩。」

「既然她那麼說，那它就必定是一首很好聽的歌曲。」柯林表示：「我自己從來沒有上過教堂；我的身體一直太差了。唱吧，廸肯！我也想聽一聽。」

廸肯對於此事的反應相當單純而率真，一點都不受他的一番說詞所影響。他比柯林自己更了解柯林的感受，而且是出於一種非常自然的直覺，所以他並不知道那就是理解。他脫下帽子，環顧四周，臉上依然帶著微笑。

「儂必須脫掉帽子；」他告訴柯林：「還有儂，老班——而且儂知道的，儂必須站起來。」

柯林脫下帽子，帶著殷切的神情望著廸肯。陽光灑在他的身上，曬暖了他那一頭濃密的髮絲。班．韋勒斯泰吃力地站起身來，同樣脫帽，流露出一臉茫然又有點後悔的神情，彷彿想不通自己為啥要多此一舉地亂發議論似的。

廸肯站到玫瑰花叢和群樹之間，帶著一種自自然然、毫不勉強的態度，拉開清脆悅耳又有力度的孩童嗓音：

讚美主，一切恩賜之由來！
讚美祂，天下萬物同禮敬！
讚美祂，神聖崇高的主啊！
讚美聖父、聖子與聖靈。阿門——

歌聲畫下休止符後，一動不動站得筆挺的老班兩片嘴唇雖然依舊頑固地緊緊閉合著，可是眼神卻略顯得激動，兩道目光直鎖住柯林。那個孩子臉上流露出若有所思，並透著些許的感激之色。

「這首頌歌非常動聽！」他說：「我很喜歡它！或許它的歌詞正好表達了我說想要大喊大叫，感謝魔法的功效時內心的想法吧！」他停下來，整理一下腦中紛亂的思緒。「也許這兩者都是相同的東西呢！我們又如何能夠曉得每樣事情、每件東西的確切名稱呢？再唱一遍，廸肯。讓我們也試試看吧，瑪麗！我也想唱唱它。它是我的歌曲。開頭是怎樣唱的？『感謝主，一切恩賜之由來！』對嗎？」

於是，他們又唱了一遍。瑪麗、柯林兩人都儘量學習那抑揚頓挫的音調；廸肯的歌聲則是又嘹亮、又清越，高亢極了。唱到第二句時，老班開始清清喉嚨，在第三句時已經用他那活力充沛、幾乎像在嘶吼般的聲音加入歌味。隨著一聲「阿門」結束，瑪麗注意到他臉上又出現那抹和當初發現柯林沒有跛腳時，驚喜交集、激動萬狀的表情，兩眼發直，眼皮不斷眨動，整張風霜的老臉上已被潸潸淚水浸溼了。

「以往，俺從不覺得讚美詩裡有啥意思，」他聲音沙啞地說：「但俺現在頂好趁早改變想法。俺要說，儂這星期長多了五磅重，柯林少爺——整整五磅重哇！」

不知是什麼東西吸引了柯林的注意力。他的視線越過草坪，望向園門，突然露出錯愕的表情，急急問道：「是誰來了？來人是誰？」

長春藤覆蓋下的園門已經被人輕輕推開，走進一名婦人。她早在他們唱到最後一句歌詞時就已進入園中，站在門邊靜靜聆聽並打量著他們。陽光絲絲滲過背後密密麻麻的長春藤枝葉，灑在她一身藍色的長大衣上頭，面容清新姣好的她露出盈盈的微笑，整體看去，恍如一幅柯林書中的插畫。她有著一雙出奇深情的眼眸，遙遙望來，彷彿已把一切都收攬進她那憐愛的眼神中——包括三個孩子，甚至班．韋勒斯泰和那些小動物，以及每一朵正在盛開的花朵。儘管她的出現是如此出乎眾人意料，卻沒有一個人覺得她是一名入侵者。廸肯眼神霍然一亮，就像兩盞燈一樣。

「是媽媽——那是我媽媽呀！」他嘴裡嚷著，同時飛快地奔向園門。

柯林、瑪麗也朝她走去，兩人都覺得心跳加速。

「是媽媽！」當雙方四人在半途相遇時，廸肯再次說道：「我知道你們想見她，所以就告訴她園門藏在哪裡。」

柯林這時就像個靦腆的小男生，脹紅著臉伸出手去，兩隻眼睛卻像要把她的整張臉都吞下去似的。

「縱然是在我還病著的時候，就好想見到您！」他說：「您、廸肯，還有這祕密花園。以前我從不曾想過要見到任何人或任何東西！」

他那仰得高高的臉龐，教她一見就驀然改變了神情，臉上泛起紅雲，嘴角微微顫抖，眼前彷彿掠過了一層薄霧。

「噢——親愛的孩子！」她顫顫地衝口而出：「噢——親愛的孩子！」彷彿事先也沒想到自己竟會這樣呼喚他。她沒有稱呼：「柯林少爺！」卻突然出其不意地冒出一聲：「親愛的孩子！」或許如果她曾在廸肯臉上看到像這樣心生感動的神情時，也是這樣呼喚他的吧。柯林喜歡這個稱呼。

「您是不是因為看到我這麼健康而感到相當的驚訝？」他問道。

她手搭著他的肩膀，微笑著眨去眼前的那層薄霧。「唔！我是！」她說：「不過，真正叫我的一顆心快要跳出來的是，儂竟長得和令堂這般神似啊！」

「您認為，」柯林彆彆扭扭地問道：「那會不會使我的父親因此喜歡我？」

「當然，好孩子！」她疼惜地輕拍了一下他的肩膀：「他必須回家——必須回家！」

「蘇珊．索爾比，」老班走近她的身前，「快瞧瞧這孩子的腿，嗯？兩個月前它們還像一對套在襪子裡的小鼓槌哩——在那時候，俺還聽人家議論說它們長得又是X型腿，又是O型腿的哪——可現在——儂瞧！」

蘇珊．索爾比發出欣慰的笑聲。

「再過一小陣子，它們就會變成一雙又粗又壯的標準小男生腿了。就讓他盡情在園子裡工作、遊戲，痛快大吃，喝一大堆新鮮香濃的牛奶吧！到時候全約克夏就再也找不出一雙比它們更強健好看的腿啦！感謝上天——」

她的雙手搭在瑪麗肩上，帶著一抹慈愛的眼神，仔仔細細打量這個小女孩。

「儂也一樣！」她說：「儂已經長得幾乎和咱們家伊麗莎白．艾倫一樣健康活潑了。我敢保證儂鐵定也會出落得像令堂一樣。咱們家瑪莎告訴我，根據梅德洛太太從人家那兒聽來的說法，她是一位大美人。等儂長大，一定會漂亮得像朵嬌艷欲滴的紅玫瑰一樣，我的小姑娘！願上帝保佑儂！」

她並沒有提到，當瑪莎在她的「外出日」回到家時，形容過這小女孩長得多麼不起眼，臉色又枯黃枯黃的，讓她根本不敢相信梅德洛太太的道聽塗說，甚至堅稱：「說什麼這醜裡巴希的小丫頭會有個大美人的母親？沒道理！根本就沒道理！」

瑪麗並沒有多少閒工夫去注意自己容貌上的變化。她只曉得自己看起來「不一樣」了，而且似乎多生出了好多頭髮，同時滿頭髮絲生長的速度也變得飛快。不過，回想起自己當初老愛成天盯著「夫人」看的往事時，她就覺得好高興聽到有人說，自己以後可能長得會像她了。

這些孩子簇擁著蘇珊．索爾比繞著整座花園逛了一圈，詳細告訴她有關它的故事，並且一一為她介紹每株復活過來的花木。瑪麗、柯林分別走在她的兩側，始終仰著臉兒注視她那平易近人的酡紅臉龐，暗暗好奇，為何僅僅只是親近她的身旁，心中便能油然產生一股溫暖又安定的愉悅感受。就像廸肯了解他的「小動物們」，她似乎也非常了解這兩個孩子，又時常彎下腰，湊近花兒臉龐，對花兒說話，彷彿它們也是一個個小孩童似的。煤灰緊緊追隨在她的身後，偶爾湊近身邊對她聒噪兩聲，甚至把她的肩膀當成廸肯的一樣，站到上面去。當兩個孩子爭相告訴她有關知更鳥的趣事，以及小知更鳥第一次學飛的情形，她又像個慈母般，發出幾聲柔和的淺笑。

「我想教小鳥學飛大概就像教孩子走路是一樣的吧！只不過，倘若我身上生的是兩隻翅膀而不是兩條腿，恐怕我會分分秒秒都要提心吊膽呢！」她說。

正因為她時時刻刻自然流露出那股平易親切、溫柔慈愛的味道，最後他們終於決定告訴她有關魔法的事。

「您相信魔法嗎？」在提出「印度魔法師」這個名詞並約略加以說明之後，柯林問她：「我真希望您相信。」

「孩子，我信。」她回答：「雖然我們是以另外一個名詞稱呼，但是用什麼名詞稱呼又有什麼要緊呢？我敢說，法國人包準是用另一個稱呼，在德國又用不同的稱呼。它還是同樣那個讓種子膨脹，讓陽光照耀，使儂變得健康的東西，而它就是好東西。它不像我們可憐的人類一樣，認為別人用不用我們自己的姓名叫我們是非常重要的事。老天，那偉大的好東西不會為了這個就停下來憂愁，煩惱。它還是照樣運作，照樣製造出千千萬萬、無數的好事。永遠不要停止相信它；永遠不要停止知道這世上到處充滿了它——還有，儂愛叫它什麼就儘管叫它什麼吧！在我進入花園的那一刻，儂正對它吟著頌歌呢！」

「那時我覺得好喜悅，好喜悅！」柯林睜著他那雙美麗的奇異大眼睛仰望著她，對她說：「我突然覺得自己變得非常不同——喏！我的手臂和腿是變得如此強壯——而且我又變得多會挖土，站得多麼挺——於是，我一躍而起，好想對著任何願意聆聽的對象大吼大叫！」

「當儂吟唱讚美詩的時候，魔法就在聆聽。不管儂唱什麼，它都會聆聽。要緊的是心存喜悅啊！孩子，孩子——它正是喜悅製造者的代名詞。」她又輕輕柔柔地拍了一下他的肩膀。

她來的時候，提了一籃供作今早點心的食物，肚子餓的時間一到，廸肯便把它們從玫瑰叢後提了出來。她陪他們一塊兒坐在他們的樹下，看著他們笑笑鬧鬧地狼吞虎嚥，同時幽默風趣地告訴他們種種稀奇古怪的事，把他們逗得哈哈大笑，還對他們說了好多流傳在廣大約克夏區的往事和掌故，並教他們一些新語詞。而當她聽見他們說出現在要假裝柯林仍然是個暴躁的病人越來越難時，也忍不住笑得前仰後合。

「您瞧，只要我們每次一在一起，就會幾乎隨時都忍不住哈哈大笑，」柯林解釋：「結果聽起來就一點也不像病人了。雖然我們總是努力忍住，可是卻常會再也忍不下去，忽然爆笑出來，反而比不忍更糟糕。」

「有件事時常突然闖進我的腦子裡；」瑪麗也說：「只要每次一想到它，我就再也沒有辦法強忍住不笑了。我老是在想，說不定柯林的臉會漸漸變得像一輪滿月一樣圓。雖然目前他還不像，可是卻每天每天都多長胖那麼一點點兒——說不定哪天早上一起床，它看起來就像滿月一樣了——到時候我們該怎麼辦唷！」

「我的老天爺！我看得出儂們必須演一點兒戲才行。」蘇珊．索爾比說：「不過，儂們不用再演太久了。柯瑞文先生會回來的。」

「您認為他會嗎？」柯林問：「為什麼？」

「我想，如果他在儂用儂自己的方式告訴他以前就先發現真相，儂包準會傷心極嘍！畢竟儂常整夜躺在床上不睡，計劃著這件事。」

「換作讓另外任何一個人告訴他，我會受不了！」柯林回答：「我每天每天都在考慮不同的方法。現在我想，我就乾脆用衝的衝到他的房裡。」

「那包準會把他嚇一大跳的！」蘇珊．索爾比表示，「我真想看看他那時候的表情，孩子！我是真的好想看！他必須回來——非回來不可！」

另外，他們還談到一件事，就是他們想去拜訪她家的小屋。他們把一切步驟都計劃好了；先搭馬車越過荒原，然後在屋外的石楠花間吃午餐。他們要看到她家全部的十二個孩子和廸肯的菜園，還要等到真的玩得累了才回來。

最後蘇珊．索爾比終於站了起來，準備到大屋去找梅德洛太太。而這也差不多是柯林該坐著輪椅推回去的時候了。可是，在他還沒坐上輪椅的這段空檔，他卻一直緊緊挨在她的身邊，站在那兒，帶著一抹孺慕的眼神定定注視著她。

突然，他伸出手扯住她的藍大衣一角，緊緊握在手掌中。

「您就是我——您就是我想要的！」他說：「我真希望您不僅僅是廸肯的媽媽——也是我的媽媽！」

蘇珊·索爾比一聽，立刻彎下腰，用她溫暖的雙臂緊緊把他摟在懷中——就彷彿他自始至終都是廸肯的親弟弟。一層薄霧迅速瀰漫在她的眼眶裡。

「噢——好孩子！儂自己的母親就在這座花園裡。我相信——我深深相信，她不可能捨得永遠離開它的。儂的父親必須回到儂的身邊——非回來不可！」

第二十七章　在花園裡

自天地初創，世界伊始，每一世紀、每一世紀都有許多新的奇妙事物被發現，其中尤以這個世紀所發掘出來的令人驚異的事物最多，並且還有數百件以上更超乎常人意料的事物有待世人鑽研和了解。人們對於一件奇怪的新事起先總抱持拒絕相信它能被完成的態度，接著就開始期待它能被完成，然後又看出它可以被完成——最後它果真被完成了，世人又普遍納悶著，為何數百年前沒有人完成它。思想，就是人們在本世紀才剛開始發現的新事物之一——僅僅是思想——如同電池般其有強大的效力——可以對人造成如同陽光那般的益處，也可能帶來如同毒藥般的危害。容許一種悲哀的思想或壞思想鑽進自己的心靈，就像讓猩紅熱的病菌侵入自己的身體一樣危險。只要你在任由它闖入你的心靈之後又允許它在那兒流連不去，那麼終你一生，很可能就休想擺脫得了它的箝制了。

正當瑪麗小姐心靈中裝滿了不快的思想，對人們抱持著既排斥又非常嚴峻的觀念，同時又下定決心不受任何人的取悅，也不關切任何事物的那幾年間，她是一個面黃肌瘦，體弱多病，枯燥乏味，又惹人討厭的小女孩。幸好，儘管她自己根本未曾知覺，環境依舊對她非常非常仁慈。為了她本身的好處，它們開始幫忙推她幾把。就在她的心靈裡漸漸容納著知更鳥、荒原上那一座座擠滿孩童的小屋，以及風霜滿面、性情古怪的老園丁，和一些平平凡凡的約克夏腔小女傭，還有春天和那些正一天天甦醒過來的神祕花園，更有一個荒原男孩，加上他那一大票「小傢伙們」以後，她的心靈就再也沒有空間去保留那些影響她的消化能力和肝功能，令她面色蠟黃，又容易疲倦的不良思想了。

同樣地，在柯林將自己封閉在個人的房間，腦海中唯一想的只是他的恐懼、病弱和對那些注視他的人們的厭惡，並時時刻刻惦記著駝背和早夭問題的期間，他也只是個不識春天、陽光為何物，更不曉得只要自己努力嘗試，終有一天可以完全康復，不靠任何扶助就能自己站得直挺挺的歇斯底里型半瘋狂的小憂鬱症患者。就在新的美麗思想開始擠走那些醜惡的舊思想之同時，活力也開始重返他的身上，血液暢快地奔流著，行遍他所有的血管，力量如洪水般滔滔注入他的體內。他的科學實驗相當簡單又實際，一點兒也不匪夷所思。

不管是誰，一旦腦中鑽進灰心喪氣或令人不快的思想，只要能夠及時喚起理智，將它排開，重新輸入堅決勇敢、樂觀的健康想法取代，那麼無論多少令人驚奇的事都有可能發生。總之，這兩種不同的心態是不可能同時並存的。正如：

在你細心呵養玫瑰處，孩子，
多刺的野薊將無從生長。

就在整座祕密花園日漸復活，兩個孩子也越長越健康活潑的同時，遙遠的挪威狹灣處處風景勝地間，瑞士的一座座高山峻嶺和山谷裡，也有一個十年來心中始終充滿暗淡思想、傷心回憶的男子在四處漫遊。他不夠勇敢；他從來不曾嘗試吸收任何其他思想來取代那些悲觀消沈的情緒。一樁可怕的悲劇在他正活得其樂融融時突然來襲，從此他便放縱自己沈浸在憂傷的深淵，頑固地拒絕任何一絲絲光明鑽進心房，趕走黑暗。

他拋家別鄉，遺忘自己的職責。在他遠遊異地時，濃濃的哀愁始終籠罩全身，讓人一見到他，忍不住跟著心情暗淡，就彷彿周遭的空氣全都被他用沈沈的憂鬱浸染了。絕大多數陌生人都以為他如果不是已經半瘋，就是心靈深處埋藏著某樁不為人知的罪行。

他是個身材高大，臉上沒精打采，背部微微佝僂的男子；每次一進入旅館，登記的資料必是：「亞契伯·柯瑞文；地址：英國約克夏·大鶇莊」。

自從那天在書房見過瑪麗小姐，告訴她，她可以有她的「一小片土地」之後，他的行蹤已經又遍佈過好廣好遠的地方。他到過全歐洲風景最美的幾處勝地。只不過每到一處，都只短暫停留幾天。他總是選擇最安寧、最荒遠的景點。他曾在旭日初升的時候登上已經高聳入雲的山巔，俯瞰陽光淡淡地染紅了其他山嶺，整片天地都彷彿才剛新生般。

可是，那紅光卻似乎從不曾觸及他本身，直到終於有那麼一天，他猛然在十年以來，首度察覺眼前發生了一件奇妙的事情。

當時他人正在奧地利一座景色如畫的山谷中徐徐漫步，周遭風光美得彷彿足以令所有心情正跌入谷底的人見了都精神為之一振。唯有他，依舊那樣垂頭喪氣。走著走著，他感到累了，便頹然坐在一條溪流邊的苔蘚地上休息。那是一條水色清澈見底的小溪，狹窄的水道兩岸映著濃濃的綠意，水流輕快，偶爾半途中遇到石子擋路，沖激到它們身上，便會揚起淺淺促促，如同人們掩嘴偷笑般的聲音。水花四濺，水聲也愉悅飛揚。

他看見馬兒飛來溪邊石上，站在那兒，翹起尾巴，將尖尖的小嘴埋入水中淺酌然後抖抖雙翼，展翅飛去。這感覺就彷彿那溪流本身是活生生的東西，它那細細微微的聲響，卻又彷彿把這寧靜的氣氛烘托得愈加岑寂。這山谷真的好靜好靜呵！

就在他坐在那兒默默凝視著輕快奔流過的清澈溪流之際，亞契伯．柯瑞文逐漸感到自己的身心雙方都趨於安寧——如同山谷本身一般安寧。他懷疑自己會不會不知不覺便在這寧靜間睡過去。他沒有。他坐在那兒，一動不動地凝望著陽光照耀下的溪水，生長在溪邊的東西也開始慢慢融入他的視線。這些東西當中，包含一叢可愛迷人的藍色勿忘我，由於長得實在太靠近水流了，青青的葉片都被溼透了。看著它們，他驀然回想起多年以前自己也曾專注凝視這樣的東西。那無數的小花一朵挨著一朵，密密地依偎在一起，聚成叢叢簇簇美得令人驚喜的湛藍，純淨細柔的小小容顏藍得那麼可愛。想著想著，他的心境不由得溫柔起來。

他不曉得自己的心靈正一點一滴、一點一滴，緩緩被那麼一個單純的思想逐步盤據，直到其他所有念頭都被輕輕地推到一旁，就彷彿一汪停滯的死水池中升起了一股輕澈甘甜的湧泉，不斷上湧，上湧，直到終於把池中所有腐臭了的水都給排出池子外。不過，他自已當然並沒有想到這一層。他只知道，當自己坐在溪邊，凝視著那幽雅明亮的湛藍之同時，山谷彷彿愈來愈安靜，愈來愈寧靜。

他不知道自己究竟坐了多久，在他身上發生了什麼事，只是坐到最後，終於像是一覺甦醒般，挪動了一下身體，然後慢慢直立起身，站在青苔碧毯上，輕輕地、緩緩地，做了一個長長的深呼吸，感覺心靈中彷彿有某種束縛了不知多少年的負荷在不知不覺間已被悄悄地鬆了綁，釋放開。這感受，令他暗暗心生驚奇。

「這是怎麼一回事？」他拂拂額頭，喃喃自語：「我幾乎覺得彷彿——彷彿自己重新活過來了似的。」

我不知道該如何解釋這神奇的一刻；世上也沒有人能夠解釋。他自己本身更是茫茫然——直到數個月後他人已在大鶇莊，回想著這奇妙的時刻，那時候才在無意中發現，正好就在同一天，柯林首次進入祕密花園，高聲喊出：

「我將永永遠遠，永生不死！」

這樣的寧靜安詳一直陪伴著他直到夜暮天昏，讓他享受到一夜久已未有的酣眠；只可惜它並未陪伴他太久。隔日夜晚，他主動大大地敞開心房，迎接那一湧而入的晦暗心潮，離開山谷，繼續他漫不經心的旅程。只是，在往後的旅程中，偶爾會有那麼片刻工夫——甚至長達半小時——那黑暗的包袱會莫名其妙地再度彷彿自動飄遠，讓他體認到自己並非一具行屍走肉，而是個活生生的人。

慢慢地——慢慢地——他不知原因何在——亞契伯．柯瑞文逐漸隨著那花園「復活」過來。正當金燦燦的夏日剛剛轉入深黃的初秋，亞契伯．柯瑞文來到科摩湖畔。在那兒，他發覺了夢境的可愛。

白天，他常默默凝望著湖面那晶瑩澄澈的晴藍，或者在青蔥柔軟的山丘地上四處漫遊，總要把自己走得著實疲倦了才回到別墅，好讓自己不至於徹夜失眠。不過，他清楚地發現到自己如今睡得安穩多了，睡夢中的情境也不再可怕得時時將他驚醒。

「或許，」他暗暗沈思：「我的身體真的是正愈來愈強壯了吧！」

不錯，他的身體的確正漸漸變得強壯；而且——由於有了那曾經令他的思想起了變化的寶貴的幾小時——他的心靈也逐漸慢慢強化中。他開始想到大鶇莊，也開始思索起自己該不該回去。偶爾他會隱隱約約納悶著，兒子最近不知怎麼樣了？然後暗地自問，一旦再回到那精雕細鏤的四柱床前，俯身探視那緊閉著雙眼睡熟了的小孩，看著他的臉頰是那麼削瘦，臉色又是那麼蒼白，自己究竟是否能承受得住？這一想，他又退縮了。

終於，有那麼奇異的一天，他在外面走了太遠的路，回到住處時，一輪滿月已經高掛天空，整片大地都錯落著銀白、灰紫的光影。月下的湖泊是那般寧靜，湖岸上、樹林間也都寂靜得教人情不自禁心生驚歎。亞契伯・柯瑞文暫不捨得進入他在此地的小別墅，轉而來到一處有著涼亭的小平臺上，選擇一張涼椅坐下，盡情呼吸這寧靜夜色中飄來的陣陣暗香，感覺到心頭悄悄升起一股陌生的平靜與安詳，愈來愈濃，愈來愈濃，直到他終於不知不覺睡去，又不知不覺做起夢來。

那夢境是如此逼真，以至於他根本不覺得自己是在做夢。事後他回想起此時此刻的情景，只依稀記得當時的他原以為自己的腦筋是何等清醒，反應又何等敏銳。他以為，正當自己坐在湖畔，鼻中聞著最後一季玫瑰的香氣，耳聽湖水輕拍自己腳跟的細微聲響之同時，忽然聽見有個聲音在呼喚。那遙遠的呼聲聽起來是那麼清脆甜美，又那麼快樂；雖然似乎來自遙遠不知何處的地方，卻又清晰得恍如就在自己身邊一樣。

「亞契！亞契！亞契！」那聲音輕喚著，隨即又是一迭連聲，更清脆嬌柔的呼喚：「亞契！亞契！」

他以為自己一點也不驚愕，只是自然而然地一躍而起。那聲音實在太真實了，所以他能聽到也就不足為奇。

「莉莉雅思！莉莉雅思！」他聲聲回應：「莉莉雅思！妳在哪裡？」

「在花園裡——」那聲音清越得有如出自一支金笛，「在花園裡——」

然後夢境倏忽終結，他卻並未醒來。他一直沈沈酣睡到那整個美麗醉人的夜晚都過去了。等他醒來時，已是一個陽光璀璨的早晨，一名義大利籍男僕正站在旁邊默默凝視著他。正如其他所有別墅裡的僕人一樣，他早已習慣了毫無疑問地接受他們這位外國僱主可能做出的所有怪事。從來沒有人曉得他何時會跑出去或進來，會選擇睡在哪裡或整夜在花園裡遊蕩，或是躺在湖上小舟中，直到隔天太陽升起。那男僕手捧一個盛放幾封來信的淺盤，安安靜靜地等候他的僱主將信拿起來。等僕人退下之後，柯瑞文先生仍將信原封不動地拿在手中，眼光注視著湖面。那陣奇異的安詳寧靜依舊籠罩著他的心靈。除此之外，還有——還有一股彷彿過去發生過的那樁殘酷的往事從不曾存在一般的光明感——就好似某件事已被完全改變。

他默默反芻著那場夢境——那真實的——真實的夢境。

「在花園裡——」他心生疑雲，「在花園裡——但那園門已被鎖起，鑰匙也被埋入深深的地底！」

幾分鐘之後，他隨意瞄了瞄那些信件，看見放在最上面的一封是英文信，而且來自約克夏。信封上的文字看得出是一位並未受過高等教育的女性所寫，但他並不認識這筆跡。他想都不想來信的人可能是誰，隨手拆開信封。才只看完幾個字，他卻立刻變得全神貫注。

親愛的老爺：

我是曾有一次在大荒原上貿貿然和您說話的那個蘇珊．索爾比。我將再度斗膽請求您再聽我說幾句。拜託您，先生！假使我是您的話，一定會快快回家。我相信您必定會很樂意回來！同時——請容我逾越地這麼說，先生——我想如果您的夫人仍在，她一定會要求您快快回來！

蘇珊．索爾比敬上

柯瑞文先生把這信反覆看了兩遍，重新裝入信封，然後不斷思索著那場夢境。

「我要回大鶇莊！」他說：「我要馬上回去了！」

於是，他穿過花園，回到別墅平房，吩咐皮契爾為他打點一切返回英國的事宜。

不出數日，他已重新回到約克夏。坐在火車廂中，他腦海中始終盤旋不去十年以來很少去想到的兒子。

過去這些年間，他一心一意只盼能夠將那個孩子遺忘。如今，雖然無意去想他，有關他的記憶卻不斷一點一滴，自動地湧現。他憶起那段自己整天幾乎像個瘋子般大吼大叫，亂發囈語的歲月——因為孩子活了下來，母親卻撒手人寰。他始終拒絕去看那個嬰兒一眼，等他終於去看時，卻發現他長得是那麼孱弱，以至於人人都說他一定活不到幾天就會夭折了。

但教那些負責照顧他的人大為訝異的是，日子一天天過去，那個小孩卻一直活著。於是大家開始相信，等他長大之後，必定會是個又跛又駝的畸型人。

他無意做一個差勁的父親，但問題在於他從來也不曾覺得自己身為人父。這些年來，他花錢為他僱用醫生、僱用護士，買奢侈的物品，供應他優渥的生活，卻完全沒有勇氣去想到那個小男孩，並且終年沈浸在自己的哀傷裡。

闊別一年，他首度回到大鶇莊，面對那懨懨無力抬起頭來望向自己的可憐小東西，他見到的是一臉冷漠的神情，和一雙周邊張著一圈黑睫毛的灰色大眼睛。那雙眼睛生得那麼像他摯愛的亡妻，卻又完全見不到她眼中始終盈盈含帶的歡愉。他無法忍受看見這樣的一雙眼睛，瞬間面如死灰，掉頭離去。

從此之後，他幾乎再也不曾在那孩子醒著的時候看過他一眼，對他唯一的了解也只是他是個身帶痛疾的病人，脾氣瘋狂、兇暴，經常歇斯底里，凡事都得順著他的心意，哪怕只有一點點疙瘩也會氣得他暴跳如雷，脾氣一發不可收拾，直鬧到把自己累病、累倒。

這一切的一切都不是什麼愉快的回憶，但當火車「噗——噗——」載著他穿過山洞，越過滿地金燦的平原，這正逐漸「復活」的男子卻開始以一種新的模式，利用這段漫長的車程好好鎮定，並且深入地思索這個問題。

「或許我這十年來完全錯了！」他暗暗思忖：「十年是一段很長的時間。或許現在再想做什麼努力已經太遲了——早就太遲了！唉，我在想些什麼啊！」

當然，由說「太遲」開始，是一種負面的魔法；恐怕就連柯林也會這麼告訴他。但此刻的他根本還不曉得魔法的事——不管是好的、壞的，正面、負面；這還有待他去學習。他懷疑蘇珊·索爾比之所以鼓起勇氣寫信給他，是否純因為這個滿懷母性的婦人知道那男孩的情況已大為惡化——甚至已經病篤。若非心頭有那股奇異的安詳寧靜得像魔咒般鎮服著他，恐怕他這會兒早已一路膽戰心驚，怔忡不寧了。幸好這股安詳寧靜同時帶給他一種新生的勇氣和希望，令他非但不乖乖向那些最悲觀的思想投降，反而儘量把事情朝著好的方面去想。

「會不會是她看出我或許可以帶給他幫助，控制他的壞脾氣？」他心想：「在回到大鶇莊途中，我要先繞道過去拜訪她一趟。」

可是，就在他穿過荒原途中，特地先到小屋去探訪她的時候，卻遇到七、八個正在屋外遊戲的小孩，團團圍繞著他，各人行各人的不同禮儀，和和善善地爭相問候之後，七嘴八舌地告訴他，他們的母親七早八早就到一位剛生完小孩的婦人家去幫她的忙了。

「我們家廸肯，」他們主動發言：「到莊園裡去了，正在一座他每個星期都要去幾天的花園裡幹活兒哩！」

柯瑞文先生仔細打量一遍這些身材結實、臉兒又紅又圓的小孩，發現這七、八個同樣都笑嘻嘻的小孩，每個笑起來都有自己個別的特色，但一言以蔽之，卻都同樣是健健康康又活潑可愛的孩子。他對他們報以微笑，從口袋中掏出一枚一鎊的金幣，交給幾個小孩中年紀最大的——「我們家的伊麗莎白．艾倫」。

「如果妳把它分成八份，你們每個人就各有半頂金冠了。」他說。

然後，他便在一陣嘻嘻哈哈、七嘴八舌、嘰哩呱拉的行禮、道別聲中搭上馬車離去，留下的是一群你推我擠、蹦蹦跳跳、歡欣雀躍的小孩子。

坐在車中，任由馬匹拉著自己穿越這片神奇的大荒原是一件令人心曠神怡的事。為何它會帶給他一種他原以為今生再也體驗不到的返鄉心情？還記得上次他搭車逃離這片藍藍的天、蒼綠的地、遠方一大片紫色花海的大荒原時，心中想到那上百個關閉的房間和躺在四周掛著繡帷的四柱床上的男孩，一路不禁抖抖顫顫，不寒而慄。如今呢？一旦他回到大屋，是否真有萬分之一的可能會看見那個男孩的情況稍有好轉？自己又是否可以克服不敢面對他的心態？那一夜的夢境是那麼真實——而那聲聲呼喚著他的聲音，又是那麼清晰又奇妙——它告訴他：「在花園裡——在花園裡——」

在他抵達莊園的那一刻，如同往常般迎接他的僕人注意到他的氣色比從前好多了，也不在一踏進大門時就直接走向那通常只留下皮契爾一人伺候，位在荒遠角落的房間裡。這回他首先進入藏書室，並派人去找梅德洛太太過來見他。她來到他的面前時，神情顯得既有幾分激動，也有幾分好奇，還帶著幾分慌亂不安。

「柯林少爺近況如何，梅德洛？」

「唔，先生，」她回答：「他——他不一樣了——可以這麼說。」

「更糟了嗎？」他臆測著。

梅德洛太太面紅耳赤。

「唔，是這樣的，先生！」她試著解釋：「不管是柯瑞文醫生，或是看護，還是我自己，都不太搞得懂他的近況究竟算是如何。」

「怎麼會呢？」

「坦白說，先生，柯林少爺的情況可能是變好了，也可能是正要變壞。他的胃口——誰也弄不清是怎麼回事，先生——而他的行徑——」

「莫非他變得更——更怪裡怪氣了？」柯瑞文先生焦急得鎖起眉頭。

「沒錯，先生。他變得非常怪裡怪氣——如果拿他跟以前的他比。以前的他什麼也不肯吃，然後突然有一陣子胃口大好，食量好得嚇人——後來他又一下子恢復到像從前一樣，每次送進房裡的食物幾乎又都原封不動地退回來。您或許不知道吧，先生，以前他是說什麼也絕不肯讓人把他帶到戶外的。每次我們想盡辦法說服他坐著輪椅出去，他都會大發一場脾氣，把自己弄到發高燒、生大病什麼的，害得柯瑞文醫生直說他不敢擔保，如果硬逼他的話，會不會出事。好了，先生——就在他剛剛大發一場非常嚴重的脾氣後不久——他又突然毫無預警的堅持說他要讓瑪麗小姐和廸肯——就是蘇珊．索爾比的一個兒子——天天帶他出去，說是那個男孩可以幫他推椅子。他非常非常喜歡瑪麗小姐和廸肯，而廸肯還帶了他馴養的動物來。而且，不管您相不相信，他現在經常一早就出去，不到天黑不肯回來。」

「他的外表看起來呢？」這是下一個問題。

「如果他平日飲食正常的話，先生，那您大可以說他是漸漸長點兒肉了——可是我們都很擔心那只是一種虛胖。有時候，當他和瑪麗小姐待在一起，常常會發出一種古裡古怪的笑聲。他以前從來是不笑的。如果您願意的話，柯瑞文醫生想馬上過來見您。他這一輩子從來還沒像這樣摸不著頭緒過哩。」

「柯林少爺現在人在哪裡？」柯瑞文先生詢問。

「在花園裡，先生。他每次一出去都是前往花園——只不過，怕有人會盯著他看，所以絕對禁止任何人走近。」

柯瑞文先生只把她的話聽到一半，對於最後的補充根本就恍若未聞了。

「在花園裡——」遣走了梅德洛太太之後，他站在房中，一遍又一遍地喃喃自語「在花園裡——」

他費了一番工夫，才將自己拉回現實，確定自己的神志已經完全清楚了，便轉身走出圖書室，循著瑪麗當初走過的路線，穿過灌木叢間的便門，置身在滿庭月桂樹和一片片噴水池花床間。花床上秋季花卉的顏色開得正絢爛，被圍繞在這一大圈鮮花中的噴水池也正愉悅地噴著水。

他穿過草坪，折入長春藤圍牆邊的長步道，眼睛盯著路面，一步一步緩緩前進。

他感覺到彷彿有股力量在強拉著他重回到這個被他遺棄已久的地方，他卻不知道原因何在。隨著他與它的距離越來越近，腳下的步伐也就越來越緩慢。雖然牆外有濃濃密密的長春藤覆蓋著，他卻不問即知園門在哪裡——但他並不是非常清楚，那把鑰匙究竟埋在哪個位置。

於是，他停在門外，靜靜地環顧四周。幾乎就在他剛停止左顧右盼的下一瞬間，陡然心頭一震，專注地凝神傾聽——他暗暗自問，自己是否在夢遊？

園門外懸垂著厚厚的長春藤簾，開門的鑰匙被埋在灌木叢下，孤孤寂寂的入口已經有十年不曾有人通過——然而花園裡面卻傳出了各種聲響。那聲音聽似有人正亂烘烘地繞著樹幹互相追逐，還有人刻意把聲音——像是尖叫或歡呼——壓得低低的，想大聲又不敢大聲，因此聽起來就顯得有些奇怪。說得更確切些，那非常像是小孩子的歡笑聲——那種拼命想壓得低低的不讓人聽見，但在偶然情緒高亢到頂點時便會突然一下子爆響開來的聲音。

親愛的上帝啊！他究竟幻想到什麼——他究竟聽到些什麼？莫非他已失去理智，才會以為自己聽到凡人的耳朵不可能聽到的聲音？難道這就是那遙遠而清晰的聲音所代表的真正意義？

忽然，聲音的主人再也控制不住自己的音量，腳步越跑越快，越跑越快——它們正奔向這扇門——他聽到一陣屬於年輕人急促有力的喘息聲，還有再也隱忍不住的爆笑聲浪——花園的門被從裡面大力撞開了，整張長春藤綠簾都猛然向後一擺盪，一名男孩飛速衝過綠簾，在沒有看見門外有人的情況下，差點一頭撞進他的懷抱。

幸好柯瑞文先生及時張開雙臂，那男孩才未曾因為在沒有看到他的情況下猛然撞上他而摔倒。而當他將那男孩扶穩之後，推開一步，注視著他時，更因怎麼也料想不到竟會是他而驚愕得幾乎忘了呼吸。

他是一位高挑英俊的男孩，全身煥發出一股充沛的生命活力，臉上更因經過一番奔跑而泛出紅潤的光彩。他順手將掉在前額的濃密捲髮往後一撥，仰起一雙奇異的灰眼——一雙盈溢著稚氣的笑意、周邊框著長長黑睫毛的灰色大眼睛。正是那雙眼睛使得柯瑞文先生一時之間不由得屏氣凝神。

「誰——什麼？你！」他顛三倒四。

這不是柯林預料之中的畫面——這不是他所計劃的方式。他從未想過他們竟會在這樣的情況下相會。不過，也許正好一頭衝出——也許剛要贏得一場賽跑——甚至比他所有的計畫、預期都更理想吧。

他努力將自己的身長拉高到最極限。剛剛和他一同奔跑，而且一起衝出門外的瑪麗相信他是非常非常努力將自己的身材拉得比平時看起來都更高。

「父親，」他說：「我是柯林。您不敢相信——我自己幾乎都不敢！我是柯林。」

然後，就如梅德洛太太的反應一樣，他不明白父親底下一迭連聲唸著的詞句真正的原因何在……「在花園裡——在花園裡——」

「是的，」柯林急忙接口：「這一切是花園促成的——還有瑪麗、廸肯和小動物們——以及魔法。沒有人知道。我們一直保密，要等您回來再親口告訴您。我很健康！我可以在賽跑時跑贏瑪麗。我會成為一個體育健將！」

他的口氣恰似個完全健健康康的男孩——他的臉色紅潤，在迫不及待中，說起話來像連珠砲一樣——啊！喜出望外的柯瑞文先生訥訥地說不出話來了。

柯林伸出一隻手搭在父親的手臂上。

「您不高興嗎，父親？」他說：「您不高興嗎？我將會永永遠遠、永生不死！」

柯瑞文先生兩手搭在男孩的肩頭上，握住他的肩膀，一時還激動得無法說話。

「帶我進花園，兒子！」他終於開口，「還有，告訴我所有的經過。」

於是，他們領他進入園中。

此刻花園之內早已充滿強烈的秋意，到處是一片片照眼的金黃、艷紫，奪目的亮藍和火紅，四面八方都可看到一簇簇遲開的百合成群綻放——一朵朵不是純白，便是白中透著微紅。他心中猶清清楚楚記得，當初他們正是在這個季節播下百合球根，好讓它們在那屬於自己的晚來的花期中，盡情展現一張張高貴潔淨的容顏。

晚生的玫瑰四處攀爬，條條懸垂，有的簇擁在一起。陽光加深了滿樹逐漸變黃的樹葉色度，令人感覺到彷彿置身於一座隱藏於樹葉中的金色廟堂。初來乍到的柯瑞文先生一如孩子們在滿園灰蒼蒼的時節剛進入園中時那樣，默默無語地站在園中，一遍又一遍地東張西望。

「我原以為它必定已經死了！」他說。

「瑪麗剛開始也是一樣。」柯林告訴他說：「但它現在已經又活了過來了。」

於是，大家全都坐在他們的那棵李樹下——除了柯林；他想要站著敘述這整個故事。

亞契伯．柯瑞文耳中聽著兒子口裡一個勁兒滔滔不絕，自忖，這真是他一生當中所聽到的最獨特的故事。神祕、奇蹟，以及野生動物們、夜半奇異的相會——春的來臨——受創的自尊強烈刺激著柯林掙扎起身，以當面否認老班．韋勒斯泰莽撞的直言；獨特的友誼，在人前做戲，還有那千分小心、萬分謹慎，刻意保守的大祕密。

柯瑞文先生邊聽邊大笑，笑到淚水湧上眼眶；有時即使不是在大笑，眼眶中照樣淚光閃閃。這運動員，這演講者，這偉大的科學發明家，真是一位既喜歡笑、又可愛、又健健康康的小少年。

「現在，」他為這則故事做個結束，「我們再也不需要保守這個祕密了。我敢說，等他們看到我時，一定會嚇一大跳，只差沒有從地上彈起來——不過，我這一輩子再也不要坐上輪椅了。我要和您一塊兒走路回去，父親——我們一起走回大屋裡去。」

班．韋勒斯泰基於平日的職務所限，難得離開一趟花園到大屋去，但這回為了當場目睹那全大鶇莊近三十年來最戲劇化的一幕，他故意找個藉口，說要送蔬菜進廚房，如此梅德洛太太便理所當然會請他喝杯啤酒，逗留一下再走。

屋內有扇對著庭院的窗口，可以約略望見草坪的一部分。知道老班是從花園區過來的梅德洛太太心中暗暗寄望他或許已經看見了他的主人，甚至說不定還能湊巧看見他和柯林少爺相會的那一幕。

「你看到他們其中任何一位了嗎，班．韋勒斯泰？」她問道。

老班放下啤酒杯，用手掌背抹抹嘴巴，以一副話中另有弦外之音的口氣說道：「唔！看到了。」

「兩個都看到？」梅德洛太太揣測。

「兩個都看到。」老班回答：「謝謝儂啦，太太！能再給俺一杯嗎？」

「一起？」情緒激動中的梅德洛太太手忙腳亂地把杯子倒得滿滿的，差點溢了出來。

「一起，太太。」老班一口灌下了大半杯。

「柯林少爺人在哪裡？他看起來怎麼樣？他們倆互相都說了些什麼？」

「俺沒聽到。」老班說：「俺只是站在短梯上，隔著牆頭兒望見的。不過，俺可以告訴儂，外頭發生的很多事兒，你們屋裡的人通通不曉得。反正該知道的，儂一會兒之後就會知道了。」說著說著，不到兩分鐘，他已經吞下最後一口啤酒，然後手拿杯子，朝向那越過灌木樹籬可以望見草坪一角的窗戶，煞有介事地揮動兩下，告訴她：「儂要好奇的話，瞧吧！瞧瞧那穿過草地走過來的是啥！」

梅德洛太太湊近窗口一張望，不由得揚起兩隻手來，發出一聲不大不小的尖叫。所有屋子裡面聽到這尖叫聲的男男女女僕傭無不像箭一般衝了過來，站在窗口，望向草地，每個人的眼珠子都瞪得快要掉下來。

隔著草坪，施施然走來的是大鶇莊的主人，他那神采，他那步態，是他們多年以來從未曾見著的。而在他的身邊，陪伴他的是一路把頭昂得高高的，眼中蓄滿笑意，步伐有如所有約克夏少年一般堅定有力的——柯林少爺！

〈全書終〉

國家圖書館出版品預行編目資料

祕密花園／法蘭西絲・霍森・柏納特著；楊玉娘譯 --
二版 -- 新北市：新潮社文化事業有限公司，2022.09
面；　公分
譯自：The secret garden
ISBN 978-986-316-842-3（平裝）

873.57　　111009701

祕密花園
法蘭西絲・霍森・柏納特／著
楊玉娘／譯

【策　劃】林郁
【制　作】天蠍座文創
【出　版】新潮社文化事業有限公司
電話：(02) 8666-5711
傳真：(02) 8666-5833
E-mail：service@xcsbook.com.tw

【總經銷】創智文化有限公司
新北市土城區忠承路89號6F（永寧科技園區）
電話：(02) 2268-3489
傳真：(02) 2269-6560

印前作業　菩薩蠻、東豪印刷事業有限公司

二　　版　2022年09月